Eva Bolsani

Ein Millionär für Freddy

Liebesroman

Ein Millionär
für Freddy

Bibliografische Information der Deutschen
Nationalbibliothek:
Die Deutsche Nationalbibliothek verzeichnet diese
Publikation in der Deutschen Nationalbibliografie;
detaillierte bibliografische Daten sind im Internet über
http://dnb.dnb.de abrufbar.

Korrektorat: www.epub24.net

Herstellung und Verlag: BoD – Books on Demand,
Norderstedt

ISBN: 978-3-7519-5442-6

COCKTAILSTUNDE

Der Mond steht heute besonders günstig. Sie profitieren sehr von seinen Energien.

Yes! Genau das, was Freddy brauchte. Strahlend stopfte sie die Zeitung zurück in ihre Handtasche, bevor sie an der Haltestelle ›Holzapfelstraße‹ leichtfüßig aus der Trambahn hüpfte. Sie konnte den ersten Satz ihres Horoskopes gar nicht oft genug lesen. Schluss mit den endlos langen Abenden, an denen sie sich mit ihren Freundinnen nur *ausmalte*, ihren Traummann zu treffen. Wenn heute sogar der Mond auf ihrer Seite war, was sollte dann noch schiefgehen?

Außerdem hatte sie den Ablauf des Abends perfekt geplant. Bereits gestern war sie zum Friseur gegangen – zwar hatte sie nun ihr Konto bis zum Anschlag geplündert, aber ihr naturblondes Haar wirkte mit den hübschen braunen Strähnen um einiges interessanter. Heute Morgen hatte sie dann schon mal ihre Klamotten für den Abend rausgelegt und ein Taxi vorbestellt, dass sie pünktlich zu ihrem Treffen mit Edward bringen sollte.

Edward.

Freddy ließ sich den Namen auf der Zunge zergehen. Bei *Edward* musste man doch automatisch an englische Könige oder amerikanische Vampire denken. O ja, ein Edward würde ihr nicht die große Liebe vorspielen und sie dann sitzen lassen, sobald er mit ihr geschlafen hatte! Beschwingt eilte sie weiter.

»Servus Freddy! Schau dir a'mal die Tomaten an! Die hingen heid Morgen no am Strauch! Der Gschmack haut dich aus die Strümpf.«

Fast hätte sie wegen ihrer Träumerei ihren Lieblings-Lebensmittelhändler übersehen, einen waschechten Münchner mit türkischen Wurzeln, der wie so häufig in der Tür seines Ladens stand und nach Kunden Ausschau hielt.

»Von den Socken, Murat«, korrigierte Freddy ihn lachend, ließ sich aber nicht aufhalten. Wenn sie erst anfing, in Murats Geschäft herumzustöbern, würde der ganze schöne Zeitplan durcheinandergeraten.

»Socka, Strümpf, wo is'n der Unterschied? Probier lieba!«

»Das nächste Mal!«, versprach Freddy, während sie sich bereits zwischen den parkenden Autos vor dem Laden durchschlängelte und auf die Eingangstür des gegenüberliegenden Altbaus zueilte.

Jetzt musste sie es nur noch schaffen, ihr biederes Bürooutfit gegen die schicken Klamotten zu tauschen, ohne sich dabei von den guten Ratschlägen ihrer Mitbewohnerinnen aus dem Konzept bringen zu lassen, dann stand einem tollen Abend wirklich nichts mehr im Wege.

***

Joe stieg aus seinem Wagen, blickte kurz auf die Benzinger Regulateur an seinem Handgelenk und zog unwillig am Knoten seiner Krawatte, der immer enger zu werden schien. In den Fensterscheiben seines Silver Cloud III überprüfte er noch rasch den Sitz seines Anzugs, musste jedoch feststellen, dass dieser – entgegen der Versicherung des Verkäufers – die Fahrt in dem Rolls Royce nicht ohne Knitterfalten überstanden hatte. Daran ließ sich allerdings nichts mehr ändern, wenn er pünktlich sein wollte. Joe zuckte mit den Achseln und eilte mit langen Schritten auf die Kanzlei von Tobias Köppen zu.

Der Anwalt war der Einzige, der ihn jederzeit in einem derartigen Aufzug in sein Büro zitieren durfte, auch wenn Joe befürchten musste, dass sein Mentor mal wieder einen seiner unverhohlenen Verkupplungsversuche startete. Warum sonst hätte er auf Jeans, T-Shirt und seine geliebten Chucks verzichten müssen?

Womöglich ging es aber auch um ein Treffen mit jemandem, der einen ›ordentlichen‹ Job für ihn in petto hatte. Dabei wusste Köppen besser als er selbst, dass er nicht auf ein geregeltes Einkommen angewiesen war und außerdem mit den dann unvermeidlichen festen Arbeitszeiten herzlich wenig anfangen konnte. Joe hoffte ja immer noch darauf, dass der Anwalt irgendwann einsah, dass sein Schützling ein erwachsener Mann war, der nicht länger auf den rechten Weg gebracht werden musste. Ganz abgesehen davon, dass Köppen selbst am meisten davon profitierte, dass Joe nicht jeden Tag brav in ein Büro marschierte. Denn der Anwalt war bei Weitem nicht so seriös und gesetzestreu, wie es nach außen hin den Anschein hatte, und so kam Joe seit seiner Rückkehr aus den USA immer wieder in den Genuss des ein- oder anderen Auftrages, der sich in der Regel nur mit halblegalen Mitteln erledigen ließ.

Vielleicht hatte der Anwalt ja einen neuen Einsatz für ihn? Aber warum dann die Verkleidung? Er plante doch nicht etwa, Joe ganz entgegen seiner Gewohnheit einem seiner Mandanten vorzustellen?

Inzwischen hatte er die Kanzlei in der Nähe des Münchner Marienplatzes erreicht. Die Empfangssekretärin geleitete ihn direkt in das Büro des Chefs.

»Herr Köppen«, begrüßte Joe den Anwalt höflich, der strahlend hinter seinem wuchtigen Schreibtisch hervorkam und ihm die Hand schüttelte.

»Joe, wie schön, dich zu sehen!«

Auch nach all den Jahren wahrten sie immer noch eine gewisse Distanz zueinander, doch Joe war es ganz recht so. Köppen hatte in der Vergangenheit sehr viel für ihn getan. Vielleicht fiel es Joe deshalb schwer, den Anwalt als Freund zu sehen, weil er immer den Eindruck hatte, er stünde nach wie vor in der Schuld des anderen.

»Setz' dich doch«, meinte der Köppen jovial und wies auf einen der Besucherstühle. »Wie gut, dass du gleich kommen konntest.«

Joe setzte sich und wartete darauf, dass Köppen das Gespräch mit den üblichen Fragen nach seinem Privat- und Berufsleben begann. Doch der zögerte.

»Ich brauche deine Hilfe.« Der Anwalt sah ihn nicht an und ordnete stattdessen einige Papiere auf seinem Tisch, die keinerlei Ordnung nötig hatten. »Ich möchte dich engagieren.«

Also kein Verkupplungsversuch. Sehr gut. Aber warum druckste Köppen so herum?

»Ich bin dabei«, sagte Joe, doch Köppen hob abwehrend eine Hand.

»Hör' dir lieber erst mal alles an«, warnte er.

»Es ist egal, worum es geht«, sagte Joe fest.

Schließlich zahlte Köppen gut, und Joe war froh, wenn er etwas für seinen Mentor tun konnte.

»Die Frage ist weniger, worum es geht, sondern um wen.«

Der Anwalt seufzte tief, und Joe beugte sich erwartungsvoll vor.

»Arnold«, sagte Köppen. Um bei Joe erst gar keinen Zweifel aufkommen zu lassen, von wem er sprach, fügte er hinzu: »Arnold Völkel.«

***

»… und wer hat natürlich zu viel Sangria erwischt? Der Edward!«

Edward lachte laut, und Freddy bemühte sich um ein Lächeln. Wie war sie bloß in diese Situation geraten?

Dabei hatte der Abend so vielversprechend begonnen. Edward hatte eine hübsche Strandbar an der Isar als Treffpunkt ausgesucht, er sah ganz gut aus, auch wenn seine Ohren ein wenig zu weit vom Kopf abstanden und seine Kleidung ein bisschen zu konservativ für Freddys Geschmack war, aber darüber konnte man ja leicht hinwegsehen. Dass sie bei seinem Anblick nicht gleich in Verzückung geriet, hatte sie zunächst als Versehen abgetan.

Aber irgendwann innerhalb der letzten halben Stunde kam Freddys Verstand zu dem Schluss, dass ihr Herz doch recht gehabt hatte, als es bei Edwards Anblick nicht gleich Purzelbäume geschlagen hatte. Vielleicht, als er angefangen hatte, ihr seine ganze Lebensgeschichte aufzutischen, ohne sie auch nur zu Wort kommen zu lassen? Oder als er mit einem lauten Gurgeln die letzten Reste seines Cocktails durch den Strohhalm geschlürft hatte? Bei seiner Bemerkung ›Ich muss mal für kleine Königstiger‹, mit der er sich auf die Toilette verabschiedet hatte? Oder schon, als er, ohne zu fragen, einfach zweimal Currywurst mit Pommes bestellt hatte – das billigste Gericht auf der Karte?

Missmutig schob Freddy die inzwischen kalten und entsprechend unappetitlichen Pommes auf ihrem Teller herum. Wenn das ein Date war, das unter einem günstigen Mond stand – wie sah nach Ansicht des Mondes dann eine misslungene Verabredung aus? Was machte der Mond denn da für einen Scheiß?

»Ich bin ja so ein Mensch, der viel Wert auf gutes Essen legt …«, sagte Edward in diesem Moment.

Perplex starrte Freddy auf die Reste der Currywurst. Aber immerhin war das ein Thema, zu dem sie auch so einiges zu sagen hatte. Sie öffnete schon den Mund, als Edward bemerkte:

»Es geht mir wirklich nichts über die Fischstäbchen mit Kartoffelbrei und Erbsen meiner Mutter.«

Freddy klappte den Mund wieder zu und versuchte sich stattdessen erneut an einem Lächeln. Nichts gegen Fischstäbchen – aber als kulinarisches Highlight würde sie die nicht gerade bezeichnen. Vielleicht sollte sie lieber überlegen, wie sie möglichst schnell hier wegkam, anstatt zu versuchen, sich an dem Gespräch zu beteiligen.

»Du entschuldigst mich kurz – ich muss mich mal frischmachen«, schaffte sie es schließlich, Edwards Redeschwall zu unterbrechen.

Der nickte gönnerhaft, und Freddy zog ernsthaft in Erwägung, einen Hinterausgang zu suchen, durch den sie sich heimlich davonmachen konnte. Vielleicht passte sie auch durch das Toilettenfenster? Aber so eine Unhöflichkeit war nicht ganz Freddys Stil. Besser, sie griff auf den bereits bewährten Notfallplan zurück. Anstatt also auf die Toilette zu gehen, schickte sie per WhatsApp an ihre Freundin Wanda: ›Anruf in 5 Minuten. BITTEEEE!‹

Sehr gut. Jetzt musste sie es nur noch schaffen, ausreichend schockiert auszusehen und nicht etwa zu kichern, während ihre Mitbewohnerin am Telefon bestimmt wieder einen Haufen Blödsinn verzapfte. Am besten, sie behauptete, die Toilette ihrer WG sei verstopft und quelle über – Edward wirkte irgendwie nicht so, als würde er den Helden spielen und ihr bei so einer Katastrophe zur Seite stehen wollen.

Doch scheinbar war eine Ausrede gar nicht nötig. Als Freddy zu ihren Lounge-Sesseln zurückkehrte, war Edward bereits aufgestanden und hielt einen Geldbeutel in der Hand.

»Du, tut mir leid, ich muss gehen. Ich habe nur einen Euro in die Parkuhr geworfen. Aber es war total schön, dich kennenzulernen, das müssen wir bald mal wiederholen. Deine Currywurst ist schon bezahlt, ich habe ja gesagt, ich lade dich zum Essen ein.«

Was vermutlich heißen sollte, dass sie für ihre Getränke selbst zuständig war. Ziemlich albern – allerdings hätte sie sich überhaupt nicht einladen lassen, wenn sie nicht gerade weg gewesen wäre, schließlich hatte sie nicht vor, diese Bekanntschaft zu vertiefen. Andererseits hatte Edward ihr die Currywurst ja sozusagen aufgenötigt, da geschah es ihm recht, dass er sie bezahlen musste.

»Wie nett von dir«, flötete sie also. »Geh' nur schon mal los, nicht, dass du noch einen Strafzettel bekommst.«

»Ja …, dann bis bald?«, fragte Edward unschlüssig.

»Bis irgendwann mal«, entgegnete Freddy vage.

Zum Glück bewahrte sie das Klingeln ihres Handys davor, genauer darauf eingehen oder womöglich gar einen Abschiedskuss abwehren zu müssen. Edward machte sich tatsächlich davon, kaum dass sie den Anruf angenommen hatte.

»Hallo Wanda«, sagte Freddy, nachdem ihre Verabredung außer Hörweite war. »Sag Valentina, sie braucht sich den Bauch nicht mit Wattebällchen vollzustopfen. Ich koche!«

***

Arnold Völkel also. Joe schluckte. Das war ja wirklich eine Überraschung und nicht gerade eine von der angenehmeren Sorte.

»Weißt du, was Arnold treibt?«, fragte der Anwalt.

Joe schüttelte den Kopf. Er hatte Arnold seit Jahren nicht gesehen und keine Ahnung, was sein alter Freund machte.

»Wir haben keinen Kontakt mehr seit damals.«

Seit Köppen in das Vernehmungszimmer der Polizeiwache München Süd gekommen war, einen Blick auf den verängstigten Joe geworfen und sich freundlich als ›Tobias Köppen, dein Pflichtverteidiger‹ vorgestellt hatte.

»Eine meiner Klientinnen – Ruth von Brünneck – hat mich heute aufgesucht«, erklärte der Anwalt. »Sie macht sich Sorgen um ihre beste Freundin Marion. Es scheint, als stehe die kurz davor, einen beträchtlichen Teil ihres Vermögens der Verwaltung eines noch recht jungen Finanzmaklers zu übergeben – der ihr zudem schöne Augen macht.«

»Arnold Völkel«, riet Joe, und Köppen nickte.

»Frau von Brünneck hätte gern Gewissheit, dass es in dessen Finanzberatung mit rechten Dingen zugeht. Auf den ersten Blick lassen sich keine Unregelmäßigkeiten feststellen, und da kommst du ins Spiel. Aber ich kann durchaus verstehen, wenn du den Auftrag nicht annehmen willst.«

»Natürlich mache ich das«, sagte Joe spontan.

Obwohl – so ganz wohl war ihm bei der Sache nicht. Er hatte schon damals den Eindruck gehabt, dass er selbst dank Köppen besser wegkam, während Arnold eine Strafe im Jugendknast absitzen musste.

Andererseits hatte Arnold es sich selbst zuzuschreiben, wenn er immer noch irgendwelche krummen Dinger drehte, das war ja nicht seine Schuld. Vielleicht war da ja auch gar nichts. Außer den wilden Vermutungen dieser Frau, die womöglich nur eifersüchtig war, hatte Köppen offenbar nichts in der Hand.

»Und der Fummel? Den brauche ich eigentlich nicht, um nach ein paar Informationen zu graben«, meinte Joe und zupfte unwillig an seiner Krawatte.

Tobias Köppen grinste.

»Laut meiner Mandantin wollte sich ihre Freundin Marion heute eigentlich mit Arnold im Casino in Bad Wiessee treffen – aber Ruth von Brünneck hat sich da was ausgedacht, damit ihre Freundin gar nicht erst dort erscheint. Im Casino herrscht allerdings eine gewisse Kleiderordnung.«

Joe stöhnte. Wenn er etwas hasste, dann einer Zielperson unvorbereitet gegenübertreten zu müssen, alter Kumpel hin oder her.

»Es sähe ganz nach einem zufälligen Treffen mit einem alten Freund aus«, meinte Köppen hoffnungsvoll.

Joe verdrehte die Augen. Klar, Arnold würde begeistert sein, wenn er eine reiche Lady erwartete und stattdessen Joe vorfand. Dennoch beschloss er, das Casino an diesem Abend aufzusuchen. Auch Arnold musste sich im Laufe der letzten Jahre ziemlich verändert haben, wenn er jetzt als Finanzmakler tätig war. Es schadete sicher nicht, wenn er sich das mal ansah.

Außerdem – die Zeit war zwar verdammt knapp, aber vielleicht schaffte er es doch noch, vor dem Treffen eine Kleinigkeit zu organisieren. Und wenn Arnold entweder ebenfalls nicht erschien oder es vorzog, ihn zu ignorieren, dann konnte er sich immer noch einen netten Abend an einem der Black-jack-Tische machen. Schließlich hatte er kein Casino mehr besucht, seit er aus den Staaten zurück war. Also schüttelte er Köppen zum Abschied die Hand und machte sich auf den Weg zurück zu seinem Wagen.

***

Arnold hatte seinen Auftritt minutiös geplant: Sein Anzug saß perfekt, die dezenten Brillanten in seinen Manschetten-knöpfen fanden sich in der Krawattennadel wieder, und eine Locke seines dunklen Haares fiel genau so weit in seine Stirn, um ihn ein wenig geheimnisvoll, aber keinesfalls unordentlich aussehen zu lassen. Er war ein wenig zu spät dran, natürlich, denn als erfolgreicher Geschäftsmann war er selbstver-ständlich sehr beschäftigt.

Nun hätte eigentlich Marion von einem der Barhocker auf-springen und auf ihn zueilen sollen – doch von seiner Ver-abredung war weit und breit nichts zu sehen. Er ließ seinen Blick über die für einen Donnerstag gut besetzten Roulette-tische gleiten und stellte erwartungsgemäß fest, dass er bereits die Aufmerksamkeit einiger sehr interessanter Vertreterinnen des schönen Geschlechts erregt hatte – aber die Lady, auf die es ihm heute eigentlich ankam, entdeckte er nicht.

Arnold seufzte innerlich. Da steckte doch sicher wieder diese verflixte Ruth von Brünneck dahinter. Die ließ ja wirklich keine Gelegenheit aus, um ihn bei ihrer Freundin schlecht zu machen! Dabei hatte er der Lady doch überhaupt nichts getan, und auch Marion wollte er nichts Übles – wenn man mal davon absah, dass sie am Ende ihrer Bekanntschaft vielleicht nicht mehr über ein ganz so dickes Bankkonto verfügen würde. Aber was bedeutete das schon im Vergleich zu den schönen Stunden, die er ihr bereiten würde? Hatte er das nicht bereits mehrfach bewiesen, indem er über seinen Schatten gesprungen und sie ausschließlich in vegane Restaurants ausgeführt hatte? Zudem hatte er seine wunderbaren italienischen handgefertigten Leder-Bourges gegen ein paar Plastikschuhe getauscht, die zwar ganz hübsch, aber doppelt so teuer wie seine Lieblingsschuhe waren und zudem noch scheußlich drückten. Kurz, er beteiligte sich eifrig an Marions Bemühen, die Welt zu retten, nur, damit sie sich in seiner Gesellschaft auch wohlfühlte, und sie versetzte ihn einfach!

Womöglich hatte sie unterwegs aber auch ein verletztes Reh entdeckt, oder eine Katze, die sich nicht mehr von einem Baum heruntertraute. Die Rettung dieser Viecherl ginge bei Marion natürlich vor. So oder so würde sie wohl heute nicht mehr hier erscheinen. Wenn sie wenigstens nicht ständig behauptete, von Handys gingen schrecklich schädliche Strahlen aus und sie könne unmöglich so ein gefährliches Gerät in ihre Handtasche stecken, dann könnte er sie wenigstens anrufen. Es war Arnold wirklich ein Rätsel, wie die Frau es geschafft hatte, ein äußerst erfolgreiches Unternehmen für Naturkosmetik zu gründen und sehr gewinnbringend zu verkaufen.

Erneut schweifte sein Blick über die Roulettetische und blieb an einer Frau hängen, die alles daran setzte, so zu tun, als hätte sie ihn nicht bemerkt. Ihre Kleidung und ihr Schmuck waren ebenso geschmackvoll wie luxuriös, die Frisur würde jedem Wetterumschwung standhalten und ihr wahres Alter war vermutlich nur ihrem Schönheitschirurgen bekannt. Die langen, schlanken Beine hatte sie dezent übereinandergeschlagen, und hin und wieder strich sie sich mit einer eleganten Geste das kinnlange, blonde Haar hinter die Ohren. Dennoch war unverkennbar, dass sie vor allem eines war: unendlich gelangweilt.

Arnold grinste in sich hinein. Nun, da würde ihm doch etwas einfallen, um Abhilfe zu schaffen. Er machte bereits einen Schritt in ihre Richtung, als sein Blick zufällig auf die riesige Fensterfront fiel, von der aus man normalerweise einen großartigen Blick über den Tegernsee hatte. Da es inzwischen dunkel geworden war, spiegelten sich jetzt allerdings die Gäste des Casinos darin – und einen der Gäste, die es sich im hinteren Teil bei den Blackjack-Tischen bequem gemacht hatten, kannte Arnold nur zu gut.

Joe.

Er spürte, wie er unwillkürlich die Hände zu Fäusten ballte.

Konnte das ein Zufall sein, dass Marion nicht auftauchte, und stattdessen dieser Kerl hier herumhing? Joe hatte sich ja schon immer für superschlau gehalten, aber glaubte er wirklich, dass er mit einem scheinbar zufälligen Treffen in einem Casino durchkam?! Arnold wusste doch längst, dass Joe wieder in München wohnte – und womit er sich beschäftigte.

Also doch Ruth von Brünneck, die versuchte, ihm die Tour zu vermasseln, indem sie ihm einen Schnüffler auf den Hals hetzte.

Arnold hatte große Lust, Joe am Kragen zu packen, ihn hinauszuschleifen und ihm mit seinen Fäusten zu zeigen, was er von dieser Sache im Allgemeinen und seinem alten Kumpel im Besonderen hielt. Aber es hatte ihn verdammt viel Mühe gekostet, sich dieses kultivierte Auftreten anzueignen, mit dem er sich in der sogenannten besseren Gesellschaft bewegen konnte, das ließ er sich nicht von diesem Typen vermasseln.

Es wäre allerdings gefährlich, Joes Auftauchen einfach zu ignorieren. Aber wenn dieser Verräter tatsächlich die Frechheit besaß, wieder Kontakt zu ihm zu suchen – warum sollte er die Chance dann nicht nutzen? Er müsste nur den

Schnüffler im Auge behalten und könnte gleichzeitig eine günstige Gelegenheit abwarten, um endlich seine Rache zu bekommen.

Der blonden Frau mit den langen Beinen schenkte er keine weitere Beachtung und steuerte stattdessen direkt auf die Blackjack-Tische und damit auch auf Joe zu.

***

»… es ist ja nicht so, dass es mir nur ums Geld geht!«, beteuerte Freddy, nahm einen großen Schluck aus ihrem Rotweinglas und wendete die Hähnchenbrustfilets noch mal in der Marinade aus Olivenöl, Honig, Sojasauce und Chilis. »Aber ich war immerhin beim Friseur, bin mit dem Taxi hingefahren, damit ich nicht verschwitzt und zerknautscht ankomme, und dann lässt er gerade mal eine mickrige Currywurst springen und hat nur einen Euro in die Parkuhr geworfen! So knauserig muss man doch wirklich nicht sein!«

»Vielleicht war er ja auch beim Friseur und hatte nun kein Geld mehr übrig«, wandte Valentina leise ein und nippte vorsichtig an ihrem Wein.

»Papperlapapp«, tönte Wanda. »Beim ersten Date braucht der Typ ja nicht gleich so raushängen zu lassen, dass sie ihm nix wert ist!«

»Genau!«, rief Freddy und fuchtelte mit ihrem Rotweinglas in Richtung Valentina, bevor sie sich entschloss, lieber noch einen großen Schluck zu nehmen. Nicht, dass sie noch etwas von dem guten Tropfen verschüttete.

Dann machte sie sich daran, die Kartoffeln zu schälen und in eine große Pfanne mit Olivenöl zu werfen. Merkwürdigerweise war der Rotwein bereits leer – hatten die Mädels schon so viel getrunken? Sie öffnete eine weitere Flasche.

»Ich muss diesen komischen Geschmack vertreiben, den die Currywurst – oder auch dieser Edward – in meinem Mund hinterlassen hat«, erklärte sie dabei.

»Du hast ihn doch nicht etwa geküsst?«, fragte Valentina entsetzt.

»Natürlich nicht!«, entrüstete sich Freddy. »Aber schon wieder ein Reinfall, das kann doch einfach nicht sein. Und dass, nachdem mein Horoskop so vielversprechend war!«

»Du glaubst doch nicht immer noch an diesen Blödsinn«, stöhnte Wanda.

»Die Zeitung war von meiner Kollegin«, schwindelte Freddy, während sie Kartoffeln und Hähnchenbrüste in eine Auflaufform schichtete.

»Und weißt du, was noch drinstand? Eine total süße Geschichte, wie sich ein berühmter Sänger in ein Zimmermädchen verliebt, weil sie ihm kurz vor seinem Auftritt noch einen Knopf an sein Jackett genäht hat.« Freddy redete sich zunehmend in Rage. »Jetzt heiraten sie, und sie ist schwanger …«

Mit Schwung schob sie die Auflaufform ins Backrohr und schloss die Tür mit einem lauten Knall.

»… und er hat eine total hübsche Villa für seine kleine Familie gekauft! Wieso passiert mir so was nie?«

»Sag doch so was nicht. Sicher wartet irgendwo der Richtige auf dich«, meinte Valentina tröstend, doch Wanda murrte:

»Jetzt übertreibst du aber echt. Wenn du einen Rockstar oder einen Milliardär suchst, solltest du das vielleicht auch in deine Anzeigen auf diesem Datingportal so reinschreiben.«

Und da hatte Freddy gedacht, Wanda würde sie verstehen! Entnervt schob sie sich den Schnitz einer Tomate in den Mund. Murat hatte recht gehabt, sie waren wirklich ausgezeichnet. Gut, dass sein Laden fast rund um die Uhr geöffnet hatte.

»Es muss ja nicht gleich ein Milliardär sein«, brummelte sie mit vollem Mund.

»Ein Millionär reicht der Dame also schon«, sagte Wanda spöttisch.

So war das doch gar nicht! Freddy hatte – offenbar ganz im Gegensatz zu Wanda – einfach keine Lust mehr auf diese unverbindlichen On-Off-Beziehungen, die angeblich so hipp waren. Vielmehr sehnte sie sich nach einem bodenständigen

Mann, mit dem sie eine gemeinsame Zukunft planen konnte. Aber mit einem Kerl, der nicht mehr als einen Euro für die Parkuhr übrig hatte, gründete man doch keine Familie, oder? Aber bevor Wanda sie wieder als endlos-spießig bezeichnete, hielt sie lieber den Mund und kümmerte sich weiter um das Kochen.

»Ich kann Freddy schon verstehen«, versuchte Valentina zu vermitteln. »Der Job bei dieser Zeitarbeitsfirma ist ja nicht sooo lukrativ. Da wäre es doch schön, wenn der Mann an ihrer Seite ihr ein wenig Sicherheit bieten könnte.«

»Na toll«, grummelte Freddy. »Meine besten Freundinnen halten mich nicht nur für habgierig, sondern auch noch für unfähig, meinen Lebensunterhalt zu bestreiten.«

Sie leerte ihr Rotweinglas in einem Zug, bevor sie anfing, die Tomaten in dünne Scheiben zu schneiden, während Valentina und Wanda eifrig beteuerten, dass sie das natürlich überhaupt nicht so gemeint hätten. Stattdessen machten sie allerlei hilfreiche Vorschläge, wie Freddy endlich ihren Traummann kennenlernen könnte. Die verzichtete großmütig darauf anzumerken, dass Valentina und Wanda ihren Mr. Right trotz zahlreicher After-Work-Partys und Museumsbesuche, die sie nun ins Spiel brachten, auch noch nicht gefunden hatten. Stattdessen dachte sie über Wandas Bemerkung nach. Sollte sie es vielleicht wirklich mal mit einer ganz anderen Anzeige versuchen? Wenn sie sich so eine märchenhafte Romanze wünschte wie die des Zimmermädchens und des Rockstars aus der Zeitung, dann musste sie das vielleicht einfach mal laut verkünden? Wie konnte sie darauf hoffen, dass ihr das Schicksal den richtigen Mann sandte, wenn sie nicht ganz genau beschrieb, was sie sich wünschte? Freddy schenkte sich noch mal Rotwein nach. Ein Milliardär musste es ja wirklich nicht sein – obwohl ein gewisses finanzielles Polster sicher nicht verkehrt wäre, schließlich ging es um die Zukunft ihrer geplanten Familie!

»Männer in Badehosen sind so sexy«, redete Valentina derweil auf Wanda ein.

»Mag ja sein«, brummte diese ungnädig. »Aber die sexy Männer, die *ich* im Schwimmbad treffe, haben immer ihren Nachwuchs dabei und besuchen einen Baby-Planschkurs!«

»Ich hab's!«, unterbrach Freddy die Diskussion ihrer Freundinnen. »Ich suche einfach an der ganz falschen Stelle. Auf diesen Online-Dating-Portalen treiben sich wahrscheinlich nur Loser herum, die selbst nichts auf die Reihe bekommen, keine erfolgreichen Männer! Die nächste Anzeige schalte ich in einem dieser Manager-Magazine. Und ich weiß auch schon, wie die Überschrift lauten wird: ›Aschenputtel sucht Millionär‹. Na, was haltet ihr davon?!«

Nun war es an ihren Mitbewohnerinnen, sich jeglichen Kommentar zu sparen. Stattdessen stand Wanda wortlos auf und holte die Notfall-Ramazzotti-Flasche aus dem Küchenbuffet. Auch recht. Freddy stellte eifrig drei Schnapsgläser auf den Esstisch und quetschte sich zu Valentina auf die Küchenbank. Sie würde den Mann ihrer Träume schon noch finden, ganz egal, welch ungewöhnlichen Weg sie dafür einschlagen musste! Und eine Krisensitzung mit den Mädels und einer Flasche Ramazzotti schien ihr in diesem Moment der erste Schritt in die richtige Richtung zu sein.

***

Joe zuckte zusammen, als eine Hand schwer auf seiner Schulter landete.

»Ist das denn die Möglichkeit? Mein Kumpel Joe! Das hätte ich ja nicht gedacht, dass ich dich in diesem Leben noch mal zu Gesicht bekomme!«

Joe schluckte und forderte beim Dealer rasch noch eine Karte an, obwohl er wusste, dass er sich damit überkaufen würde. Aber sein Spiel an diesem Tisch war nun sowieso zu Ende. Dann stand er langsam auf und drehte sich zu seinem alten Freund um.

»Arnold?« Es fiel ihm ziemlich schwer, den Überraschten zu spielen. »Na so was. Ich weiß gar nicht, was ich sagen soll.«

»Du bist es tatsächlich! Ich war mir gar nicht so sicher. Aber wieso machst du so ein betretenes Gesicht? Hast doch nicht etwa ein schlechtes Gewissen, weil du dich all die Jahre nicht gemeldet hast? Was soll's, unsere Wege haben sich halt irgendwann getrennt.« Arnold grinste ihn an und schlug ihm erneut auf die Schulter. »Ich find's cool, dass wir uns mal wiedersehen.«

Erleichtert erwiderte Joe die etwas ruppige Geste. Arnold schien bereit zu sein, ihre Freundschaft wieder aufleben zu lassen. Außerdem benahm er sich, ungeachtet seines adretten Aussehens, genau so wie früher. Fing doch ganz gut an.

»Aber komm, das Wiedersehen muss gefeiert werden, lass uns was trinken.«

Bereitwillig folgte Joe ihm an die Bar.

»Mensch, wie viel Jahre ist das jetzt her, seit wir Tag für Tag zwischen diesen öden Betonklötzen in der Blumenau rumhingen?«, fragte Arnold, wartete eine Antwort aber gar nicht erst ab, sondern orderte zwei Bier und zwei Jägermeister. »Aber das Leben hat es gut gemeint mit uns, oder? Von wegen, die Kids aus den Problemvierteln kriegen nix auf die Reihe, schau uns doch nur an! Aber du wirst es nicht glauben, vor Kurzem bin ich wieder in ein Hochhaus gezogen, allerdings nicht zu vergleichen mit den Dingern, in denen wir aufgewachsen sind! Es heißt ›The Seven‹ und bietet Luxus pur! Prost!«

Joe rechnete fast damit, dass Arnold gleich ein paar Fotos vorzeigen würde, diese ›mein Haus – mein Auto – mein Boot‹-Nummer, doch der beschränkte sich darauf, fast beiläufig die Namen seiner illustren Nachbarschaft zu erwähnen.

»Erst hatte ich ja an ein Häuschen direkt am Starnberger See gedacht – aber das ist doch eher was für alternde Schauspieler, letztenendes sitzt man da mitten in der Pampa, was soll ich denn da?«, fuhr Arnold fort. »Aber was ist mit dir? Was treibst du hier? Ich dachte, du hängst immer noch in den Staaten rum?«

»Mal sehen, was sich so ergibt«, meinte Joe vage und bestellte eine neue Runde Getränke.

»Vorsicht junger Mann«, warnte Arnold. »Wenn es dir um lukrative Damenbekanntschaften geht – das hier ist mein Revier, klar so weit?«

Joe winkte ab.

»Nee, lass mal. Mich interessieren Computer weit mehr als Frauen. Aber was meinst du mit *lukrativen Bekanntschaften*?«

Arnold lachte nur und schlug Joe zum wiederholten Mal auf die Schulter. Wenn das so weiterging, musste er sich morgen um einen Termin beim Physiotherapeuten bemühen.

»Computer! Wie konnte ich das vergessen – unser Mathegenie! Du sitzt doch nicht ernsthaft lieber vor so einer Kiste, anstatt dich mit diesen wunderbaren Wesen abzugeben? Verstehe ich nicht! Ich bin inzwischen Finanzmakler mit einer sehr exklusiven Kundschaft. Und die Kundenbetreuung ist ein wesentlicher – und der wesentlich interessantere – Bestandteil meines Geschäfts.« Arnold zwinkerte ihm vielsagend zu. »Aber dein Business scheint sich auch zu lohnen, oder?«

»Geht so. Ich brauche keine Luxuswohnung – Hauptsache, ich habe 'ne ordentliche Garage für meine Karre.«

»Natürlich, deine zweite große Leidenschaft! Was hast du dir geleistet – den Porsche, von dem du schon als kleiner Junge geträumt hast?«

»Einen Rolls-Royce, ein älteres Modell«, gab Joe sich bescheiden, doch Arnold kniff misstrauisch die Augen zusammen.

»*Den* kannst du dir mit ein paar Spielereien am Computer leisten?«

»Machst du dir etwa doch Sorgen, dass ich dir eine der reichen Ladys ausspannen könnte?«, gab Joe spöttisch zurück.

»Nie im Leben! Mal davon abgesehen, dass ich als Finanzmakler unübertroffen bin – gegen meinen Charme kommst du im Leben nicht an!«

»Überschätzt du dich da nicht ein wenig?«

»*Ich* soll mich überschätzen?!«

Wenn das mal nicht das passende Stichwort war!

»Nun, ich kann auch nicht behaupten, dass ich Schwierigkeiten hätte, eine Begleiterin für eine Nacht zu finden«, sagte Joe lässig. »Siehst du Rothaarige da an dem Roulettetisch links – die ist doch süß. Ich glaube, die nehme ich mir heute vor.«

»Pah, die schenkt dir doch keinen zweiten Blick, wenn sie auch mich haben könnte«, behauptete Arnold selbstbewusst.

»Wetten das doch?«

Arnold kniff die Augen zusammen.

»Eine Wette. Gute Idee! Allerdings sollte es bei so einer Wette schon um ein bisschen was gehen, oder?«

Joe zuckte mit den Achseln, doch Arnold kam so richtig in Fahrt.

»Okay, mein Einsatz: Ich sehe schon, dass du wohl einiges an Kohle gemacht hast, aber – nimm's mir nicht übel, trotz der teuren Klamotten sieht man dir die Blumenau immer noch an. Also, wenn du gewinnst, spendiere ich dir eine Stilberaterin, die dich einen Monat lang auf Vordermann bringt!«

»Was?«, sagte Joe, ein wenig beleidigt.

»Die Frau ist super«, flüsterte Arnold verschwörerisch. »In jeder Hinsicht! Außerdem hat sie einen völlig neuen Menschen aus mir gemacht.«

»Ach so«, meinte Joe zögernd. »Aber was kann ich dir dafür anbieten …?«

»Nun, dein Rolls könnte mich reizen – aber so was fährt man doch nicht selbst, oder? Wenn ich gewinne, spielst du einen Monat lang den Chauffeur für mich. Abgemacht?«

Joe biss sich auf die Zunge. Jetzt durfte er sich bloß nicht anmerken lassen, wie perfekt dieser Vorschlag zu seinen Plänen passte.

»Ich weiß nicht … Zeit hätte ich ja schon …, aber dich einen ganzen Monat herumkutschieren, da habe ich eigentlich keine Lust drauf …«, quengelte er also.

»Angsthase! Aber schon klar – du weißt genau, dass du bei dem Rotschopf keine Chance auf einen Stich hast, wenn ich erst anfange, mit ihr zu flirten!«

»Was erst noch zu beweisen wäre«, behauptete Joe.

»Sieh es doch mal so«, vertraulich beugte sich Arnold zu ihm. »Ich bin ja eigentlich der Ansicht, dass da noch eine *kleine* Rechnung zwischen uns offen ist. Denn nach unserem letzten Coup hast du dich schließlich in der Sonne Kaliforniens geaalt – während ich ordentlich eins auf den Deckel gekriegt habe. Also, dann lass uns doch ein für alle Mal feststellen, wer der bessere Mann von uns beiden ist. Wenn du gewinnst – dann hat es wohl damals auch so sein sollen. Aber wenn ich gewinne, dann finde ich es durchaus angebracht, dass du mir einen Monat lang zur Verfügung stehst. Als ausgleichende Gerechtigkeit, oder so.«

Joe schluckte. Hätte er sich eigentlich denken können, dass Arnold die alte Geschichte nicht einfach so ignorierte. Aber er nickte.

»Also gut. Einverstanden!«

»Noch zwei Jägermeister!«, befahl Arnold.

Ruck zuck stellte der Barkeeper zwei Gläser vor ihnen ab, und sie besiegelten die Wette, in dem sie anstießen und den Schnaps auf ex hinunterkippten.

Joe entschied sich dafür, zwei ›Solero‹ zu ordern, schließlich sollte er sich schon deutlich um die Gunst der jungen Dame bemühen, und sie sah ganz so aus, als würde sie auf Cocktails stehen.

Doch als er sich mit den Gläsern dem Roulettetisch näherte, musste er feststellen, dass Arnold keine Zeit verloren hatte. Er saß bereits nah bei der hübschen jungen Frau – sehr nah.

»Ich setze immer nur auf ›Rot‹«, sagte die gerade leise und platzierte einen Jeton auf ebendieser Farbe. »Weil es die Farbe der Liebe ist.«

»Aber warum so zögerlich«, raunte Arnold, die Stimme um einige Nuancen tiefer als zuvor. Dann legte er seine Hand über ihre Finger und schob den Jeton auf diese Weise weiter bis auf eine einzelne Zahl. »Gar keine Lust auf ein bisschen Nervenkitzel?«

Ihre Wangen färbten sich ganz leicht rot.

»Aber warum die ›21‹?«

»Heute ist der 21.«, erklärte Arnold. »Und ich hoffe sehr, dass dies mein Glückstag wird – oder sollte ich lieber sagen, meine *Glücksnacht*?«

Sie kicherte und Joe beschloss, dass es höchste Zeit war, einzugreifen.

»Darf ich dich auf einen Cocktail einladen?« Sie drehte sich um, lächelte und nahm ihm das Glas ab.

»Gerne!«

»Verrätst du mir auch deinen Namen?«

»Susi«, sagte sie und lispelte dabei ganz leicht.

»Ich bin Joe.«

Sie schenkte ihm ein ganz entzückendes Lächeln, als sie mit ihm anstieß – um sich dann sofort wieder Arnold zuzuwenden. Joe nahm es mit einem Achselzucken hin. Schließlich hatte er nie vorgehabt, zu gewinnen. Jetzt musste er nur noch aufpassen, dass er Arnold nicht allzu schnell das Feld überließ. Und dann hatte er vier Wochen Zeit, um als Arnolds Chauffeur zu beweisen, dass an dem Verdacht von Ruth von Brünneck nichts dran war.

Jedenfalls hoffte er das von ganzem Herzen, dass da nichts dran war. Denn Arnold hatte diese alte Sache zwar keinesfalls vergessen, aber er schien es dabei belassen zu wollen, Joe ein wenig damit zu triezen – so lange er in ihrer Freundschaft den Ton angab. So wie früher eben, und Joe neigte durchaus dazu, sich das gefallen zu lassen. Denn es war ja in der Tat richtig, dass er damals ein verdammtes Glück gehabt hatte, ganz im Gegensatz zu seinem alten Freund. Jetzt irgendwelche unsauberen Geschäfte Arnolds aufliegen lassen zu müssen, würde sich echt beschissen anfühlen.

KATZENJAMMER

Die Stimme von U2s Sänger Bono schallte aus Freddys Radiowecker und verkündete unverschämt fröhlich, dass heute ein wunderschöner Tag sei.

Irgendetwas konnte an dieser Behauptung nicht stimmen. Freddy kam bloß nicht dahinter, was es sein könnte.

Schließlich entschied sie sich dafür, vorsichtig ein Auge zu öffnen. Ganz dummer Fehler! Ein Sonnenstrahl fiel durch das Fenster auf ihr Kopfkissen und bohrte sich nun wie ein Schwert durch das geöffnete Auge direkt in ihren Kopf.

Stöhnend zog sie sich die Decke übers Gesicht. Was jetzt? Am liebsten würde sie einfach mit geschlossenen Augen liegen bleiben. Aber es gab da noch ein anderes Problem: Ihre Zunge hatte sich über Nacht in ein viel zu großes, pelziges Etwas verwandelt.

Und dann dieser Durst!

Ein paar Minuten wartete Freddy noch auf ein Wunder, doch das wollte sich einfach nicht einstellen. Wimmernd krabbelte sie aus ihrem Bett und wankte in Richtung Bad. Das gerade von einer leichenblassen Valentina verlassen wurde.

O Gott, hoffentlich hatte die heute kein Shooting! Wer wollte schon mit einem Model arbeiten, das wie ein Gespenst aussah?

Doch Freddy kam nicht dazu, sich weiter über Valentinas Verfassung Gedanken zu machen, begann ihr eigener Magen doch genau in diesem Moment zu revoltieren. Hastig stürzte Freddy zur Kloschüssel und klammerte sich wie eine Ertrinkende daran, während sie das von sich gab, was noch von einem hervorragenden toskanischem Hähnchenauflauf übrig war.

Eine halbe Stunde später trafen zwei bleiche Gestalten in der Küche wieder aufeinander und testeten gemeinsam, ob sie wohl einen Kaffee bei sich behalten konnten.

»Musst du heute arbeiten?«, nuschelte Freddy, nachdem der Kaffee tatsächlich einige ihrer Lebensgeister wiedererweckte.

»Nö, aber ich habe morgen ein Casting mit Leonardo DaSilva, im Leben bin ich bis dahin nicht wieder fit«, jammerte Valentina.

»Was war gestern eigentlich los, ich kann mich an nix erinnern«, stöhnte Freddy. Was hatten sie sich nur dabei gedacht, zwei Flaschen Rotwein und etliche Ramazzottis zu vernichten? »Und wo ist eigentlich Wanda?«

»Arbeit?«, schlug Valentina vor. »Die hat eine Konstitution wie ein Pferd.«

Arbeit. Gutes Stichwort, da sollte Freddy sich heute auch noch blicken lassen. Zum Glück hatte sie mit ihrer Kollegin vereinbart, dass die heute die Frühschicht übernahm, weil … ja, wieso eigentlich?

»Edward!«, stöhnte Freddy schließlich.

Das war es. *Der* war an allem schuld. Anstatt einen romantischen Abend und eine heiße Nacht mit Edward zu verbringen, hatte sie sich mit den Mädels besoffen, weil sich der vermeintliche Traumtyp als langweiliger Geizhals entpuppt hatte.

»Ich werde nie wieder online nach einem Mann suchen«, erklärte Freddy inbrünstig. »Mein Horoskop lese ich auch nicht mehr!«

»Äh, du hast gestern …«, begann Valentina, doch dann schlug sie sich die Hand vor den Mund und stürzte wieder ins Bad.

Freddy sah ihr mit gemischten Gefühlen nach. Hoffentlich hatte sich die Freundin bis zu ihrem Termin morgen wieder erholt! Ein Grund mehr, zukünftig auf Blind Dates zu verzichten.

Doch zunächst sollte sie selbst sehen, dass sie den Tag wenigstens einigermaßen anständig über die Runden brachte.

***

Nachdenklich spielte Arnold mit Susis stattlichen Titten, die daraufhin wohlig im Schlaf seufzte. Joe hatte sich ja wirklich nicht lumpen lassen und ihm da eine ziemlich heiße Nummer für diese Nacht spendiert. Jedenfalls ging Arnold davon aus, dass Joe die Sache mit Susi arrangiert hatte, um sich wieder an ihn ranzuwanzen. Schließlich hatte er die Kleine trotz ihres adretten Auftretens gleich als das erkannt, was sie war: eine Nutte.

Aber eine heiße Nacht reichte natürlich bei Weitem nicht aus, um Joe seinen Verrat zu vergeben. Zumal sein alter Freund Susi ja nicht als Wiedergutmachung engagiert hatte.

Wahrscheinlich ging es Joe in Wahrheit nur darum, ihn erneut reinzureiten.

Dabei sollte der ihm eigentlich bis in alle Ewigkeit dankbar sein! Denn schließlich hatte Joe es einzig Arnold zu verdanken, dass er in die coolste Clique der Blumenau aufgenommen wurde – obwohl der schmächtige Knirps mit der Eins in Mathe eigentlich das perfekte Opfer abgegeben hätte. *Nichts* hatte er dafür erwartet, außer dass Joe treu zu Arnold stand, der sich recht bald zum Anführer ihrer kleinen Gang aufgeschwungen hatte. Klar war er nicht immer zimperlich mit dem Kleinen umgegangen, als Boss einer Jugendgang konnte man sich eben keine Sentimentalitäten leisten. Hatte ihm doch nicht geschadet! Allerdings wurde im Laufe der Jahre aus dem Knirps ein recht stattlicher Kerl, der auch noch eine eigene Meinung entwickelte! Arnold hatte ihn mal ziemlich zurechtstutzen müssen, als er es gewagt hatte, ihm vor den anderen zu widersprechen. Danach war wieder klar gewesen, wer der Chef war.

Das hatte Arnold zumindest angenommen. Doch in Wahrheit war es um Joes Loyalität nicht mehr gut bestellt, wie Arnold später erfahren musste.

Und jetzt tauchte er nach all den Jahren wieder in seinem Leben auf und tat, als wäre nichts gewesen. Wahrscheinlich glaubte er, Arnold hätte keinen Plan, wer ihn verpfiffen hatte, anders war diese Unverfrorenheit ja nicht zu erklären. Denn natürlich rechnete Arnold schon länger damit, dass ihm irgendwer so einen verdammten Schnüffler auf den Hals hetzte. Dass es ausgerechnet Joe sein musste, war vielleicht gar nicht so blöd. Schließlich kannte er den Typ aus dem Effeff. Joe klopfte sich nun wahrscheinlich selbst auf die Schulter, da er scheinbar mühelos in Arnolds Nähe gelangt war, doch in Wahrheit diente die Aktion einzig dazu, dass er Joe im Auge behalten konnte.

Und nicht nur das. Joe würde für das bezahlen, was er ihm damals angetan hatte – und zwar mit Zinsen! Es musste ihm nur gelingen, den Schnüffler lange genug hinzuhalten, um noch die ein oder andere goldene Gans zu schlachten. Wobei er leider in den letzten Wochen dabei nicht gerade erfolgreich gewesen war.

Es war aber auch zum Kotzen, dass die ›bessere‹ Gesellschaft ihn einfach nicht als ihresgleichen akzeptierte. Als ahnten sie alle, dass der Luxus, mit dem er sich umgab, in Wahrheit nur auf Pump finanziert wurde. Einiges, wie zum Beispiel sein Urlaub auf einer Luxusjacht – die Fotos davon konnte man auf Facebook bewundern –, war sogar nur den Photoshop-Kenntnissen seines Kumpels Heiko zu verdanken.

Arnold zog seinen Arm unter Susi hervor, die daraufhin zur Seite rollte und leise schnarchte. Er verdrehte die Augen, spazierte in seine Küchenzeile, machte sich einen Espresso, holte sein Tablet hervor und rief erst mal den Wirtschaftsteil der Tageszeitung sowie den Internetauftritt eines Manager-Magazins auf.

Er scrollte durch die Seiten, als sein Blick plötzlich an einer Anzeige hängen blieb. Nachdenklich nippte er an seinem Espresso, während sich langsam eine Idee in seinem Kopf bildete. Eigentlich hatte Arnold ja gehofft, dass Marion und ihre Freundin Ruth von Brünneck ihm die ein oder andere Tür öffneten, doch Marion hatte nicht mal geruht, ihm eine Nachricht zukommen zu lassen, die ihr Fehlen gestern erklärte, und Ruth …, na ja. Womöglich musste er also bei einer anderen Lady ganz von vorne anfangen.

Allerdings hatte er bereits festgestellt, dass es sich bei den reichen Damen Münchens keinesfalls um naive Dummchen handelte, die nach einer heißen Nacht nur allzu bereit waren ihre Geldbörsen für ihn zu öffnen. Ja, die meisten schienen nicht mal an einer Affäre interessiert zu sein!

Aber wie war es ihm selbst denn gestern gegangen? Susi zu erobern, war fast langweilig gewesen, schließlich lechzte sie geradezu danach, verführt zu werden. Dass Joe unter allen Umständen verlieren wollte, war ebenfalls klar, sprich, die Herausforderung war gleich null gewesen. Wenn es den Ladys bei dem jungen Finanzberater, der nur allzu bereit für einen Flirt war, genauso erging? Aber wenn er nun eine feste

Freundin hätte? Eine Freundin, die auch noch einen guten Namen hatte und ihm so den Zugang zu Veranstaltungen ermöglichte, bei denen er normalerweise nicht mal in die Nähe des Türstehers kam?

Mit Daumen und Zeigefinger vergrößerte Arnold die Anzeige und las den Text noch mal genau durch. Wenn es die Wahrheit war, was dort stand, konnte das die Lösung seiner aktuellen Probleme sein.

Nun hätte er diese Person natürlich selbst überprüfen können, aber schließlich hatte er seit gestern einen Angestellten, der vermutlich keine Probleme hatte, die gewünschten Informationen in kürzester Zeit zu besorgen. Außerdem würde es weit mehr Spaß machen, Joe zu demonstrieren, dass er von nun an wieder nach seiner Pfeife tanzen musste, anstatt die Arbeit selbst zu erledigen. Arnold würde derweil lieber mal nachsehen, ob Susi vielleicht endlich ausgeschlafen hatte …

***

Nie wieder Soleros, schwor sich Joe und warf zwei Aspirin in ein Wasserglas.

Das nächste Mal dachte er sich lieber was anderes aus, wenn er den Eindruck erwecken wollte, sich um die Gunst einer Frau zu bemühen. Denn sowohl Susi als auch Arnold hatten sich bereitwillig von ihm mit Cocktails versorgen lassen, auch wenn schnell klar wurde, dass er ansonsten überflüssig war. Zum Glück hatte Arnold wenigstens nicht darauf bestanden, dass sein frischgebackener Chauffeur die Turteltäubchen nach Hause fuhr. Stattdessen hatte er großzügig das Angebot akzeptiert, dass Joe für das Taxi nach München aufkam.

Joe brühte sich noch eine Tasse extra starken Kaffees auf. Zu gerne hätte er sich mit einer ganzen Kanne dieses Gesöffs in sein Arbeitszimmer verzogen, um zu versuchen, mithilfe seines Computers irgendwas über Arnold und seine Geschäfte herauszubekommen. Aber zunächst musste er wohl oder übel wieder nach Bad Wiessee, um seinen Wagen abzuholen. Denn wer konnte schon wissen, wann seine Dienste als Chauffeur benötigt wurden?

Just in diesem Moment klingelte sein Handy. Joe warf ein Blick auf das Display. ›Wenn man den Teufel nennt, kommt er gerennt!‹, fiel ihm prompt ein Spruch seiner Oma ein. Missmutig nahm er ab.

»Arnold. Was kann ich für dich tun?«

»Genau die richtige Frage«, kam die Stimme seines Freundes unanständig energiegeladen aus dem Telefon. »Einen wunderschönen guten Morgen wünsche ich dir! Du kannst mir tatsächlich einen Gefallen tun.«

»Ich bin gerade erst aufgestanden«, stöhnte Joe. »Und der Rolls steht noch am Tegernsee.«

»Keine Sorge, ein Chauffeur wird heute nicht benötigt. Ich habe vor, den Großteil des Tages in höchst angenehmer Gesellschaft im Bett zu verbringen. Aber du hast doch gesagt, du kannst mit Computern. Ich bräuchte da eine kleine Information …«

»Na, dann lass mal hören«, meinte Joe um einiges entgegenkommender.

Denn auch seinem schmerzenden Kopf war klar, dass dies womöglich schon die Chance war, zu erfahren, wie genau Arnold sein Vermögen machte. Wenn sein Freund ihm schon so weit vertraute, dass er ihm irgendwelche Informationen beschaffen sollte, dann konnte er den Auftrag womöglich schneller abschließen, als er zu hoffen gewagt hatte.

Als er jedoch hörte, dass Arnold ziemlich umfangreiche Informationen über *eine Frau* wünschte, fragte sich Joe schon, wie ihm das weiterhelfen sollte. Zu blöd – für Arnolds Recherche und die Fahrt nach Bad Wiessee würde sicher der Rest des Tages draufgehen, für seine eigenen Nachforschungen blieb da kaum Zeit.

Aber er musste ja auch nicht alles selber machen. Sein Hacker-Kollege Silas war ständig knapp bei Kasse, der verdiente sich sicher gerne ein paar Euro dazu. Sollte der sich doch durch Arnolds Vergangenheit wühlen, Joe würde sich um das Mädel kümmern und sobald er wieder komplett nüchtern war, einen kleinen Ausflug an den Tegernsee unternehmen.

∗∗∗

Der Anfang ist gemacht! Nutzen Sie die Gunst der Stunde!

Welcher Teufel hatte sie bloß geritten, sich schon wieder diese Zeitung zu holen? Freddy konnte über sich selbst nur den Kopf schütteln. *Gunst der Stunde,* ha, ha! Sie fühlte sich, als wäre sie einmal durch den Fleischwolf gedreht worden.

Wesentlich weniger schwungvoll als am Tag zuvor verließ sie die Tram, schlurfte kurz bei Murats Laden vorbei, um Zucchini, Paprika und Auberginen zu besorgen – Vitamine konnten schließlich nie schaden –, und schleppte sich dann die Stufen zu ihrer Wohnung hoch.

Ein Wunder, dass sie diesen Arbeitstag überhaupt irgendwie überstanden hatte! Freddy stellte mit letzter Kraft die Einkäufe in der Küche ab, an Kochen war vorerst nicht zu denken. Dann trottete sie in ihr Zimmer, schlüpfte in eine ausgeleierte Leggins im Camouflage-Look und ein verwaschenes Mickey-Mouse-T-Shirt, plumpste erschöpft von dieser Anstrengung aufs Bett und stellte den Fernseher an. Gerade als sie beschlossen hatte, sich die 8. Staffel der ›Gilmore Girls‹ ein weiteres Mal anzusehen, klingelte es an der Tür.

»Valentina?!«, rief sie hoffnungsvoll, doch nichts rührte sich.

Stattdessen schellte es erneut. Freddy entschied sich dafür, einfach so zu tun, als hätte sie nichts gehört. Schließlich erwartete sie niemanden.

Doch wer auch immer da draußen stand, gab nicht auf, klopfte nun sogar gegen die Wohnungstür. Ob Wanda womöglich ihren Schlüssel vergessen hatte? Freddy quälte sich wieder vom Bett hinunter, schlappte in den Flur und öffnete.

»Sag bloß, du hast unseren Mädelsabend auch nicht so einfach weggesteckt und bist ohne Schlüssel …«

Der Rest des Satzes blieb ihr einfach im Hals stecken. Freddy warf die Tür um einiges schneller wieder zu, als sie sie geöffnet hatte.

Nie wieder Ramazotti, dachte sie dabei. Jetzt hatte sie auch schon Halluzinationen. Denn draußen stand mitnichten Wanda, sondern ein Mann, der definitiv nicht hier war, um ihr einen neuen Handyvertrag oder ein Zeitschriftenabo aufzuschwatzen. Es sei denn, die engagierten seit neuestem Typen, die zuvor die Hauptrolle im neuesten Blockbuster gespielt hatten.

»Frederika von Querlitz?«

Die Halluzination schien nicht aufgeben zu wollen und klopfte erneut an die Tür – oder war der Mann etwa doch echt? Aber woher kannte er ihren Namen? Freddy presste ein Auge auf den Spion und betrachtete misstrauisch den Kerl, der immer noch hartnäckig vor ihrer Wohnung stand und nun wieder die Klingel betätigte.

Für ein Trugbild wirkte er eigentlich viel zu präsent. Und zu seriös, wie er da in seinem dunklen Anzug dastand, mitsamt farblich aufeinander abgestimmter Krawatte und seidenem Einstecktuch. Als er erneut klopfte, entdeckte sie sogar ein paar dezente goldene Manschettenknöpfe. Zudem trug er diese Dinge mit einer derartigen Selbstverständlichkeit, die nur eines bedeuten konnte: Sein sicher sauteures Outfit war ihm piepegal.

»Frau von Querlitz?«

Wenn er so weitermachte, versetzte er noch das ganze Haus in Aufruhr. Dann hieß es gleich wieder, in der Mädels-WG herrsche Sodom und Gomorra. Besser, sie sah zu, dass sie ihn loswurde. Freddy öffnete die Tür einen winzigen Spalt.

»Wir kaufen nix!«

»Davon bin ich ausgegangen«, sagte er Kerl gelassen und strich sich mit einer ziemlich verführerischen Geste eine dunkle Haarsträhne aus der Stirn. »Sonst hätten Sie ja wohl kaum diese Anzeige aufgegeben.«

Was laberte der denn da?!

»Anzeige? Toller Trick!«, sagte Freddy skeptisch. »Mein Freund ist Preisboxer. Sie verschwinden besser, sonst befördert er Sie hinaus.«

Doch der Typ vor ihrer Tür ging gar nicht auf diese Drohung ein.

»›Aschenputtel sucht Millionär‹, das ist doch Ihre Annonce? Nun hier bin ich, also sollten Sie mich auch hereinlassen.« Er runzelte die Stirn. »Sagen Sie nicht, das ein anderer schneller war!«

Freddy bekam ein ganz ungutes Gefühl. Vage erinnerte sie sich daran, dass sie nach ein paar Gläsern Rotwein eine tolle Idee entwickelt hatte, wie sie den richtigen Mann finden könnte. Sie hatte das doch nicht – so besoffen wie sie gestern war – in die Tat umgesetzt?!

»Welcher Idiot antwortet denn auf so eine Anzeige?«

»Ich muss doch sehr bitten«, sagte er streng, aber nicht unfreundlich. »Allerdings muss ich zugeben, dass ich nicht hier bin, um mich als Ihr zukünftiger Prinz zu bewerben. Womöglich kommen wir aber anderweitig ins Geschäft. Aber wollen wir das nicht lieber drinnen besprechen?«

Häh? Der hatte doch echt einen an der Klatsche! Im Leben würde Freddy den Typ nicht hereinlassen, wenn sie nicht ausgerechnet in diesem Moment gehört hätte, wie sich Frau Schneider – die größte Ratschkathl der ganzen Straße – die Stufen hochquälte. Freddy öffnete die Tür gerade weit genug, dass er hindurchpasste, packte ihn am Arm und zog ihn in ihren Flur.

»Das ist alles ein riesiges Missverständnis«, erklärte sie dabei. »Tut mir leid, dass Sie sich umsonst herbemüht haben.«

»Das glaube ich nicht«, entgegnete er gelassen und ließ seinen Blick erst über die schon etwas ramponierten Möbel ihres Flurs und dann über Freddy schweifen.

Siedendheiß fiel ihr ein, in welchem Aufzug sie herumstand. Freddy spürte, wie sie rot wurde. Wie peinlich war das denn!

»Gehen Sie bitte!«, sagte sie etwas weniger forsch.

»Fangen wir doch einfach noch mal von vorne an«, ignorierte er ihre Bitte einfach. »Mein Name ist Arnold Völkel.«

Dabei reichte er ihr die Hand, als befänden sie sich auf einem offiziellen Empfang. Perplex ergriff Freddy sie. Wobei sie nicht umhinkam festzustellen, dass diese sich wesentlich besser anfühlte als Edwards schwitzige Pranke gestern.

»Frederika – aber alle nennen mich nur Freddy.«

»Wie schade, Frederika ist so ein außergewöhnlich hübscher Name. Allerdings können wir uns wirklich duzen, da hast du recht. Aber möchtest du wirklich hier im Flur stehen bleiben?«

»Ja!« Entschieden verschränkte Freddy die Arme vor der Brust. Höchste Zeit, dass sie das Heft des Handelns wieder in die Hand nahm. »Ich sagte ja bereits, dass das ein Missverständnis ist. Tut mir leid, aber ich kann nichts für dich tun!«

»Es geht um ein Geschäft, von dem wir meines Erachtens nach beide profitieren würden. Möchtest du dir meinen Vorschlag nicht wenigstens anhören? Missverständnis oder nicht, ich könnte mir durchaus vorstellen, dass dir eine kleine Finanzspritze nicht ungelegen käme – immerhin wird es nicht sehr lukrativ sein, über eine Zeitarbeitsfirma am Empfang einer Versicherungsgesellschaft zu arbeiten, habe ich recht?«

Der Kerl wurde ihr langsam unheimlich. Dass sie bei einer Zeitarbeitsfirma arbeitete, hatte sie doch wohl kaum in eine Anzeige hineingeschrieben. Oder?

Da er aber offenbar nicht vorhatte zu gehen, bevor er ihr seinen Vorschlag unterbreitet hatte, beschränkte sich Freddy vorerst darauf, ihn wütend anzufunkeln.

»Ich dagegen habe Geld genug«, erklärte er lässig. »Ich möchte ja nicht unbescheiden wirken, aber es ist mir gelungen, mein Erbe in den letzten Jahren zu verdoppeln. Leider führt das dazu, dass sich meine Verwandtschaft Sorgen macht, was nach meinem Ableben wohl mit diesem Wohlstand geschehen wird.«

Wie bitte? Freddy rieb sich die schmerzende Stirn. Was redete er denn da?

»Meine Großmutter befürchtet, dass der Familienschatz in falsche Hände gerät, wenn ich nicht bald heirate und für Nachwuchs sorge«, präzisierte Arnold augenzwinkernd, um dann jedoch gleich wieder sehr ernst zu werden. »Bisher konnte ich sie recht gut vertrösten, doch nun ist sie krank geworden und liegt mir ständig damit in den Ohren, dass sie bald sterben könnte, ohne wenigstens meine zukünftige Frau kennengelernt zu haben.«

Er seufzte tief.

»Ich wünsche Großmutter ja wirklich, dass sie in Frieden gehen kann, aber ich bin einfach noch nicht bereit für eine feste Beziehung. Und da kommst du ins Spiel. Ich würde mich sehr gerne mit dir verloben.«

Er lächelte sie entwaffnend an, und Freddy kam nicht umhin festzustellen, dass der Mann vor ihr nicht nur aufgrund seines schicken Anzugs ziemlich attraktiv war. Seine Idee dagegen erschien ihr völlig absurd.

»Wir können doch nicht heiraten und Kinder bekommen, nur um deiner Oma eine Freude zu machen?!«

»Nun, wie gesagt, es würde sich dabei ja um ein Geschäft, und nicht um eine echte Verlobung handeln. Ein Geschäft, bei dem beide Seiten von vornherein wüssten, woran sie sind. Keiner von uns muss dem anderen etwas vormachen. Wir lassen uns gemeinsam auf diversen Veranstaltungen sehen – meine Großmutter hat exzellente Kontakte, wird also bald erfahren, dass ich seit neuestem immer mit der gleichen Frau unterwegs bin. Das wird sie viel eher überzeugen, als wenn ich plötzlich eine Verlobte aus dem Hut zaubere. Und dann sage ich ihr, dass ich dich fragen will, ob du mich heiraten möchtest. Na, wie findest du das?«

»Bescheuert«, sagte Freddy. »Wieso denn ich?«

»Ich muss zugeben, dass die Tatsache, dass du die Enkelin von Melchior von Querlitz bist, dich in meinen Augen zusätzlich für diese Aufgabe qualifiziert.«

Aha, daher wehte der Wind.

»Da muss ich dich aber enttäuschen. Wenn du dich auch noch mit meinem Opa schmücken willst – der zieht es vor, meine Existenz zu ignorieren.«

»Kein Problem, der interessiert mich nur am Rande. Sind wir im Geschäft?«

Doch Freddy versuchte immer noch, ihrem matschigen Kopf einen klaren Gedanken zu entlocken. Sie hatte offenbar wirklich diese bescheuerte Anzeige aufgegeben, in der sie einen Millionär suchte. Peinlich genug, aber dass sich auf so eine Ansage tatsächlich jemand meldete?! Allerdings suchte Arnold ja gar nicht nach einer Beziehung. Dann fiel ihr auch noch das Horoskop ein, dass sie doch unmissverständlich aufgefordert hatte, die Gunst der Stunde zu nutzen. Würde vielleicht doch noch ein echter Interessent auftauchen? Unmöglich!

Oder meinten die Sterne das womöglich ganz anders? Vielleicht hatte sie das Horoskop einfach ganz falsch interpretiert! Was, wenn sie gestern unter Einfluss des günstigen Mondes genau das Richtige getan hatte, um den Mann ihres Lebens zu finden? Okay, Arnold und sie hatten nun nicht den besten Start gehabt. Aber wer sagte denn, dass sich daraus nicht doch etwas ganz anderes entwickeln konnte? Hunderte Romane musste sie gelesen haben, in denen das Paar zunächst zum Schein zusammen war – und sich dann wirklich ineinander verliebte!

Just in diesem Moment, als sich Freddy für seinen Vorschlag zu erwärmen begann, sah sie aus den Augenwinkeln, dass Valentina das Bad verließ – lediglich mit einem um den Körper gewickeltem Badehandtuch bekleidet. Rasch drängte sie Arnold nun doch in ihr Zimmer, wo er unsanft auf ihrem Bett landete. Aber gerade jetzt, wo sie beschlossen hatte, dass ihr irgendeine höhere Gewalt offenbar einen ziemlich gut aussehenden – und vermögenden! – Mann vorbeigeschickt hatte, konnte sie nicht riskieren, dass er auf den Gedanken verfiel, dass ein Model wie Valentina womöglich besser geeignet war, um seine Verlobte zu spielen.

Arnold rappelte sich auf. In ihrem Zimmer wirkte er noch deplatzierter als zuvor im Flur.

»Mag sein, dass ich an deinem Vorschlag interessiert bin«, erklärte sie möglichst würdevoll und versuchte zu vergessen, dass sie immer noch in ihren ollen Leggins und dem Mickey-Mouse-Shirt dastand. Keinesfalls durfte sie sich nun aus der Ruhe bringen lassen. »Aber wir müssen da ein paar Dinge klären!«

»Nur zu.«

»Kein Sex, kein Gefummel!«, bestimmte Freddy.

»Ich bestehe auf Küssen und Händchenhalten«, schoss er sofort zurück.

Sie nickte möglichst gnädig, und versuchte sich nicht anmerken zu lassen, dass sie sich darauf freute.

»Ich will eine Anzahlung. Schließlich brauche ich neue Klamotten, damit ich an deiner Seite attraktiv aussehe, nicht dass deine Oma mich für unpassend hält.«

»Sehr sinnvoll«, bestimmte Arnold.

Dabei hielt Freddy es ihm wirklich zugute, dass er nicht etwa bedeutungsvoll ihr aktuelles Outfit musterte. Stattdessen schlug er vor:

»Was hältst du von einer Shoppingtour? Gleich morgen um neun?«

»Einverstanden.«

»Also haben wir einen Deal?«

»Deal«, bekräftigte Freddy.

Erneut schüttelten sie sich die Hände, wobei sich ein kleines, verschmitztes Lächeln in seinem Mundwinkel zeigte.

»Es wundert mich allerdings nicht, dass du in finanziellen Nöten bist, Frederika, wenn du auf diese Weise Geschäfte machst – hättest du mich nicht erst mal fragen sollen, wie viel du verdienen kannst?«

Sie spürte, wie sie rot wurde. Wegen dem Geld machte sie doch gar nicht mit!

»500 Euro pro Abend, an dem du mich begleitest, sind ein angemessener Betrag, oder?«, schlug er vor.

500 Euro! Pro Abend! Freddy nickte sprachlos.

»Gut. Dann bis morgen.«

Zu ihrer großen Enttäuschung schickte er sich zum Gehen an. Etwas belämmert begleitete Freddy ihn zur Wohnungstür.

»Ach ja, das hatte ich ganz vergessen.« Er drehte sich noch mal zu ihr um. »Diese Anzeige habe ich verschwinden lassen.

Das war doch bestimmt in deinem Sinne. Wir wollen ja nicht, dass es unschöne Gerüchte gibt, oder?«

Damit wandte er sich endgültig ab, während Freddy ihm mit offenem Mund hinterherstarrte. Doch bevor sie noch etwas sagen konnte, verschwand er im Treppenhaus.

Erschöpft wankte sie zurück zu ihrem Bett und ließ sich darauf fallen. War das alles eben wirklich passiert? Sie zwickte sich in den Arm.

Autsch! Kein Zweifel, das war kein Traum.

Also, dieser Arnold könnte sie schon interessieren. Wie er das mit der Anzeige wohl geschafft hatte? Auf jeden Fall war er offensichtlich ein Mann, der wusste, was er wollte und die Dinge direkt anpackte. Je länger sie darüber nachdachte, um so besser gefiel er ihr.

Und schon morgen stand ihr Millionär wieder vor der Tür! Da musste sie allerdings zusehen, dass sie dann einen besseren Eindruck auf ihn machte. Am besten, sie begann damit, sich etwas zu kochen. Schließlich wollte sie nichts unversucht lassen, um Arnold letztendlich für sich zu gewinnen!

***

Joe parkte seinen Wagen einige Blocks von seinem Ziel entfernt. Schließlich war es nicht nötig, dass der Mann, den er gleich aufsuchen würde, auf den ersten Blick sah, dass er mit seinem Rolls nicht so ganz nach Aubing passte. Er ging das letzte Stück zu Fuß und merkte, wie sich die Kopfschmerzen, die ihn den ganzen Tag geplagt hatten, langsam verabschiedeten. Silas hatte ihm die ersten Ergebnisse gemailt, und Arnold hatte ihm gnädigerweise den Rest des Tages frei gegeben. Also gedachte Joe, direkt vor Ort ein wenig in dem Leben herumzuschnüffeln, das Arnold geführt hatte, während er selbst in den Staaten weilte und immer tiefer in die Welt der Computer und ihrer Vernetzung eintauchte. Kurz entschlossen hatte er einen Termin bei dem kleinen Unternehmen in Aubing gemacht, in dem Arnolds Bewährungshelfer ihm laut Silas nach seiner Entlassung eine Lehrstelle verschafft hatte.

›Rendl Immobilien‹, las Joe dann auch schon auf einer Glastür, die mit einer etwas zu kleinen Milchglasfolie abgelebt worden war. Hinter dem riesigen Schaufenster neben der Tür befand sich ein altmodischer Lamellenvorhang, wie ihn auch Joes Zahnarzt besaß. Nicht gerade das Ambiente, das Arnold in der Zwischenzeit bevorzugte.

Joe drückte gegen die Glastür, die sich anstandslos öffnen ließ.

»Hallo?«

»Herr Maier, nicht wahr? Ich freue mich, dass Sie den Weg in meine bescheidene Hütte gefunden haben!«

Joe zuckte ein wenig zusammen. *Maier.* Heute Mittag hatte er aber noch gar keine Fantasie bei der Wahl eines Decknamens bewiesen! Nun, das konnte er ja jetzt wieder gutmachen, indem er überzeugend den jungen Familienvater auf der Suche nach einem netten Reihenhäuschen mimte.

Eifrig klärte ihn Herr Rendl über die Preise in diesem Stadtteil auf, stellte seine Hilfe bei Abschluss eines Kredites in Aussicht und zeigte Joe zwei Exposés über seiner Meinung nach passende Objekte. Joe musste an sich halten, um sich nicht zu schütteln.

»Sehr schön …«, behauptete er. »Vielleicht könnten wir einen Besichtigungstermin vereinbaren, bei dem dann auch meine Frau dabei sein kann? Aber sagen Sie – eigentlich hoffte ich ja, hier einen alten Freund von mir anzutreffen. Arnold Völkel. Hat der nicht bei Ihnen eine Ausbildung absolviert?«

Herr Rendl lachte böse auf.

»Der feine Herr Völkel, jaja. Als keiner ihm eine Chance geben wollte, war das hier gut genug für ihn. Aber er wollte ja schon immer höher hinaus. Als er die Ausbildung endlich abgeschlossen hatte – mehr schlecht als recht übrigens – und ich ihm alles über das Geschäft beigebracht hatte, hat er mich einfach sitzen lassen. Sich selbständig gemacht, damit er sich seine Kunden aussuchen könne. Schauspieler, Manager, so was schwebte ihm vor. Pah, würde mich nicht wundern, wenn er damit ordentlich auf die Schnauze gefallen wäre – die haben doch nicht auf so einen Knastbruder gewartet! Nee, wenn Sie mich fragen, hat der Junge einfach zu viele Soaps gesehen.«

Böse starrte er Joe an, der sich beeilte, ihm zu versichern, dass er die letzten Jahre nicht in München gelebt und Arnold schon seit Langem aus den Augen verloren hatte. Doch das Misstrauen in Rendls Augen blieb. Vielleicht fürchtete er, dass sein vermeintlich guter Kunde Arnold im Gefängnis kennengelernt haben könnte.

»Ich werde die Exposés meiner Frau zeigen.«

Joe fand, dass es an der Zeit war zu gehen. Rendl Immobilien war offenbar sowieso nur eine Zwischenstation in Arnolds Leben gewesen – über seine heutigen Geschäfte dürfte sein ehemaliger Chef kaum Bescheid wissen.

Aber immerhin hatte er einen kleinen Hinweis bekommen: Arnold hatte als selbständiger Immobilienmakler gearbeitet. Das sollte doch als Input reichen, damit Silas weiterforschen konnte.

SHOPPINGTOUR

Überaus zufrieden betrachtete Arnold Susi, die nackt, wie Gott sie schuf, in seiner Küche mit der Zubereitung eines Frühstücks beschäftigt war. Zu dumm, dass er sich nachher mit dieser Frederika zum Shoppen treffen musste – je länger er Susi betrachtete, desto erfreulichere Arten, den Vormittag zu verbringen, fielen ihm ein.

Zumal er sich gar nicht mehr so sicher war, dass Frederika ihm überhaupt nützlich sein konnte, nachdem er die Kleine gestern gesehen hatte. Nicht nur, dass ihre Familie scheinbar nichts mit ihr zu tun haben wollte – nein, sie war auch noch *tatsächlich* arm! Arnold hatte sich das eher so vorgestellt, dass die Kohle des Adelsgeschlechts in hochherrschaftlichen Immobilien und uraltem Schmuck steckte, und die Sprösslinge deshalb gezwungen waren, einer Arbeit nachzugehen – aber da war anscheinend seine Fantasie mit ihm durchgegangen. Wahrscheinlich hatte er einfach zu viele Soaps gesehen.

Stattdessen hätte er lieber mal den ellenlangen Text über Frederika genau lesen sollen, den Joe ihm gestern gemailt hatte. Arnold beschloss, das gleich nachzuholen. Treffen würde er sich mit der Kleinen trotzdem. Auf die paar Kröten für ein passables Outfit kam es nun auch nicht mehr an, und immerhin erschien sie ihm recht temperamentvoll zu sein, durchaus möglich, dass die Bekanntschaft mit Frederika zumindest auf andere Weise interessant werden würde.

Die Türklingel riss Arnold aus seinen Gedanken. *Fuck,* was sollte dass denn schon wieder? Wozu bezahlten sie hier eigentlich ein Concierge, wenn der sich einfach nicht angewöhnen konnte, Besucher telefonisch anzukündigen?! Was für ein Glück, dass er mit der Miete im Rückstand war, sonst müsste er sich *richtig* darüber ärgern.

Schwungvoll riss er die Tür auf und sah direkt in blassen Augen Ruth von Brünnecks.

Fuck! Fuck!

Er wollte ihr die Tür vor der Nase zuschlagen, aber sie war schneller und drängte sich direkt in seinen Flur. Sofort begann sie damit, ihn mit einer unangenehm hohen Stimme zu beschimpfen.

»Wo ist Marion? Ich verlange, sofort mit ihr zu sprechen! Sie ist nicht wie vereinbart bei mir erschienen, und jetzt kann ich sie nicht erreichen!«, kreischte sie.

Na, da sind wir ja schon zwei, die versetzt wurden, dachte Arnold. Beschwichtigend hob er die Hände und setzte zu einer Erklärung an, als Susi – immer noch im Evaskostüm – in der Tür erschien.

»Alles in Ordnung, Arnold?«

Fuck, Fuck, Fuck!

»Ah!«, triumphierte die von Brünneck. »Wusste ich es doch! Wüstling! Mieser Aufreißer! Gigolo!«

»Das ist nicht so, wie es …«, begann Arnold lahm.

»Schon klar!«, plärrte Ruth. »Aber wenn Marion das hört, wird sie Sie sofort abservieren! Ha, ha!«

Triumphierend wandte seine Besucherin sich ab und stiefelte hinaus. Dass es ihr eigentlich darum gegangen war, die verschwundene Marion zu finden, hatte sie offenbar vorübergehend vergessen.

Arnold hingegen begann, sich langsam wirklich Sorgen zu machen. Er war davon ausgegangen, dass Marion mit Ruth zusammen war, während die offenbar angenommen hatte, Marion hätte sich doch mit Arnold getroffen. Aber wo steckte die Frau wirklich?

Womöglich hatte sie einen Unfall gehabt, es wäre ja nicht das erste Mal, dass sich Marion mit einer waghalsigen Tier-rettungsaktion in Gefahr brachte. Was, wenn sie verwirrt oder gar bewusstlos in einem Krankenhaus lag? Zu dumm, dass Ruth die Susi gesehen hatte. Aber wenn er Marion zuerst fand und ihr erzählte, dass er sich aus purer Verzweiflung über ihre vermeintliche Zurückweisung in Susis Arme gestürzt hatte, dann hatte er vielleicht doch noch eine Chance bei ihr.

Nachdenklich ging Arnold zurück in den Wohnbereich, wo er Susi vorfand, die zitternd auf einem Sofa saß, ein Geschirr-tuch in ihren Händen knetete und ihn mit weit aufgerissen Augen ansah.

»Susi?«, sagte er verwirrt, und machte zwei große Schritte auf sie zu.

Susi zuckte zusammen und stieß rasch aus:

»Es tut mir leid! Es tut mir leid! Ich wollte dich nicht in Schwierigkeiten bringen!«

Dabei zog sie die Schultern hoch und schien ihren Kopf dazwischen verstecken zu wollen. Arnold hielt irritiert inne. Susi sah aus, als erwartete sie, geschlagen zu werden. Ganz langsam, als nähere er sich einem verschreckten Tier, hockte er sich vor sie hin.

»Susi. Ja, die Situation war ein wenig unglücklich, aber das war doch nicht deine Schuld, sondern die von diesem bescheuerten Concierge. Alles gut, okay?«

Er sah, wie sich eine große Träne aus ihrem Auge löste und über ihre Wange kullerte. Verdammt, irgendwer musste sie ziemlich schlecht behandelt haben, wenn sie so reagierte. Wie er so was hasste. Der Kerl sollte besser nicht in seine Nähe kommen!

Behutsam schloss er Susi in die Arme und flüsterte in ihr Haar.

»Pass auf, wir essen jetzt das Frühstück, mit dem du dir solche Mühe gegeben hast. Leider habe ich heute Vormittag eine Kleinigkeit zu erledigen – aber weißt du was, ich mache dir so lange einen Termin bei der Kosmetikerin hier ums Eck. Die soll dich ordentlich verwöhnen, dann fühlst du dich gleich besser. Dann telefonieren wir später und vielleicht können wir uns dann noch mal sehen, hm?«

»Danke! Du bist so lieb.« Sie schluchzte leise.

Na also. Wenn alles klappte, konnte er in Ruhe Marion suchen, und nachher würde Susi ihm dann zeigen, *wie* dankbar sie war. Mit Freundlichkeit erreichte man doch viel mehr bei Frauen als mit Gewalt, seltsam, dass es immer noch Männer gab, die das nicht kapierten.

Plötzlich fiel ihm allerdings ein, dass er ja eigentlich gar keine Zeit hatte, Detektiv zu spielen, schließlich war er mit Frederika verabredet. Zu dumm. Er wollte den Termin ungern einfach platzen lassen, aber Marion zu finden, war wichtiger. Ob er Frederika allein zum Einkaufen schicken sollte?

Doch dann kam ihm die perfekte Idee. *Joe!* Sein Chauffeur konnte sich durchaus ein bisschen nützlich machen, das würde ihn hoffentlich auch gleich davon abhalten, in seinen Angelegenheiten herumzuschnüffeln. Äußerst zufrieden griff Arnold nach dem Telefon und zitierte Joe in einer halben Stunde in seine Wohnung.

***

»Sag mal, spinnst du? Du lässt dich von einem Typen dafür bezahlen, dass du mit ihm ausgehst?! Du weißt aber schon, wie man so was nennt, oder?«

Wandas Entrüstung zeigte sich deutlich in der Lautstärke ihrer Stimme. Verärgert entwand Freddy ihr das letzte der Ratatouille-Tartelettes, das noch von ihrer gestrigen Kochaktion übrig war und schob es sich selber in den Mund.

»Anstatt mir jetzt Vorhaltungen zu machen, hättest du mich lieber mal davon abhalten sollen, meinen kompletten Namen unter diese Anzeige zu setzen!«, mümmelte sie mit vollem Mund.

»Habe ich ja versucht! Aber ihr zwei Grazien wart ja nicht zu bremsen«, schimpfte Wanda.

»Wie auch immer«, lenkte Freddy rasch ab. »Ich habe das doch schon erklärt – mir geht es um den Mann, nicht um das Geld! Der Kerl ist total heiß! Sogar mein Horoskop ist der Meinung, dass er endlich der Richtige für mich ist: *Der Anfang ist gemacht! Nutzen Sie die Gunst der Stunde!* Das lässt doch keinen Platz für Zweifel, oder?«

»Ich dachte, nach dem letzten Reinfall wolltest du keine Horoskope mehr lesen?« Nachdem sie stundenlang das Bad blockiert hatte, gesellte sich Valentina zu ihren Freundinnen in der Küche.

Wanda rollte nur mit den Augen und Freddy sah beschämt zur Seite.

»Aber wenn es dir wirklich ernst ist – du siehst heute besonders hübsch aus. Du wirst deinem Auserwählten bestimmt ordentlich den Kopf verdrehen!«, fügte Valentina rasch hinzu, wie immer um Harmonie bemüht.

»Du kennst doch die Typen, die sie anschleppt. Spätestens nach einer halben Stunde wird sie sich wünschen, ihm den Kopf einmal ganz rumzudrehen«, grummelte Wanda.

»Ach Quatsch«, wiegelte Valentina ab. »Ich habe heute übrigens das Casting mit Leonardo DaSilva. Was sagt denn mein Horoskop dazu?«

Eifrig schlug Freddy die Zeitschrift noch mal auf, klappte sie jedoch recht schnell wieder zu.

»Wanda hat schon recht, Horoskope sind Blödsinn.«

Valentina lachte.

»Also nicht so toll? Keine Sorge, ich glaube doch sowieso nicht daran. Drückt mir lieber die Daumen, da habe ich mehr davon.« Die Freundin schnappte sich ihre überdimensionale Handtasche und gab Freddy noch einen Kuss auf die Wange. »Ich drücke dir auch die Daumen. Diesmal ist es Liebe auf den ersten Blick, ganz bestimmt!«

Freddy schenkte noch mal Kaffee ein und schob Wanda versöhnlich eine Tasse hin. *Das* war also Liebe auf den ersten Blick? Dabei hatte sie gestern kaum geradeaus gucken können. Vielleicht ähnelte dieses Gefühl deshalb so wenig dem Tsunami, den sie eigentlich erwartet hätte.

»Hoffentlich kann ich ihn schnell überzeugen, dass ich keine geldgierige Ziege bin! Irgendwie muss es mir gelingen, den schlechten Eindruck, den er sicher von mir hat, wieder wettzumachen.«

»Na, was das Outfit angeht, passt das schon mal«, meinte Wanda gnädig. »Siehst richtig schick aus! Aber gegen dein

Mickey-Mouse-Shirt würde natürlich alles eine immense Verbesserung darstellen.«

Freddy verdrehte die Augen.

»Ja, so weit war ich auch schon.«

»Aber allzu große Hoffnungen auf die wahre Liebe würde ich mir nicht machen – kein Mann geht davon aus, die Frau seines Lebens aufgrund so einer Anzeige zu finden. Er wird höchstens denken, dass du leicht zu haben bist und mit dir in die Kiste steigen wollen, aber das war's dann wieder – Arrivederci, Frederika!«

Empört schnappte Freddy nach Luft, als es auch schon klingelte und nur Sekunden später an der Wohnungstür klopfte. Sie sprang so heftig auf, dass der Küchenstuhl, auf dem sie gesessen hatte, umkippte.

»Auf deine Unkenrufe gebe ich gar nichts!«, zischte sie wütend. »Wirst schon sehen, das wird mein ganz persönliches Märchen!«

Damit hastete sie zur Tür, um Arnold gebührend in Empfang zu nehmen.

***

Arnolds Wohnung diente offenbar nur einem Zweck: Sie sollte Eindruck schinden, auch wenn es sich nicht um eine der –

sicher auch für einen erfolgreichen Finanzmakler uner-
schwinglichen – Penthousewohnungen handelte. Die Räume
waren groß und offen und mit wenigen, exquisiten Stücken
möbliert, in der Küche blinkten moderne Geräte um die Wette
und auch an einem Kamin fehlte es nicht. Die Dekoration
bestand aus zwei bronzenen Statuen, die sicher künstlerisch
wertvoll und sauteuer waren, ansonsten lag oder stand nichts
herum. Das deutete darauf hin, dass Arnold seine neue Kulti-
viertheit nicht nur in Bezug auf seinen Kleidungsstil prakti-
zierte – oder eine sehr eifrige Putzfrau hatte.

»Nicht schlecht«, gab Joe zu, und Arnold lächelte zufrieden,
ehe er einer chromglänzenden Maschine zwei Espresso entlockte.

»Ich bin echt froh, dass mir heute ein Chauffeur zur Verfügung steht. Ich kann deine Hilfe wirklich gut gebrauchen«,
sagte er dabei. »Es geht um eine Frau.«

Joe verdrehte die Augen. Er konnte sich des Eindrucks nicht
erwehren, dass Arnold weit mehr Zeit mit seinen Weiber-
geschichten, als mit der Verwaltung der ihm anvertrauten
Gelder verbrachte.

»Eine neue Kundin?«

»Du lieber Himmel, nein, um die kümmere ich mich wirklich selber.«

Er musterte Joe kritisch.

»Trotzdem hättest du dir für deine neue Stellung besser etwas Angemessenes anziehen sollen, na, das lässt sich nun leider nicht mehr ändern. Und erzähl dem Mädel mal lieber nichts von unserer Wette – für sie bist du mein Angestellter, sonst gar nichts. Klar so weit?«

Joe nickte, obwohl ihm überhaupt nichts klar war. Was stimmte denn mit seiner dunklen Hose und dem Hemd nicht? Immerhin hatte er nicht nur den albernen Maßanzug und die teure Uhr zu Hause gelassen, sondern auch auf seinen geliebten Nerd-Look verzichtet.

»Folgendes«, fuhr Arnold fort, »du hast mir doch die Infos über diese Frederika von Querlitz besorgt – und genau um die geht es.«

Ach herrje, die Kleine, die sich unbedingt einen reichen Ehemann angeln wollte! Was wollte Arnold denn mit der?

»Ich habe mich auf Frederikas Anzeige gemeldet. Allerdings wäre es wichtig für mich, dass sie auch so aussieht, als entstamme sie einem uralten, ostpreußischem Adelsgeschlecht. Sie verfügt natürlich nicht über die entsprechenden Mittel – und über den nötigen Stil erst recht nicht. Irgendwer muss mit dem Mädel zum Einkaufen gehen, und da kommst du ins Spiel.«

Och nö, Arnold wollte ihm doch jetzt nicht ernsthaft so eine Tussi aufhängen?

»Wozu soll denn das gut sein?«, fragte er ungnädig. »Sie besitzt doch definitiv nicht die entsprechenden Ersparnisse, um einen Finanzmakler beschäftigen zu müssen.«

»Nee.«, Arnold grinste. »Aber ihr Stammbaum lässt sich vermutlich bis zu den alten Römern zurückverfolgen. Und damit ist sie sozusagen prädestiniert dafür, mir als meine Verlobte Zugang zu gewissen Kreisen zu verschaffen.«

So langsam begann Joe zu verstehen.

»Du willst dich also mit ihr verloben, um dich mit ihrem guten Namen zu schmücken. Aber vorher muss sie noch ein wenig aufpoliert werden?«

»Ganz genau! Für einen Chauffeur denkst du erstaunlich gut mit.«

Joe verzichtete großmütig darauf, die Spitze zu kommentieren, und meinte stattdessen:

»Aber dann solltest du vielleicht selbst mit der Verlobten in spe shoppen gehen – nicht, dass dir die Kleine noch abspringt, wenn du dich nicht genug um sie bemühst.«

Doch Arnold winkte ab.

»Der geht es doch nur ums Geld, die wird bei allem brav mitmachen. Sag ihr einfach, wir treffen uns zum Lunch.« Er zwinkerte Joe zu. »Außerdem habe ich noch eine Kleinigkeit zu erledigen, bevor Susi von der Kosmetikerin zurückkommt.

Ich kann es kaum erwarten zu fühlen, wie weich und anschmiegsam sie dann in meinen Armen liegen wird!«

»Du vergnügst dich also mit deiner letzten Eroberung, während ich die nächste bei Laune halten darf«, stöhnte Joe.

»Tja, das schwere Los der Dienerschaft«, meinte Arnold ironisch. »Hej, das wird doch sicher witzig! Aber jetzt beeil dich lieber, ich habe Frederika gesagt, es geht um neun Uhr los! Und bitte – keine Rüschen und keine Disneyfiguren, ja?«

Doch Joe dachte nicht daran, sich hetzen zu lassen.

»Du hast da nicht vielleicht eine Kleinigkeit vergessen?«

»Was denn zum Beispiel?«

»Die Spesen für die Shoppingtour, zum Beispiel.«

»Die würdest du nicht mal eben für einen alten Freund auslegen?«

»Auf gar keinen Fall!«

Einige Sekunden lang maßen sie einander mit den Blicken, bevor Arnold nickte.

»Nun gut.«

Ungeniert öffnete Arnold vor seinen Augen einen Wandtresor, der sich ulkigerweise in der Küchenzeile befand und sich als Mikrowelle tarnte, und entnahm ihm einen Packen Geldscheine. Joe machte sich sogleich daran, nachzuzählen.

»Lass mal«, sagte Arnold jedoch herablassend. »*Ich* vertraue dir völlig.«

»Wie du meinst. Na dann, viel Spaß mit deiner Susi!«, entgegnete Joe etwas grantig.

Nach Frederikas Adresse brauchte er nicht zu fragen. Die hatte er schließlich gestern erst für Arnold in Erfahrung gebracht.

Nachdem er die dritte Runde um den Häuserblock gedreht hatte, entdeckte Joe endlich einen Parkplatz für den Rolls. Seine Stimmung hatte sich in der Zwischenzeit nicht wirklich gebessert. Hoffentlich wurde er dieses oberflächliche Fräulein schnell wieder los. Nicht zu glauben, dass sie glaubte, mit so einer Anzeige könnte sie sich einen reichen Mann angeln!

Wenn er sich nicht so darüber ärgern würde, dass sein Kumpel jetzt eine heiße Nummer mit Susi schob, während er eine Möchtegern-Prinzessin davon abhalten musste, Arnolds Geld für einen Haufen Chichi zum Fenster herauszuwerfen, wäre die ganze Situation eigentlich zum Lachen. Da hatte er die Aufgabe, herauszufinden, ob sich Arnold die Ersparnisse reicher Kundinnen unter den Nagel riss – und musste sich stattdessen mit einer Frau herumschlagen, die wiederum Arnolds Vermögen im Auge hatte!

Auf jeden Fall hatte sich den Auftrag *so* wirklich nicht vorgestellt.

Joe erreichte den schon etwas heruntergekommenen Altbau, in dem diese Goldgräberin wohnte, und wollte gerade die Klingel betätigen, als die Haustür aufflog und eine ziemlich hübsche, langbeinige Brünette herausstürmte, eine Handtasche in der Größe eines Kleinwagens unter dem Arm. O Mann, zu schade, dass er nicht mit *der* Shoppen gehen musste – aber das Mädel eilte, ohne nach rechts und links zu sehen, davon.

Bedauernd sah Joe ihr noch einen Moment nach, während er mit dem Fuß die Tür stoppte. Dann begann er, die Treppe in den vierten Stock zu erklimmen. Mal sehen, was für ein Gesicht seine Verabredung machte, wenn gleich *er* und nicht Arnold vor ihrer Tür stand! Sein Mitleid hielt sich jedenfalls bereits jetzt in Grenzen – seiner Meinung nach geschah es der Kleinen ganz recht, dass Arnold sie vermutlich sehr schnell wieder abservierte, sobald er die gewünschten Kontakte geknüpft hatte.

»Warum klingelst du eigentlich nicht wie jeder normale Mensch *unten*, bevor ...«

Das Persönchen, das ihm die Tür geöffnet hatte, hielt überrascht inne und starrte ihn mit großen Augen verblüfft an.

Allerdings befürchtete Joe, dass er mit ähnlich intelligentem Gesichtsausdruck zurückstarrte. Sah sie doch überhaupt nicht so aus, wie er sich das aufgrund ihrer unscharfen Facebook-Fotos ausgemalt hatte. Zwar war sie ziemlich klein, aber mit einer sehr ansprechenden, weiblichen Figur gesegnet. Dann noch das herzförmige Gesicht und die strahlenden Augen – Joe fand sie nicht nur ziemlich hübsch, sondern geradezu zum Anbeißen. Und wie kam Arnold bloß darauf, dass sie keinen Stil hatte? Die knallengen Jeans und das weinrote Top unter dem dünnen Sommerblazer standen ihr jedenfalls auszeichnet! Ihre vollen Lippen und die leicht geröteten Wangen – als wäre sie eilig zur Tür gerannt – rundeten den überaus positiven ersten Eindruck ab.

Joe beschlich ein schlimmer Verdacht. Vielleicht war das gar nicht Frederika, sondern eine ihrer Mitbewohnerinnen? Das sähe ihm ähnlich, dass ihm ausgerechnet heute eine schöne Frau nach der anderen über den Weg liefe, bevor er endlich auf die Frau traf, die er zum Einkaufen begleiten sollte. Er räusperte sich.

»Frederika?«

»Und du bist?«, fragte sie skeptisch, nickte jedoch.

»Mein Name ist Joe, und ich bin Arnold Völkels Fahrer. Ich werde dich heute begleiten.«

»Das kannst du gleich mal knicken«, beschied sie ihm knapp und verschränkte die Arme vor der Brust. »Ich warte auf Arnold.«

Offenbar fiel ihr erster Eindruck von ihm nicht ganz so positiv aus. Aber deswegen musste sie sich ja nicht gleich weigern, mit ihm shoppen zu gehen. Oder hatte er sich womöglich nur unpräzise ausgedrückt?

»Mein Chef hat leider keine Zeit, dich zu begleiten. Er hat mir allerdings einen sehr großzügigen Etat mitgegeben. Wir erledigen das rasch, und dann will er sich mit dir zum Mittagessen treffen.«

Davon, dass er darauf achten sollte, dass sie auch die passenden Klamotten aussuchte, sagte er lieber nichts.

»Soso«, meinte sie jedoch unverändert zickig. »Du willst also Arnolds Fahrer sein. So siehst du aber gar nicht aus, du hast ja nicht mal eine Chauffeursmütze auf. Woher soll ich wissen, dass du nicht irgendein verrückter Psychopath bist, der mich entführen will?«

Mit einem derartigen Widerstand hatte Joe nun wirklich nicht gerechnet. Er hatte eine dicke Brieftasche dabei, das sollte ihr doch genügen. Außerdem ging es ihm schön langsam auf den Wecker, dass nun schon die zweite Person an seinem Outfit herumnörgelte.

»Nun, wie ich hörte, bin ich nicht der Einzige, dem es an der passenden Arbeitskleidung fehlt«, grummelte er.

Trotz dieser ziemlich unverschämten Anspielung gab sie nicht klein bei.

»Aber immerhin werde *ich* gleich etwas daran ändern – aber bei *dir* fehlt es offenbar nicht nur an der Uniform, sondern auch am angemessenen Benehmen!«

Auf den Mund gefallen war sie jedenfalls nicht. Gefiel ihm. Grinsend deutete er eine Verbeugung an.

»Frederika – wenn ich verspreche, an meinem Auftreten zu arbeiten, bist du dann bereit, an meiner Seite die teuersten Boutiquen der Stadt zu plündern?«

Einen Moment lang schien sie ernsthaft zu erwägen, ihm erneut eine Abfuhr zu erteilen, doch dann nickte sie.

»Na gut – wenn du Freddy zu mir sagst, wie alle«, sagte sie hoheitsvoll, doch er sah den Schalk in ihren Augen aufblitzen. »Außerdem brauche ich ja irgendwen, der meine ganzen Tüten trägt!«

»Es wird mir eine Ehre sein«, entgegnete er spöttisch und reichte ihr seinen Arm – den sie jedoch gekonnt ignorierte.

Nun, mit einem hatte Arnold jedenfalls recht behalten – der Vormittag versprach, um einiges amüsanter zu werden, als er angenommen hatte.

***

Freddy konnte es immer noch nicht fassen, dass ihr ganzer schöner Plan, um Arnold zu becircen, nun scheinbar für die

Katz war! Verärgert trotte sie neben diesem Joe her, der zu allem Überfluss offenbar noch am Ende der Welt parkte. Da hatte sie sich so schön überlegt, wie Arnold von ihren sparsamen und wohlüberlegten Einkäufen beeindruckt wäre – und nun konnte sie zusehen, wie sie den Vormittag mit seinem Fahrer herumbrachte!

Dabei hatte sie eigentlich gar nichts gegen Joe, fand ihn sogar ganz witzig. Freddy konnte sich jedenfalls nicht erinnern, dass sie mit einem Fremden jemals von jetzt auf gleich ganz unbefangen kleine Frotzeleien ausgetauscht hatte. Und ein ziemlicher Hingucker war der Chauffeur eigentlich auch.

Einen verrückten Moment lang hatte sie sogar geglaubt, ihre Anzeige hätte ihr einen weiteren Millionär ins Haus gespült, als Joe so plötzlich vor ihrer Tür stand. Von alleine wäre sie jedenfalls nicht darauf gekommen, dass er Arnolds Mitarbeiter war. Nicht nur wegen der fehlenden Uniform – sein ganzes Auftreten sprach eher für einen Mann, der es gewohnt war, Anweisungen zu geben, und nicht etwa, sie zu befolgen.

Oder kam das nur daher, dass er ziemlich groß war? Freddy ärgerte es jedenfalls immens, dass sie fast den Kopf in den Nacken legen musste, um ihm in die Augen sehen zu können. Vielleicht war ihr deshalb immer noch nicht ganz klar, ob Joe nun grüne oder blaue Augen hatte.

Aber das war ja auch wirklich nicht so wichtig, als dass sie sich darüber den Kopf zerbrechen sollte. Wenn sie sich die passenden Klamotten für ihren Auftritt an Arnolds Seite besorgen wollte, musste sie wohl zusehen, dass sie so lange mit seinem Chauffeur auskam.

»Da sind wir auch schon!« Grinsend hielt Joe ihr die Tür eines blauen Oldtimers auf.

»Schon?«, spottete Freddy und versuchte zu verbergen, dass der Wagen sie ganz schön beeindruckte.

Das war Arnolds Auto?! Den Kühler zierte eine Frau mit einem wehenden Kleid – das Markenzeichen eines Rolls Royce, wenn sie sich nicht irrte.

»Wo soll es denn hingehen?«, fragte Joe ungerührt, nachdem sie eingestiegen waren.

»In die Reichenbachstraße«, bestimmte Freddy. »Da gibt es einige Boutiquen, in denen sich etwas Passendes finden lassen müsste.«

Aus irgendeinem Grund schien Joe das amüsant zu finden.

»Das Gärtnerplatzviertel? Steht da nicht auch dieses Heizkraftwerk, in dem jetzt Wohnungen sind?«

»Das Sightseeing müssen wir leider verschieben, schließlich will ich die Einkäufe bis Mittag erledigt haben.«

»Oh, das macht mir gar nichts. Dafür werde ich sicher einige interessante Anblicke genießen dürfen – oder sollte ich Einblicke sagen?«

»Ich habe nicht vor, mir ein Kleid zu kaufen, dass ich nicht selbstständig an- und ausziehen kann«, gab Freddy zurück.

»Du wirst also ganz ohne Einblicke vor der Umkleide ausharren müssen.«

»Wie schade – aber ich glaube, auch dein Anblick wird ganz entzückend sein«.

Joe zwinkerte ihr zu. Flirtete er etwa mit ihr, oder zog er sie nur auf?

»Vielleicht solltest du deine Gedanken lieber auf die Frage lenken, wo wir für dieses Schiff hier einen Parkplatz finden«, schlug sie vor. »Sonst müssen wir durch halb München laufen, bevor wir in dem ersten Laden ankommen.«

»Ich muss doch sehr bitten«, sagte Joe ernsthaft entrüstet. »So ein ehrwürdiger Wagen ist doch kein *Schiff*!«

Offenbar machte er den Job vor allem deshalb, weil er dann dieses Auto fahren konnte. Freddy grinste insgeheim vor sich hin.

»In München ist so ein ehrwürdiger Wagen vor allem eines: unpraktisch!«, neckte sie ihn.

»Ein Rolls-Royce Silver Cloud III ist *niemals* unpraktisch«, erklärte Joe salbungsvoll.

Nun, das würde er schon noch sehen! Freddy konnte es kaum erwarten, dass Joe zugab, dass so ein riesiger Wagen vielleicht doch nicht besonders für eine Tour in die Innenstadt geeignet war.

Als sie jedoch merkte, dass er ohne Umschweife das Schrannen-Parkhaus ansteuerte, sah sie sich doch gezwungen, einzugreifen.

»Das Parkhaus würde ich nicht empfehlen, wenn du keinen Kratzer in Arnolds Auto machen willst – die Parkplätze darin sind eher für Spielzeugautos gemacht.«

Joe sah sie nur an und zog dabei eine Augenbraue hoch. Was ihn – sehr zu Freddys Ärger – noch attraktiver wirken ließ.

»Normalerweise müsste ich hier tatsächlich befürchten, dass ich meinen Fahrgast bitten muss, vor dem Parken den Wagen zu verlassen – aber bei so ein Zwergerl wie dir dürfte das Aussteigen keine Probleme machen.«

Beleidigt verschränkte Freddy die Arme vor der Brust. *Zwergerl!* Frechheit. Geschähe ihm ganz recht, wenn er Ärger mit seinem Boss bekäme, weil der Wagen *eben doch* einen Kratzer abbekam.

»Bisher merke ich aber nichts davon, dass du dich bemühst, dein unverschämtes Benehmen abzustellen«, fiel ihr etwas verspätet doch noch eine einigermaßen freche Antwort ein.

Joe lachte schallend – was ihn überhaupt nicht daran hinderte, den Wagen äußerst präzise eine Rampe hinunter, um mehrere enge Kurven und schließlich in einen winzigen Parkplatz zu manövrieren, in den Freddy wahrscheinlich nicht mal einen Smart ohne mehrmaliges Rangieren hineingebracht hätte. Dennoch tat sie so, als hätte sie nichts Ungewöhnliches bemerkt. War ja auch logisch, dass dieser komische Kerl über irgendwelche besonderen Qualitäten verfügen musste, sonst hätte Arnold ihn wohl kaum eingestellt.

Dass Joe jedoch in Windeseile den Rolls verließ und ihr trotz der beengten Verhältnisse die Tür aufhielt, überraschte sie dann doch ein wenig.

»Du kannst dich ja doch wie ein Gentleman benehmen! Obwohl das ja eigentlich eine recht antiquierte Sitte ist, oder? Hat sicher ein Macho erfunden, der glaubte, eine Frau brauche seinen Schutz, sobald sie den sicheren Wagen verlassen hat!«

Irgendwas hatte er an sich, dass sie gar nicht aufhören konnte, ihn zu foppen. Freddy schlängelte sich aus dem Auto, während Joe ihr seine Hand reichte, die sie diesmal auch ergriff.

Was auch ganz gut war, denn mit einem Mal schien der Boden unter ihren Füßen ins Wanken zu geraten. Freddy schnappte nach Luft – keine gute Idee, die war in der niedrigen

Tiefgarage nämlich verdammt stickig. Aber das erklärte zumindest, weshalb ihr plötzlich so schwindelig war.

Joe deutete ihren etwas gequälten Gesichtsausdruck offenbar nicht als Schwächeanfall, sondern er glaubte wohl, sein Scherz »Ich glaube eher, damit wollen die Männer sicherstellen, dass die Ladys die Finger von der Technik lassen« käme nicht so gut an. Hastig erklärte er:

»Das ist natürlich Quatsch. Ich glaube, die Sitte des Türaufhaltens stammt aus einer Zeit, in der die Damen mit ihren ausladenden Röcken schon Probleme genug hatten, eine Kutsche zu besteigen.«

Freddy ließ seine Hand los und rang sich ein Lächeln ab. Zum Glück fühlte sie sich schon ein bisschen besser, und Joe hatte Gott sei Dank nichts bemerkt – nicht auszudenken, wenn er seinem Chef erzählte, seine neue Bekanntschaft sei wahrscheinlich zu schwächlich für ihren Auftritt!

Was sie wieder daran erinnerte, dass eigentlich Arnold der Grund war, weshalb sie hier war. Besser, sie konzentrierte sich ab jetzt mehr auf ihre Mission und weniger auf die harmlosen Späße mit Joe.

»Gut. Dann wollten wir mal!«, sagte Freddy also resolut und marschierte in Richtung Ausgang.

**

Arnold bestellte sich einen grünen Tee mit Sojamilch und lehnte sich auf dem Rattan-Stuhl zurück. Ihm wollte immer noch nicht einleuchten, weshalb die Gäste in diesem Café gezwungen wurden, all die gesunden Sachen auf schrecklich unbequemen Sitzmöbeln zu konsumieren. Der Beliebtheit des Ladens tat das jedenfalls keinen Abbruch, es ging zu wie in einem Taubenschlag, und auch Marion kam nach eigenen Angaben jeden Morgen hier her.

Zum Glück hatte er bereits mit Susi gefrühstückt, sodass es ihm heute erspart blieb, sich an einer der Kreationen wie ›Scrambled Tofu mit Gemüse‹ oder ›Mandel-Chiapudding mit frischen Früchten‹ zu versuchen. Obwohl – dieser Pudding schmeckte eigentlich gar nicht so schlecht, und sicher brächte es ihm einige Pluspunkte bei Marion ein, wenn sie ihn dabei erwischte, wie er eines ihrer Lieblingsgerichte verspeiste.

Bisher wartete er freilich vergeblich. War er zu spät dran? Oder war ihr doch etwas passiert? Allerdings war niemand in die Münchner Krankenhäuser eingeliefert worden, dessen Beschreibung auch nur annähernd auf Marion passte. Überhaupt hatte es in der fraglichen Nacht gar keine Unfälle gegeben, die den Schluss nahelegten, dass Marion darin verwickelt sein könnte.

Arnold zahlte seinen Tee und beschloss, es noch mal bei ihr zu Hause zu versuchen. Vielleicht hatte Ruth ihr schon von

Susi erzählt und sie nahm seine Anrufe deshalb nicht entgegen? Also würde er kurzerhand zu ihr fahren, und ihr von Angesicht zu Angesicht erklären, wie es zu der ganzen Situation kommen konnte.

Als er den Bungalow im Bauhaus-Stil mitten in Schwabing erreichte, schöpfte er zunächst Hoffnung, denn alle Fenster ihres Hauses standen weit offen. Aber als er sich der Eingangstür näherte, schallte ihm die Stimme von Udo Jürgens entgegen, der laut seine Sehnsucht nach griechischem Wein und der Heimat besang. Nicht ganz Marions Lieblingsmusik. Er klingelte.

»Jo, da Herr Völkl. So a Überraschung.«

Wie befürchtet hatte er es mit Marions eifriger Haushälterin zu tun, die mit einer geblümten Kittelschürze bekleidet die Tür geöffnet hatte, in einer Hand einen Schrubber, als wollte sie damit ungebetene Gäste vertreiben.

»Grüß Gott«, sagte er dennoch höflich. »Ist Frau Thielen zu Hause? Ich würde sie gerne sprechen.«

»Na, is sie ned.«

»Ich mache mir ein wenig Sorgen …«

»Frau Thielen gehd's guad.« Täuschte er sich, oder sah sie ihn dabei ziemlich verächtlich an? »De is grad narrisch beschäftigt und hod koa Zeid fia Sie!«

»Kann ich vielleicht …«

»Wiederschaun!«

Die Haushälterin ließ ihn einfach stehen. Statt sich um Marion zu sorgen, sollte er sich vielleicht lieber Gedanken über seine derzeitige Wirkung auf Frauen machen. Kopfschüttelnd ging er zurück zu seinem Wagen, stieg ein und entschied sich dafür, Susi Bescheid zu geben, dass sie sich in seiner Wohnung treffen konnten – die Sache mit Marion schien irgendwie gelaufen zu sein.

Bevor er Susis Nummer wählen konnte, sah Arnold auch, warum. Denn in dem Augenblick kam Marion die Straße herunter – und sie war nicht allein.

Arnold duckte sich rasch, hatte jedoch auf den ersten Blick gesehen, dass das Paar offensichtlich die Nacht durchgemacht hatte. Marion trug ein kurzes Glitzerkleid, für das sie eigentlich schon ein wenig zu alt war, was den grauhaarigen, breitschultrigen Kerl an ihrer Seite jedoch nicht zu stören schien. Vorsichtig spähte er hinter seinem Lenkrad hervor, und sah, dass Marion sich heftig an seinen Arm klammerte, offenbar machten ihr die überhohen High Heels ein wenig Probleme. Aber was hatte der Kerl da in der Hand? Einen Döner?! Arnold öffnete das Fenster ein kleines Stück, um zu hören, was gesprochen wurde. Wusste der denn nicht …

»Los, Maul auf und abbeißen«, sagte der Mann in diesem Augenblick streng. »Sonst werde ich sehr, sehr böse!«

Arnold glaubte, seinen Augen nicht zu trauen, als Marion – seine vegane Tierschützerin! – artig den Mund öffnete und einen großen Bissen nahm.

»Brav!«, lobte der Mann.

Arnold schluckte. *Das* war es, was Marion wollte? *Deshalb* hatte sie ihn sitzen lassen?!

Das Paar verschwand im Haus, und Arnold beschloss, noch einen Augenblick zu warten. Tatsächlich kam nur eine Minute später die Haushälterin heraus und floh die Straße hinunter, als wären Furien hinter ihr her.

Die Fenster im Haus wurden geschlossen und Arnold seufzte. Das Techtelmechtel mit Marion hatte sich tatsächlich erledigt. Jetzt konnte er nur noch hoffen, dass sich vielleicht aus Frederika doch noch etwas machen ließ, sonst geriet noch sein ganzer schöner Zeitplan durcheinander. Bevor er sich jedoch darum kümmern konnte, würde er sich erst mal ausführlich von Susi trösten lassen.

***

Joe beeilte sich, Freddy auf dem Weg aus der Tiefgarage zu folgen. Mann, da hatte er gedacht, er bekäme es mit einer Tussi zu tun, der es nur darum ging, für möglichst viel Geld möglichst wenig Stoff zu erwerben – und dann war er plötzlich mit einer schlagfertigen, hübschen und ziemlich sympathischen Frau unterwegs.

Andererseits – er sollte lieber nicht vergessen, dass sie diese Anzeige aufgegeben hatte! So nett Freddy auch war, in Wahrheit ging es ihr ja nur darum, einen Mann zu finden, der sie aushielt. Besser, er vergaß diese Tatsache nicht und hielt sich mit seiner Begeisterung für Arnolds zukünftige Verlobte ein wenig zurück.

Diese guten Vorsätze gerieten allerdings gehörig ins Wanken, als sie schließlich die Reichenbachstraße erreichten und Freddy zielstrebig eine Boutique namens »Carlé« ansteuerte. Der Laden wirkte nämlich überhaupt nicht so, als gäbe es hier ausschließlich sauteure Designerklamotten, sondern eher wie ein Geschäft für schicke und trotzdem erschwingliche Mode.

Freddy schien auch ganz genau zu wissen, was sie wollte.

»Ich benötige ein klassisches Outfit für den Tag – keine grellen Farben, aber auch nicht zu eintönig. Der Rock knielang, ein Hosenanzug wäre auch möglich«, erklärte sie der Verkäuferin bestimmt.

»Selbstverständlich, das dürfte kein Problem sein«, gab diese professionell zurück, um dann Joe freundlich anzulächeln. »Vielleicht ein Glas Prosecco für Ihren Mann?«

Ehe er das Missverständnis aufklären konnte, sagte Freddy zuckersüß:

»Ach wie schade, wir sind mit dem Wagen da. Und mein *Schatz* muss mich leider zurückfahren, ich komme mit der Technik nicht klar!«

»Bist du sicher, *Liebling*? Ein Prosecco würde mir die anschließende Rechnung ein wenig versüßen, meinst du nicht?«, entgegnete er im gleichen, leicht affektierten Tonfall.

»O nein, *Schatz*, wir sind doch gerade erst angekommen – du willst dich doch nicht jetzt schon über die Kosten beschweren?«, meinte sie frech.

Die Verkäuferin schaute unschlüssig zwischen ihnen hin und her, doch Joe winkte ab und machte es sich im einem der herumstehenden Ohrensessel bequem – ohne Prosecco.

Ein wenig hatte er allerdings schon damit gerechnet, dass die Frauen ihn bei der Auswahl der infrage kommenden Kleidungsstücke miteinbeziehen würden. Stattdessen zogen sich die beiden hinter einen dicken Samtvorhang zurück, lachten und schwatzen, und ließen sich erst mal nicht wieder blicken. Nur die Verkäuferin tauchte zweimal auf, um weitere

Kleidungstücke nach hinten zu tragen. Auf seine fachkundige Expertise wurde offenbar keinen Wert gelegt.

Gelangweilt drehte Joe Däumchen. So eine Shoppingtour mit einer schönen Frau hatte er sich ja schon ein wenig aufregender vorgestellt! Das erinnerte ihn an zwei seiner Kommilitonen aus den Staaten, die sich mit kreativen Ausreden überboten hatten, wenn es darum ging, dass sie ihre Freundinnen zum Einkaufen begleiten sollten – kein Wunder!

Doch nur wenige Minuten später wurde er für sein geduldiges Warten belohnt. Der Vorhang öffnete sich und Freddy kam heraus.

»Ich habe zwei Outfits zusammengestellt – du darfst entscheiden, welches besser ist.«

Aha, sie interessierte sich also doch für seine Meinung. Allerdings konnte sich Joe nicht vorstellen, dass ein weiteres Outfit noch mehr aus Freddys Typ herausholen könnte. Sie trug ein knielanges, weich fallendes Kleid in bordeaux, das um die Taille von einem schmalen Gürtel zusammengehalten wurde, dazu einen ebenfalls taillierten schwarzen Blazer und schwarze High Heels. Joe nickte gnädig.

»Wenn ich dann bitte die andere Kombination sehen dürfte, *Liebling*, um mir ein Bild machen zu können«, sagte er geschäftsmäßig.

»Pfft«, machte Freddy und verschwand wieder hinter dem Vorhang.

Offenbar wusste sie genau, wie gut sie aussah, und hatte mit dem ein oder anderen Kompliment gerechnet. Er grinste zufrieden vor sich hin, bis sie wieder auftauchte.

Diesmal trug sie einen engen Bleistiftrock, darüber eine Bluse mit Trompetenärmeln, die unter einem Blazer mit Samtaufschlägen hervorlugten. Joe musste sich mehrmals räuspern. Sie sah umwerfend aus.

»Und?«, fragte sie ungeduldig.

»Die erste Kombi. Für diese brauchst du einen Waffenschein.«

»Wie bitte?!«

»Äh …, die Schuhe«, sagte Joe hastig und wies auf die mörderischen roten High Heels. »Die müssen eine Gefahr für dich und dein Umfeld sein!«

»Joe!«, beschwerte sie sich und trommelte ungeduldig mit der Spitze eines dieser gewagten Schuhe auf den Boden. »Jetzt ernsthaft?!«

Er meinte es durchaus ernst. Vor allem aber merkte Joe, dass ihm die Vorstellung missfiel, dass sie *so* mit Arnold loszog. Aber das konnte er ihr ja schlecht sagen. Hilflos zuckte er mit den Achseln.

»Verdammt, Joe«, sie beugte sich zu ihm runter, und zum ersten Mal an diesem Tag, fiel ihm auf, wie gut sie roch. Wie ein ganzer Strauß Sommerblumen – nur nicht so aufdringlich.

»Du musst mir sagen, was Arnold besser gefallen würde«, zischte sie ihm ins Ohr.

Arnold. Natürlich. Joe räusperte sich erneut.

»Nimm beides!«, sagte er dann entschieden. »Dann bist du für alles gerüstet.«

»Nein, das geht doch nicht …«, meinte sie unschlüssig, doch die Verkäuferin schien gute Antennen dafür zu haben, wann sie eingreifen musste.

»Wenn Ihr Mann schon mal die Spendierhosen anhat, würde ich nicht zögern! Sie sehen aber auch zu entzückend aus!«

Doch Freddy zerrte Joe resolut außer Hörweite der geschäftstüchtigen Dame.

»Ich brauche auch noch ein Abendkleid für festliche Anlässe! Also muss ich mich jetzt für ein Ensemble entscheiden.«

»Keine Panik, Arnold hat mir genug Geld mitgegeben.«

»Deshalb muss ich doch nicht gleich alles ausgeben.«

Nicht? Warum zum Teufel war sie dann hier? Joe klammerte sich an den Gedanken, dass er es hier mit einer berechnenden, raffgierigen Frau zu tun hatte. Denn wenn sie das nicht war – dann bestand die Gefahr, dass sein Interesse an ihr bald das Maß überstieg, das gut für ihn war.

»Ach, komm schon. Du brauchst nicht versuchen, Eindruck zu schinden – ich kenne deine dämliche Anzeige. Wir wissen doch beide, worum es dir in Wahrheit geht!«, sagte er grimmig.

Sie wurde rot und starrte ihn einen Augenblick mit riesigen, runden Augen an. Wie ein Kaninchen vor der Schlange. Ihre Lippen zitterten, und sie presste sie heftig aufeinander. Einen schlimmen Moment lang fürchtete Joe sogar, sie würde in Tränen ausbrechen. Doch dann hatte sie sich wieder im Griff. Stattdessen bildete sich eine steile Zornesfalte auf ihrer Stirn.

»Das ist ja wohl das Mindeste, was ich von Arnold erwarten kann«, zischte sie.

»Ach ja?!«, gab er grantig zurück. »Irgendwas muss ich da wohl verpasst haben. In meiner Welt lernt man sich erst mal kennen, bevor man einen potenziellen Partner neu einkleidet.«

»Von Kennenlernen kann ja keine Rede sein, nachdem dein Chef es nicht für nötig gehalten hat, aufzukreuzen …«, schimpfte sie.

»Umso schlimmer«, warf er ein.

»… aber damit Arnolds Plan funktioniert, muss ich perfekt aussehen!«

»Willst du nicht lieber …, was hast du gesagt? Welcher Plan?«

»Na, ich soll doch Arnolds Verlobte spielen, damit seine todkranke Oma in Frieden sterben kann!«, rief sie und warf entnervt die Arme hoch. »Hat Arnold dir das nicht gesagt?! Er hat mich sozusagen als Begleiterin engagiert. Nach deiner komischen Bemerkung über die Arbeitskleidung dachte ich, du weißt Bescheid!«

»Äh, ja …«, stammelte er betreten. »… ich meine, nein, ich dachte …«

»Ja, aber aus welchem Grund wäre ich sonst heute hier, hm?«

»*Für eine gemeinsame Zukunft suche ich einen solventen Mann* …«, zitierte er ärgerlich ihre Kontaktanzeige. »Das lässt doch wohl keine Fragen offen?«

Sie presste die Lippen aufeinander.

»Das – das war doch nur ein Missverständnis«, entgegnete sie dann jedoch tapfer.

»Ich kann nichts Missverständliches daran erkennen!«

Sie wich seinem Blick aus. Trat von einem Bein auf das andere. Fast tat sie ihm leid – auch wenn er es nach wie vor unmöglich fand, sich einen Mann zu suchen, der einen aushielt. Dennoch fragte er um einiges sanfter:

»Warum hast du diese Anzeige aufgegeben, Freddy? Hast du Schulden? Oder sonstige Probleme?«

»*Ichwarbesoffen*«, nuschelte sie.

»Wie bitte?«

»Ich war besoffen!«, zischte sie ihn sichtlich aufgebracht an. »Ich hatte so ein Scheiß-Date mit einem Geizhals, und da dachte ich eben, bei einer Verabredung mit einem Millionär bekäme ich wenigstens etwas anderes als Currywurst zu essen, und dann haben meine Freundinnen und ich den Ramazzotti aufgemacht, und da ist es halt passiert!«

Hilflos zuckte sie mit den Achseln.

»Und am nächsten Tag stand plötzlich Arnold da – ich hab' ihm ja gesagt, dass die Anzeige ein Irrtum ist, aber er hat nicht locker gelassen!«, fuhr sie aufgebracht fort.

Okay, Arnold hatte ihr also die Story vom Pferd erzählt, damit sie seine Verlobte spielte. Vor allem sah Joe aber, dass Freddy sich mit diesem Arrangement so ganz und gar nicht wohlfühlte.

»Das mit seiner Oma – das ist doch keine gute Idee«, versuchte er sie zu beruhigen. Immerhin waren Arnolds Großmütter längst verstorben. »Du musst da nicht mehr mitmachen, wenn du nicht magst.«

»Na ja …«

Wieder sah sie verlegen zur Seite und rieb sich mit ihrem Zeigefinger über ihre süße Stupsnase.

Einen Moment lang sah Joe sie verständnislos an, dann fiel der Groschen. So war das also. Arnold hatte seinen Charme spielen lassen, und sie hatte sich in ihn verguckt. Dieser verflixte Weiberheld! Jetzt hoffte sie wohl darauf, dass aus der falschen eine echte Verlobte wurde.

Eben hatte er sie noch für ein berechnendes Biest gehalten. Komischerweise fiel es ihm viel schwerer, die neue Situation zu akzeptieren. Joe schluckte hart.

Er sollte ihr sagen, dass sie keine Chance hatte. Damit täte er ihr doch nur einen Gefallen. Arnold war kein schlechter Kerl – er war charmant und großzügig zu seinen Mädels – allerdings hatte er auch noch nie eingesehen, weshalb man sich auf eine Freundin beschränken sollte, wenn man auch mehrere haben konnte. Recht viel geändert hatte sich daran wohl nicht, ganz abgesehen davon, dass Arnold seinen Charme nun wohl auch dazu einsetzte, um Kundinnen für seine Finanzberatung zu gewinnen. Und trotz ihrer seltsamen Anzeige machte Freddy auf ihn eher den Eindruck, als ob sie sich eine feste Beziehung und keine flüchtige Affäre wünschte. Doch aus irgendeinem Grund störte es Joe, Freddy ihre Illusionen zu nehmen. Stattdessen beschloss er, darauf zu achten, dass Arnold ihr nicht etwa das Herz brach.

»Wir nehmen alles!«, rief er laut, um sich dann noch mal leise an Freddy zu wenden. »Keine Sorge, Arnold hat das Geld nicht mal gezählt, dass er mir gegeben hat. Mit einem perfekten Outfit für jeden denkbaren Anlass schindest du also weit mehr Eindruck als mit unangebrachter Sparsamkeit.«

Sie zögerte immer noch und nickte dann schließlich.

»Also gut.«

Joe seufzte innerlich. Nein, *so* hatte er sich diesen Auftrag wirklich nicht vorgestellt!

***

Zielstrebig steuerte Freddy als Nächstes die Boutique ›Rouge et Noir‹ an, wo sie Joe jedoch nur ein Ensemble vorführte. Das graue Abendkleid aus luftigem Organza mit silbernen Stickereien fand allerdings sofort seine Zustimmung.

»Du lieber Himmel, es ist noch nicht mal elf Uhr!«, sagte er, nachdem sie sich wieder umgezogen hatte. »Bist du sicher, dass du nicht noch irgendetwas einkaufen willst?«

»Ganz sicher«, entgegnete Freddy und wies auf die zahlreichen Tüten, die zwischen ihnen standen. »Jetzt bin ich wirklich für alle Eventualitäten gerüstet. Wir könnten die Sachen ins Auto bringen, und wenn du willst, lade ich dich auf dem

Viktualienmarkt auf ein Augustiner-Eis ein, bevor wir uns mit Arnold treffen.«

»Auf bitte *was*?!«

Freddy mochte den verblüfften Ausdruck auf Joes Gesicht. Nach der Anprobe im ersten Laden hatte sich die lockere Stimmung zwischen ihnen ein wenig verflüchtigt. Aber wenn er sie so ansah, konnte sie ihn wieder ganz unbefangen necken.

»Lieber eine Kugel Weißwurst? Wenn wir Glück haben, gibt es auch Kässpätzle-Eis.« Sie kicherte.

»Oh, ich weiß nicht, ob sich das mit dem Clown verträgt, den du offenbar gefrühstückt hast.«

»Ach komm, sag nur, du kennst den verrückten Eismacher nicht?« Freddy lachte. »Wo warst du bloß die letzten sieben Jahre? Diese Bildungslücke müssen wir aber schleunigst schließen.«

Sie konnte sehen, dass er ihr kein Wort glaubte und freute sich tierisch, dass diesmal *sie* recht behalten würde. Denn ausgefallenen Sorten gab es in dieser Eisdiele immer. Wanda hatte sich das letzte Mal ›Gorgonzola‹ und ›Spinat‹ ausgesucht. Aber da blieb Freddy doch lieber bei ihrem Augustiner!

Einträchtig machten sie sich also daran, die Einkäufe zurück zur Tiefgarage zu tragen. Eigentlich war es ja gut, dass sie sich ausgesprochen hatten. Jetzt wusste Joe, wie es zu dieser

Anzeige gekommen war. Kein Wunder, dass er am Anfang so seltsame Bemerkungen gemacht hatte.

Obwohl es ihr bei näherer Betrachtung lieber gewesen wäre, sie hätte nicht so unverhohlen durchblicken lassen, dass sie Arnold auch als Mann interessant fand. Natürlich nur, weil sie befürchtete, Joe könnte ihr Geheimnis bei seinem Boss ausplaudern – und damit alle ihre Chance zunichtemachen. Mehr steckte da keinesfalls dahinter!

***

›Obazda‹ und ›Büffelmozzarella-Basilikum‹, las Joe. Dabei handelte es sich nicht etwa um eine Brotzeitkarte, nein, diese Schildchen steckten tatsächlich in verschiedenen Eissorten – die ansonsten allerdings ganz harmlos aussahen.

»Na los, gib's zu – so eine außergewöhnliche Location sollte man als Chauffeur schon kennen«, kicherte Freddy neben ihm.

»Ich geb's zu«, sagte er ergeben und entschied sich für eine Kugel ›Hugo‹. Prosecco, Holunderblütensirup und Minze schienen ihm doch besser in ein Eis zu passen als Käse oder Kräuter, dennoch war seine Wahl nicht ganz so langweilig wie Sesam-Krokant oder Haselnuss, für das sich der Kunde vor ihm entschieden hatte. Freddy nahm tatsächlich das

Augustiner-Eis, und das nicht nur, um ihn zu provozieren, so genießerisch, wie sie beim Probieren die Augen verdrehte.

»Ich kann nicht glauben, dass du dich nicht an ein Bier-Eis herangetraut hast!«, sagte sie dabei.

»Oh, ich kann ja bei dir probieren«, entgegnete er lässig. »Außerdem erschien mir ein ›Hugo‹ als Aperitif passender als ein Bier.«

Etwas verspätet kam ihm der Gedanke, dass er in seiner neuen Rolle als Arnolds Chauffeur wohl kaum mit seinem Chef und Freddy beim Mittagessen an einem Tisch sitzen würde, unabhängig davon, ob die beiden nun ein echtes Paar waren oder nur ihre Strategie besprechen wollten, wie sie ein glaubhaftes Liebespaar mimen konnten. Doch Freddy schien den Fauxpas gar nicht zu bemerken.

»Also gut«, sagte sie und streckte ihm unbefangen ihr Eistütchen entgegen. »Dann darf ich bei dir aber auch mal!«

Er musste verdammt nahe an sie heranrücken. Vorsichtig testete er die kalte Leckerei, wobei er Freddy keinen Moment aus den Augen ließ. Der Gedanke, dass ihre Zunge nur wenige Sekunden zuvor über genau diese Stelle geleckt hatte, machte ihn ganz kribbelig.

Und nun kam sie noch näher, ihr verführerischer Duft stieg ihm in die Nase und er glaubte, die Wärme ihres Körpers spüren zu können, während sie sein Hugo-Eis probierte.

Die fröhlichen Späße des Eisverkäufers, die hektische Betriebsamkeit auf dem Viktualienmarkt, alles rückte mit einem Mal in den Hintergrund. Nur Freddy und er schienen noch zu existieren, als befänden sie sich in einem schützenden Kokon. Ihre Blicke verhakten sich ineinander, die ersten Tropfen ihrer Eiskugeln begannen zu schmelzen und fielen unbeachtet auf den Boden. Wie in Zeitlupe näherten sich ihre Gesichter einander.

»Hey, ihr Turteltäubchen! Macht mal Platz, ich will ein Eis!«

Joe und Freddy stoben auseinander und ließen den etwas rabiaten Touristen durch, der es scheinbar gar nicht erwarten konnte, an der Reihe zu sein. Dabei bemühten sie sich, die Sauerei in Grenzen zu halten, die ihre tropfenden Eiskugeln anzurichten drohten.

»Wir können uns an einem der Brunnen hier die Hände waschen«, schlug Joe schließlich vor, um seine und ihre Verlegenheit zu überspielen.

Verdammt, fast hätten sie sich geküsst! Er sollte sich wirklich zusammenreißen. Nicht dass am Ende er es war, der Freddys Herz brach!

»Gute Idee«, entgegnete sie, ohne ihn anzusehen.

»Schmeckt wirklich gut, dein Bier-Eis«, meinte er lahm.

»Mhm. Aber gut, dass wir jeder nur eine Kugel genommen haben – es ist sicher bald Zeit zum Mittagessen.«

Offenbar hatte sie ebenfalls vor, so zu tun, als wäre nichts gewesen. War ihm nur recht!

»Am besten, ich rufe mal Arnold an und frage, wo wir uns treffen wollen.«

Freddy nickte, während sie den letzten Rest ihrer Eiswaffel verspeiste. Inzwischen waren sie am Karl-Valentin-Brunnen angekommen, tauchten ihre Hände in das frische, kalte Wasser und achten peinlich genau darauf, sich gegenseitig nicht etwa noch mal zu berühren. Dann wählte Joe Arnolds Nummer. Schon nach zweimaligem Klingeln hatte er seinen alten Freund an der Strippe.

»Du, tut mir leid, aus dem Mittagessen wird nichts …«, sagte der anstelle einer Begrüßung.

Unauffällig versuchte Joe, etwas Abstand zwischen Freddy und sich zu bringen. Zum Glück betrachtete sie gerade interessiert die Auslage eines Gemüsestandes.

»Spinnst du?«, zischte er in sein Handy. »Sie war eh schon sauer, als du nicht aufgetaucht bist. Du willst doch was von ihr, da solltest du dich auch mal um sie kümmern!«

»Sorry. Aber Susi war auf dem Rückweg von der Kosmetikerin noch in einem Erotikshop …«

»Wo sie ein paar Handschellen gekauft hat, mit denen sie dich jetzt an dein Bett gefesselt hat, oder was?!«, fragte Joe ungnädig.

Arnold lachte dröhnend.

»Susi braucht keine Handschellen, um mich zu fesseln«, röchelte er. »Sei so gut, und halte mir derweil die Frederika ein wenig bei Laune, ja?«

Im Hintergrund konnte er hören, wie der ›Bolero‹ von Ravel aufgedreht wurde.

»Ich muss Schluss machen«, krächzte Arnold.

Na, da wäre Joe jetzt auch von alleine draufgekommen. Aber wie sollte er das bloß Freddy beibringen?

***

»Es tut mir wirklich leid, aber aus dem Treffen mit Arnold wird leider nichts. Er hat noch einen wichtigen Kunden- termin.«

Joe machte ein derartig betretenes Gesicht, dass Freddy sofort kapierte, dass es sich hierbei um eine Ausrede handelte. Aber sie hatte wirklich keine Lust, so zu tun, als glaubte sie diesen Schmarrn.

»Dein Boss scheint es ja mit der Wahrheit nicht allzu genau zu nehmen. Musst du öfter für ihn lügen?«, zickte sie Joe an, obwohl der ja eigentlich nichts dafür konnte.

Der zuckte ein wenig hilflos mit den Achseln.

»Ich bringe dich natürlich wieder nach Hause, wenn du möchtest. Oder …« Er zögerte.

»Oder wir fahren bei Arnold vorbei und zwingen ihn mit vorgehaltener Pistole dazu, mit mir essen zu gehen?«, beendete sie den Satz bitter.

Es war doch aber wirklich wie verhext! Da hatte sie endlich mal ein interessantes Exemplar von einem Mann ausgemacht, doch der wollte natürlich nichts von ihr wissen! Ja, Arnold hatte nicht mal Lust auf ein einfaches, gemeinsames Mittagessen. Wie sollten sie sich denn da besser kennenlernen?

»… oder du machst mir die große Freude, dich von mir zum Lunch einladen zu lassen«, beendete Joe seinen Satz jedoch ernst.

Sie schluckte.

»Du musst das nicht machen. Ist ja nicht deine Schuld, dass die Verabredung mit Arnold geplatzt ist.«

»Ich weiß, dass ich das nicht muss. Aber ich fände es sehr schön, wenn du ›Ja‹ sagst.«

Sie sollte ihn wirklich bitten, sie heimzufahren. Damit sie in aller Ruhe überlegen konnte, ob der Plan, Arnold für sich zu gewinnen, echt so genial war. Nicht nur, dass der sich zierte ohne Ende – da war ja auch noch dieses Knistern, das vorher zwischen ihr und Joe entstanden war. *Wollte* sie Arnold denn überhaupt noch besser kennenlernen?! Und Joe? Der hatte doch sofort gemerkt, dass sie scharf auf Arnold als Mann und nicht nur als Geldesel war. Da konnte er es doch gar nicht ernst mit ihr meinen. Oder?!

Stoff zum Nachdenken hatte sie also reichlich. Nur, dass sie dazu daheim ganz alleine dasäße. Valentina war bestimmt noch nicht von ihrem Casting zurück, und Wanda war an so einem schönen Tag sicher auch ausgeflogen. Da war die Aussicht, noch etwas Zeit mit Joe zu verbringen, doch um einiges angenehmer.

»Also gut«, sagte sie. »Aber kein Gourmetrestaurant, okay?«

Nicht, dass Joe jetzt meinte, er müsste mit Arnold mithalten. Als Chauffeur verdiente er sicher nicht besonders viel.

»Bist du verrückt?«, strahlte er sie jedoch unbefangen an. »Das letzte Mal, als ich in so einem Laden war, dachte ich, sie hätten mir aus Versehen nur die Dekoration auf den Teller getan – dabei sollte das schon der Hauptgang sein!«

Freddy kicherte. Wenn er jetzt noch etwas anderes als eine Currywurst vorschlug, dann war der Tag gerettet.

»Kennst du das Wirtshaus ›Zum Straubinger‹? Ich war länger nicht mehr da, aber früher gab's da ehrliche, bayerische Hausmannskost.«

»Na, das passt ja dann prima zu deinem Hugo-Aperitif-Eis!« Freddy grinste, meinte dann jedoch versöhnlich: »Ich glaube, das riskieren wir.«

Leider waren sie nicht die Einzigen, die Lust auf traditionelle bayerische Küche hatten, doch im Wirtsgarten entdeckten sie dann doch noch einen kleinen, freien Tisch. Freddy entschied sich schnell für den Schweinsbraten, und Joe schloss sich ihr sofort an.

»Endlich mal eine Frau, die nicht nur drei Salatblättchen bestellt«, sagte er grinsend.

»Nix gegen einen Salat! Aber der Ort scheint mir wie geschaffen für eine etwas deftigere Mahlzeit.«

Die Kellnerin servierte ihnen zwei Halbe, und sie stießen an.

»Prost, Frederika von Querlitz«, sagte Joe und nahm einen großen Schluck von seinem Bier. »Eigentlich dachte ich ja immer, Adelige trinken ausschließlich Champagner.«

Freddy verdrehte die Augen.

»Selbst wenn dieses ›von‹ mehr als ein zufälliger Namensbestandteil wäre – dir ist hoffentlich aufgefallen, dass ich schon allein deshalb nicht diesem Klischee entspreche, da ich nicht auf einem hochherrschaftlichen Anwesen residiere«, meinte sie.

»Nicht?«, fragte er gespielt enttäuscht. »Du hast kein Schloss in der Hinterhand? Nicht mal ein Wochenendschlösschen? So wie man sie in den Rosamunde-Pilcher-Filmen sieht?«

»Viel schlimmer: Mein Vater hat meine Mutter gegen den Willen meines Großvaters geheiratet, als sie mit mir schwanger war. Der hat sich prompt von seinem Sohn losgesagt. Dann ist mein Vater auch noch gestorben, bevor er sich mit meinem Großvater versöhnen könnte. Also nix Rosamunde Pilcher. In meiner Familie geht es eher zu wie in einem Dickens-Roman!«

Weshalb erzählte sie Joe das alles? Irgendwie fühlte sie sich bei ihm so wohl, dass es ihr gar nichts ausmachte, von ihrer Verwandtschaft zu sprechen. Doch auch sie wollte gerne mehr über ihn erfahren.

»Und du? Du bist also schon länger bei Arnold angestellt?«

»Eigentlich nicht«, sagte er verlegen. »Wir kennen uns seit einer Ewigkeit. Und jetzt bin ich sein Chauffeur geworden, weil …«

Er zögerte.

»… weil du pleite warst und dringend einen Job gebraucht hast?«, fragte Freddy einfühlsam.

»Ja, genau.«

Joe sah erleichtert aus. War ihm seine Lage peinlich?

»Ach komm, Chauffeur ist doch cool! Immer noch besser, als Arnolds Verlobte zu spielen.«

»Ich fürchte, als Verlobte würde ich auch keine so gute Figur machen.«

Sie lachten wieder.

»Wie lange arbeitest du schon für Arnold?«, fragte sie.

»Na ja, eigentlich seit – heute!«

»Und da lässt er dich gleich mit seinem Rolls Royce fahren? Arnold muss ja große Stücke auf dich halten!«

»Ich finde es weit bemerkenswerter, dass er mir *dich* so einfach anvertraut hat«, sagte Joe und sah ihr tief in die Augen.

Wieder scheuchte sein Blick eine ganze Horde Schmetterlinge in Freddys Bauch auf. Sie versuchte, cool zu bleiben, merkte jedoch reichlich verspätet, dass sie sich mit der Zunge nervös über ihre Lippen fuhr, während er sie unverwandt ansah. Joe hatte aber auch wunderschöne Augen! Grün waren sie, das sah Freddy jetzt ganz genau, so grün, wie die grasbewachsenen Hügel, die man immer in den Werbefilmen für irische Butter sah. Kurz bevor sie sich völlig in diesen Augen verlor, riss sie eine herrische Stimme ihren Träumen.

»Zweimal Schweinsbraten, bitte schön!«

Zum zweiten Mal an diesem Tag fuhren sie auseinander, als sie zwei Teenager, die ihre Mutter überraschte. Hastig griff Freddy nach ihrem Besteck und machte sich nach einem gemurmeltem ›Lass es dir schmecken‹ über ihr Essen her. Gut, dass ihr Aufregung noch nie den Appetit verdorben hatte!

Auch Joe aß schweigsam. Vermutlich dachte er darüber nach, ob es wirklich eine gute Idee war, mit der Frau etwas anzufangen, die eigentlich die Verlobte seines Chefs mimen sollte. Immerhin hatte ihm Arnold mit dem Job offenbar gerade erst ziemlich aus der Klemme geholfen!

Himmel, es musste doch möglich sein, mit Joe einen schönen Tag zu verbringen, ohne dass sie gleich übereinander herfielen! Immerhin war sie heute Morgen noch mit dem festen Vorsatz in den Tag gestartet, Joes Boss zu erobern. Da sollte sie wirklich nichts überstürzen!

»Ich finde, wir sollten uns trotzdem einen schönen Tag zusammen machen, nachdem Arnold uns so schnöde versetzt hat«, schlug Joe witzigerweise vor. »Schließlich hat er mich explizit darum gebeten, mich um dich zu kümmern.«

»Echt jetzt?«

»Echt jetzt!«

»Ach Quatsch. Ich glaube viel eher, dass Arnold dir angeschafft hat, dir eine ordentliche Uniform zu besorgen. Morgen wirst du es bereuen, wenn du das nicht erledigt hast!«

»Bereuen werde ich sicher nichts«, beteuerte Joe, zog dann jedoch ein betrübtes Gesicht. »Mit der Uniform hast du allerdings recht.«

Freddy kicherte.

»Ich sehe nur nicht ein, wozu das nötig sein soll«, grummelte Joe. »Der Job bei Arnold ist wirklich nur vorübergehend – sehr vorübergehend. Das haben wir auch genau so besprochen!«

»Hm«, machte Freddy und sah ihn nachdenklich an. »Wenn das so ist – ich glaube, ich habe eine hervorragende Idee, was wir nach dem Mittagessen machen könnten!«

ARBEITSKLEIDUNG

Freddys Geheimnistuerei hatte Joe wirklich neugierig gemacht, doch obwohl es eigentlich naheliegend war, hatte er ihr Ziel nicht erraten.

»Ein Kostümverleih?! Das ist jetzt aber nicht dein Ernst!«

»Na, du hast doch gesagt, der Job sei nur vorübergehend – da macht es doch keinen Sinn, eine Uniform zu kaufen«, meinte seine reizende Begleitung frech.

»Ich werde aussehen, als sei ich direkt dem ›Sgt. Peppers‹-Cover der Beatles entsprungen«, jammerte Joe.

»Du hast bloß keine Lust auf die Anprobe«, neckte Freddy. »Feigling!«

Theatralisch presste er beide Hände auf sein Herz und verdrehte die Augen.

»Eine schöne Frau nennt mich einen Feigling! Weißt du nicht, was du einem Mann damit antust?«

»Nö«, gab sie ungerührt zurück und schubste ihn an. »Los jetzt!«

Seufzend ließ er sich von Freddy in den Laden manövrieren. Da kannte er sie noch keine 24 Stunden, und schon konnte er ihr nichts abschlagen – wo sollte das noch hinführen?

Zu seiner großen Erleichterung hatte sich der Kostümverleih weniger auf Karnevalsverkleidungen, sondern mehr auf Theaterausstattungen spezialisiert. So gab es zwar vom grünen Drachenkostüm bis hin zu durchsichtigen Schleiern für Haremsdamen durchaus auch einiges, was man außerhalb des Faschings lieber nicht auf offener Straße tragen sollte, aber es gab auch ganz normale Berufskleidung.

Dennoch schaffte es Freddy, mit dem untrüglichen Instinkt einer Frau direkt einen Kleiderständer anzusteuern und eine pinkfarbene Admiralsuniform mit riesigen Knöpfen und allerlei Kordeln herauszuziehen.

»*Das* musst du anziehen!«

Dabei kicherte sie allerdings so heftig, dass ihr die Uniform fast aus der Hand fiel.

»Arnold wird mich nicht einfach nur feuern – sondern gleich auch noch in die Psychiatrie einweisen lassen«, orakelte Joe.

»Du hast recht, die Farbe beißt sich mit dem Rolls Royce«, gab sie zu und hängte die Kombination zu seiner großen Erleichterung wieder weg.

Als Nächstes kam sie mit einer Uniform an, die ganz offensichtlich zu einem Butler gehörte. Joe hielt sich die Augen zu.

»Um Himmels willen, ich werde diese Frackschöße bei der ersten Fahrt in die Autotür einklemmen.«

Sie lachte, doch als er vorsichtig zwischen seinen Fingern hervorlugte, war sie mitsamt der Butlermontur wieder verschwunden.

»Ich find' schon noch was Passendes!«, kam es aus den Untiefen des Ladens.

Als ›passend‹ betrachtete Freddy einen Mantel, der zu einem Kutscher aus dem vorherigen Jahrhundert gehören musste, eine Nordstaaten-Soldatenuniform und einen glänzenden Satinanzug, mit dem er auf jedem Gothic-Treffen eine gute Figur gemacht hätte.

Dabei kam sie aus dem Kichern gar nicht mehr heraus, und er vergaß vor lauter gespielter Entrüstung ganz, ihr zu sagen, dass er zu Hause durchaus einen dunklen Anzug um Schrank hatte – mehrere, um genau zu sein. So was sollte doch ausreichen, um als Fahrer eine gute Figur zu machen?

Letztendlich kam sie mit einer Man-in-Black-Montur an – komplett mit Sonnenbrille –, und ein bisschen hegte er den Verdacht, dass sie dieses Kostüm schon seit geraumer Zeit im Auge hatte.

»Ich kann es ja mal anprobieren«, sagte er gnädig.

Joe verschwand hinter einem Paravan. Der Anzug roch ziemlich penetrant nach Mottenkugeln, einzig das Hemd schien frisch gewaschen und gestärkt zu sein. Was dazu führte, dass es sich irgendwie unangenehm kratzig anfühlte. Aber eines musste er Freddy lassen: Seine Größe hatte sie perfekt geschätzt. Ausnahmsweise achtete Joe geradezu penibel auf den korrekten Sitz von Hemd und Krawatte. Zum Schluss setzte er sogar die Sonnenbrille auf. Seine Bemühungen blieben nicht unbemerkt, als er die improvisierte Umkleidekabine wieder verließ, konnte er trotz der dunklen Gläser durchaus feststellen, dass Freddy ihn so erfreut anstrahlte, dass ihr ganzes Gesicht leuchtete.

Wenn Joe irgendetwas unwichtig fand, dann die Klamotten, die er trug. Ja, er würde sogar so weit gehen, die verschiedenen Outfits, die er bei seinen Aufträgen immer wieder tragen musste, als das einzig Nervige an seinem Job zu bezeichnen. Aber wenn ein bisschen Styling dazu führte, dass eine Frau einen so ansah – da lohnte es sich doch glatt, diese Einstellung zu überdenken.

Freddy trat von einem Bein auf das andere.

»Ich habe noch etwas gefunden.«

Sie zauberte eine Chauffeursmütze hinter ihrem Rücken hervor, kam zu ihm, stellte sich auf die Zehenspitzen und drückte ihm die Kappe auf den Kopf.

Hastig ballte Joe seine Hände zu Fäusten, ein verzweifelter Versuch, dem Drang zu widerstehen, ihre Hüften zu umfassen.

Fange niemals etwas mit einer Frau aus dem Umfeld deiner Zielperson an!, lautete eine seiner goldenen Regeln. Eine weitere war: *Die Frauen deiner Freunde sind tabu!*

Aber Freddy war ja gar nicht Arnolds Freundin. Ja, der interessierte sich so wenig für Freddy, dass er den Tag lieber zwischen Susis Schenkeln verbrachte, anstatt sich um diese wunderbare Frau zu kümmern. Und was den Auftrag anging: Da galten doch diesmal sowieso ganz andere Regeln.

Freddy war derweil keinen Schritt zurückgewichen und sah ihn unverwandt an. Plagten sie ähnliche Zweifel? Joe nahm die Sonnenbrille ab und legte sie beiseite. Nein, so sah sie eigentlich nicht aus. Ihre wunderbaren Lippen waren ganz leicht geöffnet und ihr Blick ruhte vertrauensvoll auf seinem Gesicht.

Ganz langsam und vorsichtig legte er seine Hände auf ihre Taille, doch die sanfte Berührung verscheuchte sie nicht, ganz im Gegenteil, sie legte den Kopf ein wenig in den Nacken, schien einen Kuss genauso herbeizusehnen wie er. Joe beugte sich zu ihr, seine Lippen trafen auf ihre, ganz leicht, dennoch spürte er, wie ihr Körper ein wenig bebte.

Jetzt gab es kein Halten mehr. Diesmal würde er sich von niemandem unterbrechen lassen! Und sollte doch irgendein Störenfried hier auftauchen, konnte der sich getrost zum Teufel scheren.

Er vertiefte den Kuss nicht, stattdessen berührten seine Lippen ihr Gesicht, streiften ihre Mundwinkel. Joe fühlte ihren warmen Atem auf seinen Wangen und ließ sich Zeit, die wunderbar weiche Haut ihres Gesichts zu liebkosen, bis sein Mund schließlich wieder ihren berührte. Diesmal wagte er sich weiter vor, teilte ihre Lippen, ihre Zungen trafen sich, spielten miteinander. Sein Herz hämmerte, er zog Freddy noch ein wenig näher an sich und glaubte, auch ihren heftigen Herzschlag zu spüren.

Es war einer dieser Küsse, die man nie vergisst, und Joe war noch lange nicht dazu bereit, ihn zu beenden. Zu wunderbar fühlte sie sich an, zu gut schmeckte sie, wie eine reife Erdbeere, die nur darauf wartete, von ihm gepflückt zu werden. Als er sich letztendlich doch von ihr löste, ließ er sie jedoch nicht los, sondern schloss seine Arme fest um ihren Körper. Sie legte ihren Kopf an seine Brust, und zärtlich küsste er ihr Haar.

Wenn es nach Joe ginge, würde er bis in alle Ewigkeit so stehen bleiben. Mehr wünschte er sich in diesem Augenblick gar nicht, als sie einfach nur zu halten, sie vielleicht noch einmal zu küssen. Doch völlig unpassend meldete sich sein Handy mit ›Freunde‹ von den Toten Hosen zu Wort – jenem Klingelton, den er seit gestern für Arnold reserviert hatte.

Joe zuckte nicht mal mit der Wimper. Wenn sein neuer Boss seine Dienste benötigte, musste er sich wohl ein wenig gedulden. Und wenn der sich letztendlich doch noch dazu herablassen wollte, ein bisschen Zeit mit Freddy zu verbringen – das konnte Arnold gleich wieder vergessen!

Aber der Zauber des Augenblicks war dahin. Freddy löste sich von ihm, und etwas widerwillig gab er sie frei. Sie trat von einem Fuß auf den anderen und knabberte ein wenig an ihrer Unterlippe.

»Joe, ich …«, begann sie unsicher.

Er glaubte zu wissen, was sie beschäftigte.

»Ich kann mit Arnold reden«, bot er ihr an. »Du musst bei seiner Scharade nicht mehr mitmachen, wenn du nicht möchtest.«

»Aber ich habe es ihm versprochen«, sagte sie zaghaft. »Wir haben uns die Hand darauf gegeben. Und ich habe ja schon Arnolds Geld ausgegeben!«

Entnervt fuhr Joe sich durch die Haare. Warum hatte er bloß so getan, als hätte er den Job bei Arnold aus Geldnot angenommen? Er sollte ihr die Wahrheit sagen! Dann könnte er ihr die heute erworbenen Klamotten schenken, und noch viel mehr. Und es würde ihm eine große Freude machen.

Dennoch zögerte er. Vielleicht, weil er sich wünschte, dass Freddy den abgebrannten Chauffeur Joe jedem Millionär vorzog?

»Wir finden eine andere Verlobte für Arnold«, beschwor er sie also stattdessen. »Außerdem bin ich überzeugt davon, dass er euer Arrangement ohne mit der Wimper zu zucken kündigen würde, wenn es ihm nicht mehr in den Kram passt.«

»Joe«, sagte sie sanft, und fuhr ihm zärtlich mit den Fingern durch die Haare. Seine Kopfhaut prickelte an den Stellen, an denen sie ihn berührt hatte. »Ich werde nicht mit Arnold rummachen. Aber ich muss mein Versprechen halten, verstehst du das?«

Er nickte. Er selbst konnte es sich ja eigentlich auch gar nicht leisten, Arnold die Tour zu vermasseln, wollte er doch dessen Vertrauen gewinnen. Obwohl er sich etwas ganz anderes wünschte. Aber was blieb ihm sonst übrig?

»Ich werde warten«, sagte er leise und wandte sich ab, um endlich das muffige Kostüm wieder gegen seine Klamotten zu tauschen.

Doch das kleine Teufelchen, dass es sich auf seiner Schulter bequem gemacht hatte und ihm hartnäckig ins Ohr flüsterte ›*Sie will auf das Geld nicht verzichten, dass sie bei Arnold verdienen kann, auch nicht für dich!*‹ würde er so schnell wohl nicht wieder loswerden.

***

Etwas wackelig ließ sich Freddy auf einen Stuhl fallen, nach dem Joe sich wieder hinter den Paravan zurückgezogen hatte. *Verdammt, konnte der Mann küssen!*

Wenn sie jetzt bloß nicht gleich alles wieder kaputt gemacht hatte, indem sie darauf bestand, die Vereinbarung mit Arnold einzuhalten. Sie konnte nur hoffen, dass er sie verstand. Aber wenn sie eines wusste, dann das: Eine Liebesgeschichte, die damit begann, dass man seine Verpflichtungen nicht einhielt, hatte keinen Sinn. So ein Verhalten konnte schnell zum Bumerang werden, der die ganze Beziehung gefährden konnte.

Liebe?! Beziehung?! Dachte sie wirklich nach ein paar Stunden schon an eine Beziehung? Dabei war Joe – vielleicht abgesehen von dem optischen Aspekt – so gar nicht der Mann, in den sie sich gerne verliebt hätte. Sie wusste ja nicht mal, was er nach dem ›sehr vorübergehenden‹ Job bei Arnold geplant hatte, gut möglich, dass er sich zu einem Roadtrip durch Australien aufmachen wollte.

Trotzdem war sie sich jetzt ganz sicher, dass Arnold nicht der richtige Mann für sie war. Ja, der war charmant und weltgewandt, sah gut aus und konnte ihr bestimmt die Sicherheit bieten, die sie sich für ihre Zukunft wünschte. Aber mal ganz abgesehen davon, dass Arnold bisher nicht das geringste Interesse an ihr gezeigt hatte – von Beginn an war der Funke einfach nicht übergesprungen. Da konnte sie sich noch so sehr einreden, dass das an ihrem Kater gelegen hatte, die Wahrheit war doch, dass sie einfach nicht füreinander bestimmt waren.

Vielleicht sollte sie das Joe noch einmal ganz in Ruhe so erklären?

Sie hörte, wie er hinter dem Paravan telefonierte. Hoffentlich bedeutete das nicht, dass sich Arnold nach seinem ›Termin‹ doch noch mit ihr treffen wollte. Auf den Millionär hatte sie nämlich gar keine Lust, so lange sie befürchten musste, dass es zwischen Joe und ihr zu irgendwelchen Missstimmungen kam.

»Tut mir leid, ich muss weg«, sagte Joe jedoch, nachdem er wieder zum Vorschein kam. »Ich bringe dich natürlich noch nach Hause. Und das Kostüm nehme ich auch mit.«

Freddy nickte und rang sich ein Lächeln ab.

»Arnold wird begeistert sein«, versprach sie, hätte sich danach aber am liebsten auf die Zunge gebissen, als sie sah, wie sich Joes Miene schlagartig verdüsterte. Besser, sie erwähnte seinen Chef erst mal nicht mehr!

Schweigend machten sie sich auf den Weg zurück zu dem Rolls Royce. Obwohl sie Arnold dann natürlich doch noch einmal erwähnen musste, unternahm Freddy auf der Fahrt zu ihrer Wohnung erneut den Versuch, Joe die Sache mit seinem Boss zu erklären.

»Schon gut, ich verstehe das«, wiegelte er jedoch ab.

Warum hatte sie bloß das dumme Gefühl, dass genau das nicht der Fall war?

***

Freddy bestand darauf, dass Joe einfach in zweiter Reihe vor ihrer Haustür parkte und sie mitsamt ihren zahlreichen Tüten kurz aussteigen ließ.

»Ich helfe dir natürlich beim Hochtragen«, widersprach er.

»Ein bisschen spät, um den Gentleman raushängen zu lassen«, versuchte sie an ihren lockeren Ton vom heutigen Vormittag anzuknüpfen. »Außerdem bin ich ja schon ein großes Mädchen, das schaffe ich auch alleine.«

Joe brummte etwas Unverständliches, und Freddy beschlich der Verdacht, dass er insgeheim ganz froh war, schnell von ihr wegzukommen. Hoffentlich lag das nur an dem Anruf!

Trotzdem half er ihr noch beim Ausladen und so blieb Freddy schließlich inmitten zahlreicher Einkaufstüten zurück und starrte dem schimmernden Rolls Royce nach, der sich wieder in den Verkehr einordnete und rasch außer Sichtweite kam. Zaghaft winkte sie, wohl wissend, dass Joe sie schon nicht mehr sehen konnte.

Gut, er hatte ihr einen kleinen Abschiedskuss auf die Wange gegeben. Aber darüber, wann sie sich wiedersehen könnten, hatte er kein Wort verloren. Womöglich würde das erst sein, nachdem dieser vermaledeite Deal mit Arnold beendet war. Dabei vermisste sie Joe jetzt schon!

Freddy seufzte tief, dann begann sie damit, die Tüten in den Hausflur zu schaffen und schließlich in den vierten Stock zu schleppen. Dort angekommen machte sie jedoch sofort wieder kehrt und marschierte mit einem Einkaufskorb bewaffnet los, um Murats Umsatz ein wenig anzukurbeln. Denn wenn einem in so einer Situation eines half, dann etwas Süßes!

Eine halbe Stunde später räumte sie Butter, Zucker, Eier, Mascarpone und Quark in den Kühlschrank, ehe sie damit begann, die Erdbeeren zu waschen, zu trocknen und in winzige Würfel zu schneiden. Wie auf Kommando betrat Wanda die Wohnung, als Freddy gerade Butter und Zucker aufschlug. Aber Freddy glaubte sowieso schon lange, dass Wanda über eine Art siebten Sinn verfügen musste, der sie genau dann nach Hause dirigierte, wenn Freddy kochte. So führte der erste Weg der Freundin dann auch direkt in die Küche.

»Du backst!«, sagte Wanda begeistert und langte ungeniert in die Schüssel mit den gezuckerten Erdbeerwürfeln. »Was heißt das denn jetzt: War es super oder ätzend?«

»Finger weg. Außerdem werden das Waffeln!«, korrigierte Freddy, um Zeit zu gewinnen.

»Mhm«, mümmelte Wanda mit vollem Mund. »Und dein Millionär?«

»Der ist gar nicht erst aufgetaucht«, seufzte Freddy.

»Willst du mich veräppeln? Ich hab' dich doch mit einem Typen abziehen sehen – ein richtiges Sahneschnittchen! Wer war das denn dann? Der Heilige Geist?«

Freddy verdrehte die Augen und trennte die Eier.

»Nein, der Chauffeur.«

»Oh, Mann! Wenn die alle solche Chauffeure haben, dann überdenke ich meine Meinung über Millionäre aber noch mal«, meinte Wanda und ließ sich auf die Küchenbank fallen. »Aber jetzt rück' schon mit der Sprache raus. Du stellst doch nicht so eine Kalorienbombe her, wenn da nicht mehr dahintersteckt als eine Shoppingtour!«

Mit Kalorienbombe hatte Wanda allerdings recht. Freddy rührte Quark und Mascarpone in die Masse, ehe sie Wanda wohl oder übel haarklein den ganzen Vormittag erzählte. Erfahrungsgemäß gab die Freundin sowieso keine Ruhe, bevor sie nicht alles wusste.

Bis Freddy am Ende ihrer Erzählung angelangt war, hatten sie und Wanda bereits die erste Runde Waffeln in der Hand.

»Meinst du, Joe ist jetzt ernsthaft sauer auf mich?«, fragte sie kleinlaut.

»Sauer?! Mann, ich wäre stinksauer, wenn ich gerade einen Typen kennengelernt hätte, und der erklärt, er verlobt sich jetzt erst mal mit einer anderen, egal ob zum Schein oder nicht!«

»Aber ich habe Arnold die Hand darauf gegeben!«, jammerte Freddy. »Und sein Geld verbraten.«

»Dafür lassen sich doch Lösungen finden!«, schimpfte Wanda. »Aber sag mal – das hat doch nicht etwa damit was zu tun, dass Joe keine Millionen auf dem Sparbuch hat?!«

»Natürlich nicht!«, ereiferte sich Freddy.

Auch wenn es ihr schon ein bisschen lieber gewesen wäre, wenn Joe wenigstens bei Arnold fest angestellt wäre. Aber das würde sie Wanda sicher nicht auf die Nase binden!

»An deiner komischen Einstellung ist doch nur Kevin schuld!«, motzte Wanda jedoch weiter.

Mal wieder hatte sich die Freundin nicht so leicht hinters Licht führen lassen.

»Dank Kevin bin ich ja auch ständig pleite. Ich will einfach nicht noch mal so reinfallen«, verteidigte sich Freddy.

»Nicht jeder, der keinen festen Job hat, lässt die Verlobungsfeier platzen und verschwindet stattdessen mit deinen Ersparnissen«, sagte Wanda eindringlich.

»Ich gibt ja auch gar keine Ersparnisse mehr«, seufzte Freddy.

Zum Glück hörte sie genau in diesem Moment, wie sich die Wohnungstür öffnete und Valentina rief: »Jemand zu Hause?«

Kevin gehörte schließlich nicht gerade zu Freddys Lieblingsthemen. Nicht zu glauben, dass sie ein ganzes Jahr an diesen Windhund verschwendet hatte!

Inzwischen hatte sich Valentina ebenfalls zu ihnen gesellt. Sie sah zwar nicht so aus, als hätte sie einen erfolgreichen Tag hinter sich und weigerte sich zudem kategorisch, die Waffeln zu probieren. Allerdings verlangte Valentina ebenso vehement wie Wanda den Grund für diese Kochaktion zu erfahren.

Also erzählte Freddy alles noch mal, wobei ihr die Stunden mit Joe immer wunderbarer vorkamen, während gleichzeitig ihre Verzweiflung wuchs, dass sie vielleicht ruiniert hatte, was da zwischen ihnen war. Aber wie immer reagierte Valentina um einiges tröstlicher als Wanda.

»Vertraust du ihm denn?«, fragte sie.

Freddy nickte eifrig. Das tat sie tatsächlich, auch wenn sie nicht so genau wusste, warum.

»Er hat doch gesagt, er wartet auf dich«, meinte Valentina leise. »Dann wird er genau das tun.«

Spontan fiel Freddy ihrer Freundin um den Hals. Natürlich, das würde er! Auch wenn sie Joe kaum kannte, eines war er bestimmt nicht: ein Lügner. Da war sich Freddy ganz sicher!

***

»Habe ich dir nicht gesagt, du sollst deinen Arsch schnellstmöglich herbewegen«, fuhr Arnold Joe ungehalten an, als der wieder bei ›The Seven‹ vorfuhr.

Joe schluckte. Tatsächlich hatte er sich ziemlich viel Zeit gelassen, da ihm Freddy und ihr Deal mit Arnold einfach nicht aus dem Kopf ging. Eigentlich war er unterwegs zu dem Schluss gekommen, dass er Arnold bitten wollte, sie aus der Vereinbarung zu entlassen – da ging er allerdings auch noch davon aus, seinen Freund nach dem Stelldichein mit Susi bester Laune vorzufinden. Doch so, wie Arnold ihn ansah, verschob er dieses Gespräch lieber.

»Ich musste ja Freddy noch nach Hause bringen, und dann war ziemlich viel Verkehr«, verteidigte er sich halbherzig.

»*Freddy*, soso«, entgegnete Arnold ungnädig. »Spielschulden sind Ehrenschulden, das muss ich doch eigentlich nicht extra erwähnen, oder? Ich erwarte, dass du dir künftig mehr Mühe gibst, meine Wünsche prompt zu erfüllen. Klar so weit?«

»Natürlich. Tut mir leid«, rang Joe sich ab. Arnold zu verärgern, war nicht zielführend.

»Gut. Dann los, ich habe einen Termin in Starnberg und möchte nicht zu spät kommen.«

Zu allem Überfluss nutzte Arnold die Fahrt auch noch dazu, ihn wegen Freddy auszuhorchen. Joe gab sich alle Mühe, sich seine Begeisterung für Arnolds potenzielle Verlobte nicht anmerken zu lassen, fürchtete jedoch, dass ihm das nicht ganz gelang, zu frisch war noch die Erinnerung an ihren Kuss. Zudem kannte Arnold ihn einfach verdammt gut. Zum Glück entdeckte der plötzlich die Tüte mit dem Kostüm.

»Was ist denn das?«

»Ich habe mir eine Uniform besorgt, wie gewünscht«, gab Joe etwas entnervt zurück.

»Auf die Idee, die gleich anzuziehen, bist du nicht gekommen?«, ätzte Arnold. »Muss ich dir wirklich haarklein erklären, wie du deine Arbeit machen sollst? Erledige das, während ich mit meiner Kundin spreche!«

»Selbstverständlich«, sagte Joe ergeben.

Mann, war Arnold gereizt! Und das, nachdem er den größten Teil des Tages mit Susi verbracht hatte – seltsam. Jedenfalls erinnerte Joe die ganze Situation daran, warum er es tunlichst vermied, sich irgendwo eine Anstellung zu suchen. Den Blitzableiter für die schlechte Laune seinen Chefs zu spielen, war nicht gerade angenehm. Um weiterer Missstimmung vorzubeugen, zog er sich deshalb rasch auf der Bahnhofstoilette in Starnberg um, während Arnold seinen Termin wahrnahm.

Leider schien das seinen alten Kumpel nicht milder zu stimmen, barsch gab er seinem Fahrer die Anweisung, als Nächstes das Casino in Bad Wiessee anzusteuern, bevor er sich den Rest der Fahrt in Schweigen hüllte.

Beim Casino angekommen verdonnerte Arnold Joe dazu, auf dem Parkplatz zu warten, bis er geruhte, wieder heimzufahren. Schön langsam beschlich Joe der Verdacht, dass Arnold diesen Wetteinsatz nur vorgeschlagen hatte, um seinen alten Freund nach Herzenslust herumkommandieren zu können.

Freunde, dachte Joe. Waren sie überhaupt jemals richtige Freunde gewesen? Unwillkürlich berührte er die Narbe an seinem linken Unterarm. Sie war kaum noch sichtbar, aber hätte sie ihm nicht dennoch eine Warnung sein sollen? Schon immer hatte Arnold darauf bestanden, dass seine *Freunde* ihm widerspruchslos folgten. Joe folgte Arnold aber nicht in den Knast, sondern ergriff mit beiden Händen die Chance auf ein neues Leben, als Köppen die ihm bot.

Zu dem Zeitpunkt hatte er Arnold schon längst nicht mehr so vorbehaltlos bewundert, wie er es als kleiner Knirps getan hatte. Also hatte er es auch irgendwann nicht mehr eingesehen, sich von Arnold herumkommandieren zu lassen – dass Arnold sein geliebtes Klappmesser daraufhin gegen ihn einsetzten könnte, wäre ihm allerdings nie in den Sinn gekommen.

Joe seufzte, während er daran zurückdachte. Er war wütend gewesen, weil er sich gewünscht hätte, dass Arnold ihn wie einen Gleichberechtigten behandelte. Doch dann – absurderweise entschuldigte *er* sich danach bei Arnold für seine Aufsässigkeit. Weil er nie vergessen würde, wie sich Max Weidinger aus der 3c nach seinem ersten Schultag an der Blumenauer Grundschule vor ihm aufgebaut und die Herausgabe seines Taschengeldes gefordert hatte – wenn Joe gehorchte, sähe Max *vielleicht* davon ab, ihm die Nase zu brechen. Joe brachte vor Angst keinen Ton heraus, wobei es auch fraglich schien, dass es Max milder stimmte, wenn Joe ihm erklärte, dass er gar kein Taschengeld bekam. Doch dann landete eine Hand auf Max' Schulter und jemand sagte sehr bestimmt:

»Finger weg von dem Kleinen. *Das ist mein Freund.*«

Der Sprecher war Joe schon während des Unterrichts aufgefallen, nachdem es diesem mühelos gelang, den Deutschunterricht der 2b ziemlich aufzumischen. Dass es Arnold war, wusste er zu dem Zeitpunkt nicht, genauso wenig kannte er die drei anderen Jungs, die sich hinter ihm aufbauten, um ihm den Rücken zu stärken. Heiko, Finn und Daniel, wie sich später herausstellte. Jedenfalls hatte Max der geballten Macht der Zweitklässler nachgegeben, und seit dem Tag hatte Joe zu Arnolds Clique gehört, auch wenn das zunächst nichts anderes bedeutete, als dass er die Hausaufgaben der anderen sowie allerlei unliebsame Botengänge erledigen durfte. Dennoch war das der erste Tag, seit Joes Vater die gemeinsame Wohnung verlassen hatte und nie wieder zurückgekehrt war, dass Joe richtig, richtig glücklich war.

Freunde? Joe seufzte. Sie hatten beide Fehler gemacht, dennoch schien Arnold nicht wirklich bereit für einen Neuanfang. Und intuitiv hatte er ja sogar recht damit – schließlich tauchte Joe nur deshalb wieder in seinem Leben auf, um ihn auszuspionieren. Selbst wenn es eine Chance auf Versöhnung gegeben hätte, so hatte er sie wohl dadurch zunichtegemacht, dass er Köppens Auftrag annahm.

Damit verbot es sich allerdings auch, dass er sich bei Arnold für Freddy einsetzte – womöglich machte er mit seinem Eingreifen alles nur noch schlimmer. Es blieb ihm also nur zu hoffen, dass Freddy die Sache alleine hinbekam, und ihren vermeintlichen Millionär in den Wind schoss, um sich dessen Chauffeur zuzuwenden. Das mochte sich vielleicht kitschig anhören, doch Joe hoffte von ganzem Herzen, dass es genau so kam.

SHOOTING

Irgendwie war Freddy ja davon ausgegangen, dass die beiden Männer, die dank dieser Anzeige in ihrem Leben aufgetaucht waren, selbiges ein wenig interessanter gestalteten. Doch zunächst passierte nichts dergleichen.

Den Sonntag hatte sie noch recht behaglich mit Wanda und Valentina am Flaucher verbracht, das Handy stets in Griffweite und gespannt auf die Dinge, die da kommen sollten.

Doch die folgende Arbeitswoche verlief eintönig und langweilig wie immer. Pflichtbewusst leistete Freddy ihre Stunden am Empfang der Versicherung ab und versuchte sich und ihre Mitbewohnerinnen bei Laune zu halten, indem sie den Feierabend größtenteils hinter dem Herd verbrachte und so leckere Kreationen wie Tomaten-Garnelen-Pasta, Kartoffel-Quiche und gefüllte Auberginen zauberte.

In ihrem Zimmer betrachtete sie immer wieder die neuen Kleidungsstücke, die sie sorgfältig in den Schrank gehängt hatte. Wann sich Arnold wohl endlich meldete? Klar, es war schön, zu wissen, dass ihr Kleiderschrank nun auch einige besondere Teile beherbergte. Anziehen würde sie die aber auch mal ganz gerne. Wenn das so weiterging, war sie alt und grau, bis sich dieser Deal mit dem Millionär erledigt hatte. Dabei war sie eigentlich davon ausgegangen, dass Arnold es ein bisschen eilig hatte, schließlich war seine Oma doch todkrank, oder? Und ob Joe bis zum Sankt Nimmerleinstag auf sie warten wollte? Das schien ihr doch mehr als fraglich.

Gegen Mitte der Woche überlegte Freddy, ob es nicht sinnvoll wäre, einen Versuch zu unternehmen, die, immerhin ungetragenen, Stücke zurückzugeben, Arnold das Geld zukommen zu lassen und die ganze Sache abzublasen. Dann wäre sie frei für Joe!

Doch aus zwei Gründen widerstrebte es ihr zutiefst, sich von den Sachen wieder zu trennen: Zum einen betrachtete sie Kleidungsstücke bereits als ihr Eigentum und fieberte dem Tag entgegen, an dem sich endlich die Gelegenheit ergab, sie auszuführen. Und außerdem erinnerten die Sachen sie an den wunderbaren Tag mit Joe, ja, es kam ihr geradezu wie ein Verrat vor, die gemeinsam zusammengestellten Outfits einfach wieder abzustoßen.

Aber vielleicht gab es ja eine dritte Möglichkeit? Obwohl sie beim Shopping nicht gerade über die Stränge geschlagen hatte, überstiegen die Einkäufe ihre augenblicklichen finanziellen Möglichkeiten doch erheblich. Wenn sie die Sachen also behalten und Arnold trotzdem sein Geld zurückzahlen wollte, musste sie sich etwas von Wanda oder Valentina leihen und später natürlich wieder abstottern. Wie das allerdings gehen sollte, nachdem sie so schon kaum mit ihrem Einkommen hinkam, konnte sich Freddy nicht so recht vorstellen.

Nachdenklich strich sie zum wiederholten Mal über die hübschen Stickereien des Abendkleides. An der ganzen Misere war doch nur Kevin schuld! Weil der diese Luftschlösser vor ihr aufgebaut hatte, und sie hatte ihm jedes Wort geglaubt. Gemeinsam wollten sie einen kleinen Partyservice aufziehen. Während der Planungsphase ging Freddy natürlich weiter arbeiten – wohingegen Kevin meistens in ihrer WG herumhing und es sich dort gutgehen ließ. Als es dann bei einer Geschäftsauflösung angeblich einige Schnäppchen zu machen gab, hatte Freddy Kevin ihr Sparbuch anvertraut – das einzige Vermächtnis ihres Vaters. Wiedergesehen hatte sie allerdings weder Kevin noch das Geld.

Freddy seufzte. *Eine Woche*, schwor sie sich. Länger würde sie nicht warten. Wenn Arnold bis dahin nicht in die Gänge kam, konnte er sich nach einer anderen Verlobten umsehen!

***

Endlich meldete sich Silas wieder bei Joe, und seiner Mail entnahm er, dass Arnolds Karriere als selbständiger Immobilienmakler kurz und wenig erfolgreich gewesen war. Nachdem Silas entdeckt hatte, dass Arnolds kleine Firma schon nach wenigen Monaten Insolvenz angemeldet hatte, gelang es ihm, eine alte, längst aus dem Internet entfernte Webseite wieder herzustellen. Die versprach zwar vollmundig Luxusimmobilien in und um München, doch scheinbar war auf der Seite während ihres Bestehens kein einziges Objekt gelistet worden. Sah so aus, als hätte Arnolds ehemaliger Ausbilder Rendl recht behalten: Dieses lukrative Segment hatten sich die alteingesessenen Makler nicht so einfach nehmen lassen.

Umso erstaunter betrachtete Joe den alten Handelsregisterauszug im Anhang der Mail, der ihm verriet, dass sich Arnold danach als selbstständiger Bauträger versucht hatte. Erfolgreich! Die ›Völkel-Wohnungsbaugesellschaft‹ hatte ein Mehrfamilienhaus in Planegg gebaut. Doch wie konnte es ihm gelingen, einen Kredit für die Anschubfinanzierung zu erhalten? Wer zum Teufel gab einem erfolglosen Immobilienmakler Geld, um sich als Bauträger zu betätigen?!

Außerdem verwirrte es Joe ein wenig, dass Arnold wohl nur dieses eine Projekt umgesetzt hatte – obwohl die Wohnungen im beliebten Würmtal offenbar wie die warmen Semmeln weggegangen waren. Ein wenig mysteriös war das ja alles schon, und er schickte Silas eine Mail, dass er da weiter nachforschen sollte.

Gerne hätte Joe das ja selber übernommen, aber obwohl der Abend bereits weit fortgeschritten war, zitierte Arnold ihn und seinen Rolls mal wieder barsch zu seiner Wohnung. Joe versprach zwar freundlich, sich zu beeilen, knirschte insgeheim jedoch mit den Zähnen. Nicht nur, dass sich Arnold ihm gegenüber meist unausstehlich benahm, er machte auch nicht die geringsten Anstalten, mal wieder Kontakt zu Freddy aufzunehmen. Wenn er in dem Tempo weitermachte, würde Joe beim nächsten Date mit Freddy ein biblisches Alter erreicht haben.

Vielleicht sollte er seinen festen Vorsatz, Freddy nicht wiederzusehen, so lange die noch ihren Deal mit Arnold am Laufen hatte, doch noch mal überdenken? Schließlich ging ihm die Frau seit Tagen nicht aus dem Kopf! Es war doch nicht verboten, sie ein wenig dahingehend zu beeinflussen, dass sie Vereinbarung mit seinem alten Freund vielleicht doch aufkündigte?

Das hörte sich doch nach einem Plan an. Mit neuem Enthusiasmus lenkte Joe seinen Wagen auf den mittleren Ring und trat das Gaspedal durch. Einen Vorteil hatten Arnolds unmögliche Arbeitszeiten ja wenigstens: Er stand so gut wie nie im Stau.

***

Arnold war allerbester Laune, was ihn jedoch nicht daran hinderte, Joe mal wieder ordentlich zusammenzustauchen, weil der – *schon wieder* – vergessen hatte, seine Chauffeursmütze vom Kopf zu nehmen, als er ihm den Wagenschlag aufhielt. Was für einen tierischen Spaß es ihm machte, seinen alten Freund zu schikanieren!

Aber damit nicht genug – vor einer halben Stunde hatte ihn ein Anruf erreicht, und der ließ eindeutig darauf schließen, dass er wieder im Spiel war, was Marion und ihre Freundin Ruth anging. Deshalb brauchte er Frederika eigentlich nicht mehr. Jedenfalls nicht für seinen ursprünglichen Plan, dass sie ihm so einige Türen öffnen sollte, dafür eigneten sich Marion und Ruth eh weit besser. Ganz abgesehen davon, dass er seit seinem Casinobesuch noch ein weiteres Eisen im Feuer hatte – ein blondes Eisen mit atemberaubend langen Beinen.

Allerdings würde er einen Besen fressen, wenn sich Joe während der Einkaufstour nicht ordentlich in Frederika verguckt hatte. Das brachte Arnold auf eine ganz neue Idee. Schließlich wäre es nicht schlecht, wenn es eine Person gäbe, der er die Schuld dafür in die Schuhe schieben konnte, wenn seine geplanten Investitionen, hm, *nicht so ganz erfolgreich* sein würden. Ursprünglich hatte er dabei an Joe gedacht, aber der Junge war schlau, und Arnold musste befürchten, dass er den Braten roch und womöglich seinen ganzen schönen Plan vereitelte. Aber Frederika – die Kleine würde sich leicht über den Tisch ziehen lassen, und wahrscheinlich ging es Joe weit mehr an die Nieren, wenn das Mädel in Schwierigkeiten geriet, als wenn er selbst als Betrüger dastand.

Etwas Schlimmes würde Frederika dabei schon nicht passieren, schließlich gab es da immer noch ihren Opa, und Arnold rechnete fest damit, dass der einschritt, bevor die Kleine womöglich im Knast landete. Aber bis dahin würde Joe durch die Hölle gehen – ein Ort, an dem er, fand Arnold, durchaus hingehörte.

Sie erreichten Schwabing, und Joe hielt vor Marions Bungalow.

»Warte hier, es kann dauern«, meinte Arnold unfreundlich. »Und penn' gefälligst nicht wieder ein, ich erwarte, dass der

Wagen vorgefahren wird, wenn ich das Haus verlasse. Klar so weit?«

»Alles klar, Boss«, sagte Joe, und Arnold grinste insgeheim.

Es kam sogar noch besser. Nur Sekunden, nachdem der an Marions Tür geklingelt hatte, wurde ihm auch schon geöffnet – von Ruth von Brünneck!

»Kommen Sie doch bitte herein, Herr Völkel. Marion ist im Wohnzimmer, sie ist ein wenig unpässlich.«

Dabei wagte sie es nicht, Arnold in die Augen zu sehen, und ihr respektvolles Verhalten ging ihm runter wie Öl.

Im Wohnzimmer saß Marion auf einer riesigen Couchgarnitur, nachlässig in einen Jogginganzug gekleidet, die Frisur derangiert und die Augen verquollen. Um sie herum lagen mehrere zerknüllte Taschentücher. Als sie Arnold sah, kullerten sofort wieder dicke Tränen über ihr Gesicht.

»Tja, hier bin ich«, meinte Arnold, und ließ sich lässig in einen Designersessel fallen. »Kann ich den Damen irgendwie behilflich sein? Ach, Frau von Brünneck, schenken Sie mir doch einen Champagner ein!«

Er hatte nicht vor, es ihnen einfach zu machen, schließlich hatte Marion ohne ein Wort Schluss gemacht, und Ruth hatte ihn von Beginn an ihre Geringschätzung spüren lassen. Doch als Marion verzweifelt ausstieß: »Ich werde erpresst!«, war es mit seiner Ruhe vorbei.

»Zeig ihm die Fotos«, sagte Ruth und entkorkte geschickt eine Flasche Schampus.

Marion schüttelte trotzig den Kopf und zog geräuschvoll die Nase hoch. Doch Arnold ahnte bereits, um was es ging.

»Marion«, sagte er sanft. »Wenn ich dir helfen soll, muss ich wissen, worum es geht. Was auch immer dein Geheimnis ist – es ist bei mir sicher!«

Marion schluchzte erneut, bewegte sich aber immer noch nicht. Es war Ruth, die Arnold zunächst den Champagner reichte, dann eines der Sofakissen hochhob und einen Packen Fotos darunter hervorholte. Sie warf sie auf den Wohnzimmertisch, und Arnold schluckte. Wie erwartet, zeigten die Bilder Marion und den grauhaarigen Kerl beim Sex. Wobei man nur Marion gut erkannte, der Mann trug eine schwarze Gesichtsmaske. Besonders pikant war, dass die beiden nicht einfach miteinander schliefen – Marions Hände waren gefesselt, sie trug ein enges Halsband mit einer Leine daran, die der Grauhaarige in der Hand hielt. Die Serie zeigte, wie sie vor seinen Füßen auf dem Boden herumkroch. Angewidert drehte Arnold die Fotos um, sodass die Bildseite nach unten zeigte. Diese Praktiken trafen nicht gerade Arnolds Geschmack, aber schließlich musste jeder nach seiner Façon glücklich werden. Viel mehr störte ihn die Tatsache, dass jemand derartig intime

Momente mit der Kamera festhielt und zu allem Überfluss damit drohte, sie zu veröffentlichen.

»Was will er?«, fragte Arnold nur mühsam beherrscht.

»Hunderttausend Euro«, schniefte Marion. »Ich zahle!«

»Das wirst du nicht«, herrschte Ruth sie an. »Das ist doch nur der Anfang. Wenn du einmal nachgibst, wird er nicht aufhören, bis er dich bis aufs letzte Hemd ausgezogen hat!«

Ein etwas unpassender Vergleich angesichts der Situation, fand Arnold, kam jedoch ansonsten nicht umhin, Ruth von Brünneck zuzustimmen.

»Frau von Brünneck hat recht. Der Erpresser wird nicht so schnell aufgeben, wenn er glaubt, dass noch mehr zu holen ist. Und je länger diese Bilder irgendwo existieren, umso größer die Gefahr, dass sie in die falschen Hände gelangen.«

Marions Freundin nickte und meinte etwas verlegen zu Arnold: »Bitte, sagen Sie doch Ruth.«

Er versprach es lächelnd und bot ihr das ›Du‹ an – obwohl er beschloss, die beiden noch ein bisschen zappeln zu lassen, bevor er ihnen seinen Beistand anbot. Verdient hatten sie es allemal, und bisher hatte er noch keine Entschuldigung gehört.

»Nur so am Rande – wie sind die Damen denn auf die Idee gekommen, dass ich helfen könnte?«

Eine Frage, die dazu führte, dass beide Ladys ganz plötzlich ihre perfekt manikürten Fingernägel inspizieren mussten.

»Ich habe ein paar Nachforschungen angestellt«, gab Ruth schließlich verschämt zu. »Und herausgefunden, dass du in der Blumenau aufgewachsen bist. Und da dachte ich …«

Sie verstummte.

»… dass ich wohl ein paar finstere Gesellen kenne, die dem Gigolo seine erpresserischen Absichten schon austreiben würden«, vollendete Arnold den Satz spöttisch für sie.

Ruth nickte.

»Es tut mir leid«, flüsterte sie.

»Mir auch«, stimmte Marion ein. »Du warst so nett, und ich …«

Erneut begann sie, zu weinen. Großzügig beschloss Arnold, sich damit zufriedenzugeben. Vor allem, weil ihm das Verhalten dieses Kerls echt anwiderte. Klar, auch er interessierte sich primär für das Vermögen der Damen – aber der Teufel sollte ihn holen, wenn eine Frau seinetwegen jemals in so eine Verzweiflung stürzte!

Ärgerlicherweise ertappte er sich in dem Moment dabei, dass er sich wünschte, Joe stünde auf seiner Seite und er könnte die Sache mit ihm gemeinsam durchziehen. Klar, auf seinen Kumpel Heiko konnte er sich hundertprozentig verlassen, aber der Fotograf sah einfach zu auffällig aus, um ihm behilflich zu sein. Dann gab es da noch Finn und Daniel. Ersterer würde wohl kaum lange genug aus seinem Drogennebel zu befreien sein, um Arnold beizustehen, und Daniel hockte irgendwo in Vaterstetten mit Frau und Kindern in einem winzigen Häuschen und versuchte, seine Familie mit seinem Job als Programmierer bei Siemens durchzubringen. Mann, was hatte er sich mit Daniel in ihrer Jugend für Autorennen geliefert! Jetzt war der Kerl nicht mal zu einer winzigen Geschwindigkeitsüberschreitung zu überreden, um nur ja sein kleines Glück nicht zu gefährden.

Joe war der Einzige aus ihrer alten Clique, der ihm jetzt echt nützlich sein könnte – und ausgerechnet der war ein mieser Verräter! Nein, keinesfalls konnte er riskieren, dass Joe die Fotos von Marion zu Gesicht bekam. Zwar mochte er nicht glauben, das Joe die gegen Marion verwenden würde – aber er hätte ja auch nie geglaubt, dass Joe ihn an die Bullen verriet.

Er würde sich also selbst bemühen müssen und die Identität dieses Arschlochs alleine klären. Sobald er das geschafft hatte, sollte es nicht allzu schwierig sein, dem Erpresser eine Lektion zu erteilen, die ihm schnell klarmachte, dass er sich mit den falschen Leuten angelegt hatte. Im Türsteher-Milieu ließen sich da jederzeit ein paar Schläger für so einen Auftrag anwerben, sofern man keinen Wert darauf legte, dass die Kerle allzu helle waren.

»Also gut«, sagte er freundlich zu den Damen. »Ich helfe euch. Aber es wird nicht ganz einfach. Nicht, wenn wir jede mögliche Kopie dieser Bilder in die Finger bekommen wollen. Als Erstes müssen wir herausfinden, wer der Erpresser in Wahrheit ist, okay? Dazu müsst ihr ganz genau tun, was ich euch sage. Klar so weit?«

Mit weit aufgerissen Augen sahen sie ihn hoffnungsvoll an und nickten. Zufrieden lehnte sich Arnold zurück. Als Nächstes würde er ihnen dann sagen, was er für seine Unterstützung von ihnen erwartete. Aber das hatte ja noch Zeit, bis er die ersten Erfolge vorweisen konnte.

***

»Frederika! Wie schön, dass ich dich gleich erreiche.«

Freddy fiel vor Schreck fast das Handy aus der Hand, als sich Arnold energiegeladen und ziemlich lautstark meldete. War sie doch gerade in einem wunderbaren Tagtraum gefangen gewesen, in dem Joe eine ganze Flotte luxuriöser Limousinen befehligte, während sie in einem kleinen Café am Herd stand. Der Millionär und seine Großmutter kamen in diesem Traum natürlich nicht vor.

»Ich hoffe, du hast morgen noch nichts vor«, dröhnte Arnolds Stimme aus dem Hörer.

Freddy holte tief Luft.

»Arnold, wir müssen reden.«

Ein Satz, nach dem normalerweise bei allen Männern sämtliche Alarmglocken schrillten. Doch Arnold blieb völlig unbeeindruckt.

»Aber natürlich, meine Liebe! Ich weiß, ich vernachlässige dich sträflich – aber deswegen rufe ich ja an, damit sich das ändert. Ich habe schrecklich viel Arbeit, aber es wird wirklich Zeit, dass wir uns wiedersehen. Leider bin ich derzeit dermaßen eingespannt, dass ich dich unmöglich abholen kann – aber es ist doch sicher kein Problem für dich, morgen Abend nach Sendling zu kommen? Nimm dir doch einfach ein Taxi! Und zieh eines deiner neuen Outfits an. Etwas seriöses wäre gut.«

»Äh …«, machte Freddy ein wenig erschlagen von Arnolds Wortschwall. Doch der redete ungebremst weiter.

»Ich habe auch eine Überraschung für dich! Du wirst entzückt sein, versprochen. So gegen 19 Uhr? Warte, ich sag dir schnell, wo du hinmusst, das ist so ein komischer Straßenname, ah ja, Kistlerhofstraße …«

Reflexartig notierte Freddy die Adresse, die er ihr durchgab, versuchte es dann jedoch noch mal: »Arnold, wegen der Verlobung …«

»Jaja«, unterbrach er sie, »wie wir das angehen, können wir ja dann persönlich besprechen, deswegen treffen wir uns ja! Bis morgen, ich freu' mich!«

»Arnold, ich ...«, begann Freddy erneut, musste dann jedoch zu ihrer Verblüffung feststellen, dass Arnold aufgelegt hatte.

Also wirklich! Dabei hatte er sie noch nicht mal gefragt, ob ihr der Termin am nächsten Tag passte. Offenbar ging Arnold davon aus, dass er nur rufen musste, und die stand bereit.

Am liebsten hätte sie sofort zurückgerufen und abgesagt, aber vielleicht war es sowieso besser, mit Arnold von Angesicht zu Angesicht zu reden – da konnte er wenigstens nicht einfach auflegen. Außerdem ärgerte sich Freddy maßlos über sein Benehmen, den Mut für dieses Gespräch würde sie also mit links aufbringen.

Schon als Freddy bei Google Maps die Adresse eingab, kam ihr der Ort mehr als seltsam für ein Treffen mit einem Millionär vor. Die Kistlerhofstraße trennte ein Gewerbe- von einem Wohngebiet, beides wirkte wenig spektakulär. Also hatte sie vermutet, dass es hier irgendwo einen Geheimtipp geben musste – ein Restaurant, in dem seltene Früchte aus dem brasilianischen Urwald auf der Speisekarte standen, oder das Atelier eines Künstlers, der seine Werke aus schrottreifen Nobelkarossen zusammenschweißte, und so die Aufmerksamkeit der Münchener Schickeria erregt hatte. Doch das gesichtslose Bürogebäude, vor dem das Taxi sie absetzte, verhieß nichts dergleichen.

Unschlüssig verharrte Freddy auf dem Bürgersteig. Hoffentlich hatte sie nicht die falsche Hausnummer notiert! Was wollte Arnold bloß hier? Weitere Minuten vergingen mit ergebnislosen Grübeleien, bis endlich der Rolls Royce vorfuhr. Freddy konnte nicht verhindern, dass sich ein strahlendes Lächeln auf ihrem Gesicht ausbreitete, als sie Joe hinter dem Steuer entdeckte. Er trug die Mütze, die sie für ihn ausgesucht hatte!

Schade nur, dass er sie gar nicht zu bemerken schien. Joe hielt in zweiter Reihe, und energiegeladen sprang Arnold aus dem Wagen, kam freudig auf sie zu und gab ihr zu ihrer großen Verblüffung zwei Küsschen auf die Wange.

»Frederika! Wie wunderschön du aussiehst. Ich wusste gleich: Du bist die Richtige!«

Dann nahm er auch noch ihre Hand, hielt sie ein wenig länger als nötig und sah ihr tief in die Augen. Womit er Freddy vollends aus dem Konzept brachte.

»Und pünktlich bist du auch«, fuhr Arnold zufrieden fort. »Ein schöner Zug bei einer Frau. Aber das liegt sicher daran, dass du es kaum erwarten kannst, deine Überraschung zu sehen, oder?«

»Äh …«, machte Freddy, doch Arnold redete schon weiter.

»Ich weiß, dieser Ort hier verheißt nichts Spektakuläres, aber Heiko tut sich etwas schwer mit seiner Selbständigkeit, da kann er sich nichts anderes leisten. Aber er ist ein alter Freund von mir – und ein echter Künstler, versprochen.«

Dabei legte er den Arm um ihre Schultern und dirigierte sie so zum Eingang des Bürogebäudes. Hilflos sah sich Freddy nach Joe um, doch der war längst weitergefahren. Wie kam es eigentlich, dass Arnold es immer wieder schaffte, sie zu überrumpeln? Allerdings – ein wenig neugierig war sie nun schon geworden, das musste sie zugeben.

Sie betraten das Bürohaus, während sich Arnold fröhlich darüber ausließ, wie sehr er sich freute, seine entzückende Begleiterin seinem alten Freund vorzustellen.

»Was die Verlobung angeht ...«, versuchte Freddy den so sorgsam vorbereiteten Text anzubringen, doch Arnold unterbrach sie sofort wieder.

»Heiko weiß Bescheid, keine Sorge, wir müssen uns nicht verstellen. Aber da sind wir auch schon!«

Schwungvoll riss er eine Tür auf, bevor Freddy dazukam, das dort angebrachte Firmenschild zu studieren. Energisch schob Arnold sie hinein, andernfalls wäre sie aber auch einfach in der Tür stehen geblieben. Denn damit hatte sie nicht gerechnet – anstatt in ein Büro zu gelangen, betraten sie ein voll ausgestattetes Fotostudio!

Doch sofort wurde ihr wieder mulmig. Arnold wollte doch nicht etwa Bilder für ihre Verlobungsanzeige machen lassen?!

»Na, was sagst du? Ich dachte mir – dieser Job bei der Versicherung ist doch auf Dauer nichts für so eine hübsche, intelligente Frau. Ich habe mich ein wenig schlau gemacht: Du hast deine Ausbildung mit Bravour abgeschlossen. Da macht es doch keinen Sinn, an einem Empfang zu versauern.«

Woher wusste er das denn schon wieder? Arnold wurde ihr langsam unheimlich. War er womöglich in Wahrheit ein verrückter Stalker?

»Also, was braucht es, um sich auf eine vielversprechende Stelle zu bewerben? Das perfekte Foto! Und genau das wird Heiko heute von dir machen.«

Nun blieb Freddy tatsächlich der Mund offenstehen.

»Wir machen ein Foto – nur für mich?«

»Aber natürlich, meine Liebe. Nachdem du es nicht nur auf dich genommen hast, alleine einkaufen zu gehen, sondern auch noch meinem widerwilligen Chauffeur eine Uniform besorgt hast, wollte ich dir eine kleine Freude machen. Blumen oder Pralinen sind natürlich auch ganz nett, aber ich dachte, professionelle Fotos kannst du besser brauchen.«

Freddy wurde es ganz warm ums Herz. Arnold hatte sich ja wirklich Gedanken gemacht! Wie lieb von ihm. Wie konnte sie da so gemein sein, und seiner Oma die so sehnlichst gewünschte Verlobte vorenthalten?

»Ah, Heiko«, dröhnte Arnold in diesem Moment. »Das bist du ja. Ist dir eigentlich nie in den Sinn gekommen, dass jeder hier reinplatzen und eine deiner teuren Kameras klauen könnte?«

»Nö«, kam es missmutig zurück.

Freddy drehte sich um, um den Neuankömmling zu begrüßen. Stattdessen machte sie jedoch erschrocken einen Schritt zurück, was sie direkt in Arnolds Armen landen ließ. Die Stirn des Fotografen zierte das Tattoo einer ziemlichen großen, lebensechten Spinne! Freddys Herz klopfte wie verrückt. Hier käme sie sicher auch nicht einfach hineinspaziert und ließe irgendwas mitgehen!

»Mensch, Heiko, wie oft habe ich dir gesagt, setz' dir ein Käppi auf, wenn du jemanden erwartest«, sagte Arnold gutmütig, nutzte die Gelegenheit jedoch, um Freddy ein wenig näher an sich heranzuziehen.

Der Fotograf brummte etwas Unverständliches, stülpte sich jedoch tatsächlich eine dünne Mütze über den Kopf und brachte so das Tattoo außer Sichtweite. Freddy atmete auf. Zwar sah der Fotograf mit seinen zahlreichen Piercings im Gesicht immer noch ziemlich wild aus, aber dieser Anblick war ja heutzutage fast normal. Etwas unbehaglich befreite sie sich aus Arnolds Armen.

»Also, du weißt ja, was zu tun ist. Ich erwarte erstklassige Fotos! Das sollte bei so einer schönen Frau ja kein Problem sein«, meinte Arnold unbeeindruckt, umfasste ihre Schultern und schob sie weiter in das Studio hinein.

»Hm«, machte Heiko.

Na, das klang ja *sehr* optimistisch!

»Keine Sorge, Heiko weiß, was er tut«, murmelte Arnold ihr ins Ohr und bescherte Freddy damit eine Gänsehaut.

»Okay«, murmelte sie, reichlich irritiert von der Tatsache, dass Arnold heute so auf Tuchfühlung ging.

Jetzt legte er auch noch erneut einen Arm um sie und drückte ihr einen kleinen Kuss auf die Schläfe.

»Ich muss dann auch wieder los …«, erklärte Arnold.

»Was?!«, machte Freddy erschrocken und befreite sich aus seiner Umarmung.

Auch wenn sie es etwas unangenehm fand, dass Arnold ihr heute so auf die Pelle rückte – immer noch besser, als mit diesem seltsamen Typen allein zu bleiben! Außerdem hatte sie doch mit ihm reden wollen – auch, wenn ihre Entschlossenheit, den Deal platzen zu lassen, ein wenig ins Wanken geraten war.

»Tut mir so leid, Mäuschen – sagte ich das nicht? Mir ist da noch ein ganz wichtiger Termin dazwischengekommen. Aber Joe fährt mich rasch hin und holt dich dann hier ab, was meinst du?« Er zwinkerte ihr zu. »Ich glaube, mein Chauffeur ist schwer beeindruckt von dir!«

Wie immer gab er ihr gar keine Möglichkeit zu protestieren, wünschte ihnen beiden gutgelaunt viel Spaß und verschwand. Seufzend ergab Freddy sich in ihr Schicksal. Hoffentlich kam wenigstens Joe schnell zurück!

»Setz dich da hin«, sagte Heiko und wies auf einen Barhocker vor einer weißen Leinwand.

Es erleichterte Freddy ein wenig, dass der Fotograf tatsächlich in ganzen Sätzen sprechen konnte. Dennoch fühlte sie sich mehr als unbehaglich, als sie den angewiesenen Platz einnahm.

»Kopf ein wenig nach links und lächeln«, bestimmte er.

Verkrampft folgte sie seinen Anweisungen, während Heiko verschiedene Scheinwerfer einschaltete und sich dann an einer Kamera auf einem Stativ zu schaffen machte.

»Was'n hast'n für'n Job«, nuschelte er dabei.

»Bürokauffrau«, murmelte Freddy verlegen. »Aber ich würde lieber in einem Café arbeiten.«

»Unmögliche Arbeitszeiten!«, brummte er.

»Ja, aber ich koche leidenschaftlich gerne. Man sollte doch auch Spaß an seinem Beruf haben«, meinte sie.

»Koch'n? Ich ess lieber Fertigpizza.«

Na, da war er ja bei Freddy an der richtigen Adresse! Wusste er denn nicht, wie viel Zusatzstoffe in so einem Gericht steckten? Und wie einfach man eine Pizza selber machen konnte?

»Ein Hefeteig ist doch keine Hexerei«, beschwor sie den Fotografen. »Etwas Mehl, Wasser, Hefe und ein kleiner Schuss Olivenöl – mehr braucht's dazu nicht, nur ein bisschen Geduld! Und ein frischer Belag ist doch auch viel besser. Passierte Tomaten, Serranoschinken, Mozzarella und Rucola zum Beispiel. Das ist doch ein Traum!«

»Nehm' immer Salami mit Pilzen«, brummte Heiko und wandte sich einer anderen Kamera zu.

Salami! Großartig. Spanische Chorizo, Mailänder Salami, oder auch die türkische Knoblauchwurst, die Murat in seinem Laden verkaufte, da war doch für jeden was dabei! Freddy war ganz in ihrem Element. Geistesabwesend stand sie auf, als Heiko sie darum bat, an die Fotos dachte sie dabei gar nicht mehr. Schließlich hatte sie eine wichtige Mission. Sie ging sogar so weit, dass sie Heiko zugestand, beim ersten Mal könne er es ja auch mit einem fertigen Hefeteig aus der Kühltheke versuchen. Wenn er nur bereit war, es mit dem frischen Belag zu probieren. Nie wieder würde er eine andere Pizza wollen, da war sich Freddy ganz sicher.

***

Joe fuhr den Wagen vor, als Arnold das Bürogebäude verließ, öffnete seinem Boss die hintere Tür und dachte sogar daran, die Mütze vom Kopf zu nehmen. Doch Arnold sah genau, dass Joes dienststeifriges Benehmen nur aufgesetzt war – in ihm kochte es sichtlich. Der perfekte Moment, um ihn noch ein bisschen zu triezen. Er nannte Joe ihr Ziel in Gräfelfing und lehnte sich dann zurück.

»Ich muss dich wirklich loben«, begann er scheinheilig. »Die Frederika ist ja echt ein heißer Feger, wenn man sie in die richtigen Klamotten steckt. Hätte ich nicht gedacht, dass aus dem unscheinbaren Mäuschen so viel zu machen ist!«

»Und deswegen lässt du sie von Heiko knipsen, oder was? Willst du ihr Foto auf deinen Nachttisch stellen?!«, fragte Joe grantig.

Arnold lachte nur.

»Mann, du hast wirklich keine Ahnung, wie man einer Frau eine Freude macht, hm? Die Kleine kann doch nicht ewig meine Verlobte bleiben. Sie sollte sich nach einem anderen Job umtun, da lernt sie vielleicht den passenden Mann kennen, auf jeden Fall hätte sie dann die finanziellen Mittel, um ein bisschen was aus sich zu machen. Und was braucht sie dazu – das perfekte Foto!«

»Ach so?«, fragte Joe misstrauisch.

»Ja, eh klar, dass du von so was keine Ahnung hast«, meinte Arnold. »Aber eine Frau ist kein Computer, da muss man sich schon was einfallen lassen, wenn man sie ins Bett bekommen will. Also pass gut auf – du kannst noch was vom Besten lernen!«

Joes Knöchel traten weiß hervor, so fest umklammerte er das Lenkrad.

»Ich …, ich dachte, die Verlobung ist nur zum Schein?«, brachte er mühsam heraus.

»Na klar! Aber irgendeinen Vorteil muss ich doch davon haben, dass ich der Maus neue Klamotten spendiert habe, oder? Da sollten ein paar heiße Stunden schon drin sein, meinst du nicht?«

»Sieht Freddy das genau so?«

»Ich würde ja sagen, ich wette, wenn ich mit den Fingern schnipse, kann sie gar nicht schnell genug die Beine breit machen – aber vielleicht zahlst du erst mal die aktuellen Wettschulden, bevor wir eine neue Wette starten, hm?« Arnold lachte dröhnend. »Obwohl ich mich langsam daran gewöhne, mich rumkutschieren zu lassen. Ah, da sind wir ja auch schon.

Du bringst mir Frederika nach Hause, aber trödel nicht rum und komm schnellstmöglich wieder her, klar so weit?«

»Natürlich«, presste Joe heraus, stieg aus und öffnete ihm die Tür.

Zufrieden sah Arnold ihm nach, wie er den Rolls Royce viel zu schnell durch das Wohngebiet jagte. Joe war mehr als verknallt in diese Frederika – vielleicht sollte er das Mädel nicht nur als Sündenbock benutzen, sondern sie Joe auch noch ausspannen. Das wäre doch wirklich die perfekte Strafe für diesen Denunzianten!

***

Joe holte einmal tief Luft, als er etwas später vor der Tür des Fotostudios stand. Heiko also. Von allen Jungs in ihrer Clique war er mit dem komischen Kauz Heiko am wenigsten warm geworden. Nach seinen jüngsten Erfahrungen mit Arnold könnte er eigentlich gut auf eine Erneuerung der Bekanntschaft mit Heiko verzichten, aber der Gedanke, dass sich Freddy vermutlich in Gegenwart des Fotografen ziemlich unwohl fühlte, bewog ihn dazu, schleunigst die Tür zu öffnen.

»Mozzarella passt wirklich zu allem«, hörte er als Erstes Freddys begeisterte Stimme.

Na so was? Nach ›Joe, hol' mich bloß hier raus‹ hörte sich das aber nicht an. Anscheinend verstand sie sich prächtig mit Heiko. Neugierig schlich er näher an die beiden heran. Wollte sie den Fotografen womöglich auch zu einem Besuch in dieser verrückten Eisdiele animieren?

Doch bei einem Blick auf Freddy, die vor einer weißen Leinwand neben einem Barhocker stand, vergaß Joe alles andere. Sie sah einfach großartig aus. Ihre Wangen waren leicht gerötet, ihre Augen blitzten und lebhaft fragte sie Heiko:

»Wie soll der Käse denn sein Aroma behalten, wenn er vielleicht tagelang gerieben in einer Plastiktüte herumgammelt, hm?!«

»Nehm ich halt mehr«, brummte der Fotograf und betätigte weiter den Auslöser der Kamera, hinter der er gerade stand, obwohl Freddy wegen dieser Ignoranz heftig den Kopf schüttelte.

Joe wunderte sich. Laut Arnold betätigte sich Heiko schon eine Weile als selbstständiger Fotograf, und es hatte Joe nicht überrascht zu hören, dass er dabei wenig Erfolg hatte. Heiko und Kundengespräche?! Der brachte doch kaum die Zähne auseinander. Und dann noch dieses Tattoo, damit musste er doch sämtliche Kunden in die Flucht schlagen. Dennoch hatte es der Fotograf scheinbar mühelos geschafft, seinem heutigen

Model die Angst vor der Kamera zu nehmen – indem er sich mit ihr über *Lebensmittel* unterhielt! Interessant.

»Bin fertig«, nuschelte Heiko in diesem Augenblick.

»Was?!«, machte Freddy erschrocken. »Ich dachte, du hast noch gar nicht angefangen!«

»Bin fertig«, wiederholte Heiko stoisch. »Wird gut.«

Freddy sah so aus, als fiele ihr dazu noch einiges ein, doch genau in dem Augenblick entdeckte sie Joe, der seine Deckung hinter einem Kleiderständer aufgab.

Sein Herz machte einen kleinen Sprung, als er das Leuchten in ihrem Gesicht sah und registrierte, dass sie Heiko und die Fotos sofort links liegen ließ. Während sie zu ihm eilte, schwor Joe sich, dass er herausfinden würde, was Arnold wirklich mit Freddy und den Fotos vorhatte. Er würde sie beschützen, wenn sein alter Kumpel irgendeine Sauerei ausheckte – selbst wenn das bedeutete, dass er den Auftrag dafür in den Sand setzte!

»Joe«, hauchte sie einfach nur, als sie sich endlich gegenüber standen.

Sie fassten einander an den Armen, sahen sich tief in die Augen. Es war, als hätte es die kleine Missstimmung am Ende ihres letzten Treffens nie gegeben. Joe vergaß Arnolds Anweisungen, ja, eigentlich vergaß er völlig, dass Arnold überhaupt existierte. Nichts schien wichtiger als diese wunderschöne Frau, die vor ihm stand.

Ihre Gesichter näherten sich einander, sein Atem vermischte sich bereits mit ihrem, als zu diesem mehr als unglücklichem Zeitpunkt plötzlich Heiko wieder aus den Tiefen seines Fotostudios auftauchte.

Hastig machte Joe einen Schritt zurück. Verdammt, den Fotografen hatte er ebenfalls vergessen.

»Hab' paar rausgesucht«, brummelte der unbeeindruckt. »Willst gucken?«

»Natürlich«, sagte Freddy verlegen.

Selbstverständlich folgte Joe den beiden, wobei er sich allerdings bemühte, seine Hände bei sich zu behalten. Heiko brauchte eigentlich nicht unbedingt mitzubekommen, dass es gehörig zwischen ihm und Freddy funkte. Womöglich hatte er nichts Besseres zu tun, als das Arnold zu stecken.

Die Fotos sahen allerdings wirklich wunderschön aus. Heiko hatte einige sehr ansprechende Porträtaufnahmen von Freddy auf den Bildschirm seines Computers geladen, auf denen sie natürlich, offen und interessiert wirkte – genau das richtige für eine Bewerbung. Aber waren das wirklich alle Bilder? Es hatte ja doch einige Zeit gedauert, bis Joe zurückkam, außerdem hätte er schwören können, dass Heiko gerade eine Ganzkörperaufnahme von Freddy gemacht hatte, als er das

Studio betrat. So ein Bild war nicht dabei und wurde ja wohl auch nicht für eine Bewerbung benötigt?!

Irgendwas stimmte nicht mit dieser Fotosession! Allerdings hatte Joe nicht vor, diesen Verdacht jetzt zu äußern, zumal Freddy ganz begeistert von den Bildern war. Heiko nickte zufrieden und machte den Bildschirm wieder aus.

»Geb' die Abzüge Arnold«, nuschelte er dabei.

»Vielen, vielen Dank!«, sagte Freddy enthusiastisch, doch Heiko wandte sich schon an Joe.

»Hab' gehört, du machst mit deiner Karre grad einen auf Arnolds Butler?«

»Chauffeur«, verbesserte Joe ihn rasch und hoffte, dass Freddy den Fauxpas nicht bemerkt hatte.

Aber da hatte er sich natürlich getäuscht.

»*Deine* Karre?!«, fragte sie mit unnatürlich hoher Stimme.

Joe seufzte. Das wäre ja auch zu schön gewesen.

»Hör' mal, Freddy …«, begann er zögernd.

»Jetzt sag' bloß nicht, das ist nicht so, wie es aussieht«, zischte sie ihn aufgebracht an.

Genau das hatte er natürlich gerade sagen wollen.

»Ich kann das erklären«, versuchte er es also mit einer anderen Plattitüde.

»Da bin ich jetzt aber gespannt!«, entgegnete sie, verschränke die Arme vor der Brust und presste ihre Lippen zu einem schmalen Strich zusammen.

»Das ist tatsächlich mein Wagen«, begann Joe vorsichtig. »Und Arnold ist wirklich ein alter Freund von mir. Ich habe eine Wette gegen ihn verloren, und deswegen bin ich für vier Wochen Arnolds Chauffeur. Du siehst also, der Job ist wirklich *sehr* vorübergehend.«

Er hoffte inständig, dass Freddy nicht wissen wollte, was für eine Wette er verloren hatte – dann wäre er wirklich am Arsch!

»Soso! Dann bist du also auch so ein Millionär, wenn du es dir leisten kannst, für diesen Spaß mal eben vier Wochen Urlaub zu nehmen, oder was?«, fragte sie jedoch angriffslustig.

»Ich bin kein Millionär!«, beteuerte Joe.

Davon ging er zumindest aus. Zwar hatte er seinen Kontostand im Kopf, aber Köppen verwaltete da so ein Aktiendepot für ihn, dessen genauen Wert er nicht so im Auge behielt.

»Ich bin Informatiker«, erklärte er also. »Ich habe lange Zeit in den Staaten gelebt und da ganz gut verdient.«

Stimmte ja alles irgendwie. Immerhin hatte er den Bachelor in Computerwissenschaften erfolgreich abgeschlossen. Okay, einen ordentlichen Job konnte er eigentlich nicht vorweisen. Nach gewissen Erfolgen an den Spieltischen in Las Vegas hatte er sich einige Server geleistet und sich einen Spaß daraus gemacht, Sicherheitslücken bei den verschiedensten Firmen und staatlichen Institutionen aufzudecken. Nicht zu glauben, was die Leute zahlten, wenn man solche Lücken schloss! Aber so ins Detail musste er im Augenblick ja wirklich nicht gehen.

»Deshalb kann ich es mir leisten, jetzt mal dies, mal das zu machen, seit ich wieder in München bin«, fuhr Joe fort.

Was eigentlich hieß, dass er mal diesen, mal jenen Auftrag für Tobias Köppen erledigte. Aber davon konnte er Freddy jetzt auch nichts erzählen, nicht, so lange sie mitten in Heikos Fotostudio standen. Obwohl sich der Fotograf schleunigst verzogen hatte, als er die Missstimmung zwischen Freddy und ihm bemerkt hatte.

Die ließ sich derweil nicht dazu herab, seine Ausführungen zu kommentieren, sondern sah in unvermindert grimmig an. Ja, was sollte er denn noch sagen?

»Es tut mir ja leid, dass ich dir das nicht gleich erzählt habe. Aber Arnold hat mich darum gebeten, die Sache mit der Wette für mich zu behalten …«, versuchte er es.

»Ich glaube, ich möchte nach Hause«, unterbrach Freddy ihn.

»Freddy …«

»*Jetzt!*«

Seufzend ergab Joe sich in sein Schicksal. Bestimmt musste sie sich nur ein wenig beruhigen. Immerhin bestand sie ja ebenfalls darauf, dass sie ihr gegebenes Wort Arnold gegenüber einhielt. Da würde sie sicher bald verstehen, dass er nicht gleich mit der ganzen Wahrheit herausplatzen konnte – schließlich kannten sie sich ja kaum.

Apropos *ganze Wahrheit*. Irgendwann musste sie auch erfahren, weshalb er überhaupt wieder in Arnolds Nähe gekommen war. Er hoffte, dass Freddy dann verstand, dass er ihr die Hintergründe jetzt noch nicht offenbaren *konnte*. Immerhin war es ja nur zu ihrem Besten, und direkt *angelogen* hatte er sie ja auch nicht. Das sah sie sicher ein.

Doch das mulmige Gefühl blieb, als sie schweigend nebeneinander im Rolls Royce saßen und sich langsam durch den Feierabendverkehr quälten.

***

Freddy starrte angestrengt aus dem Fenster und versuchte zu ergründen, was eigentlich mit ihr los war. Hatte sie nicht vor Kurzem noch gedacht, dass Joe nicht zu hundert Prozent ihrer Vorstellung eines Traummannes entsprach, weil er keinen Beruf hatte und sich offenbar mit Gelegenheitsjobs durchs Leben schlug?! Und jetzt stellte sich heraus, dass er nicht nur ein Studium abgeschlossen hatte, nein, er konnte es sich scheinbar auch leisten, nur ab und an einen Job anzunehmen, der ihm zusagte. Aber jetzt war ihr das auch wieder nicht recht!

Vielleicht, weil sie das Gefühl hatte, dass sie sich eigentlich in einen ganz anderen Joe verliebt hatte? War er jetzt der charmante Lebenskünstler, dem Geld und Sicherheit nicht so wichtig waren, oder war er das nicht?

Oder war sie nur deshalb sauer, weil sie sich ziemlich bescheuert vorkam, da sie in dem Glauben, dass Joe sich nichts anderes leisten konnte, die Sache mit dem Kostümverleih angeleiert hatte? Denn so wie die Dinge lagen, konnte er sich die perfekte Uniform für seine kleine Scharade jederzeit kaufen.

Vor allem blieb aber die Frage, wie es nun weitergehen sollte, mit ihr, Arnold und Joe.

Sie kamen vor Freddys Haustür an. Joe parkte mal wieder in zweiter Reihe und ignorierte gekonnt das Hupkonzert, das er damit auslöste.

»Freddy …«, begann er etwas zaghaft.

Aber sie war auf der zähen Fahrt hierher zu einem Entschluss gekommen.

»Joe«, sagte sie also fest. »Ich möchte gerne den richtigen Joe kennenlernen. Du hast gesagt, du willst auf mich warten, bis Arnold wieder aus meinem Leben verschwunden ist. Gilt das immer noch?«

»Selbstverständlich!«, kam es wie aus der Pistole geschossen zurück.

Sie drehte den Kopf, sah ihn endlich wieder an. Joe erwiderte den Blick offen und ehrlich. Vorsichtig lächelten sie einander an.

»Ich kann es nicht ausstehen, wenn ich angelogen werde«, erklärte Freddy. »Aber ich sehe ja ein, dass wir uns unter mehr als merkwürdigen Umständen kennengelernt haben. Also fangen wir einfach noch mal von vorne an, okay?«

Er nickte ernst, also fuhr sie fort:

»Ich will auch ganz ehrlich sein: Am liebsten möchte ich den Deal mit Arnold abblasen, aber ich habe auch ein wahnsinnig schlechtes Gewissen wegen seiner Oma. Ich kann dir nicht versprechen, dass die ganze Sache schnell über die Bühne geht.«

»Ich werde da sein, wenn du so weit bist«, versprach Joe.

»Keine Lügen mehr, okay?«

Er antwortete nicht, zumindest nicht mit Worten. Stattdessen küsste er sie. Ein Kuss, der das Hupkonzert hinter ihnen in die lieblichen Klänge von Geigen zu verwandeln schien. Ein Kuss, der es Freddy unendlich schwermachte, irgendwann doch noch auszusteigen und alleine in ihre

Wohnung zurückzukehren. Ein Kuss, der immer noch nachwirkte, als sie längst in ihrem Zimmer saß.

Joe war also ein Informatiker mit Rolls Royce? Das war ja ganz schön, obwohl sich Freddy des Eindrucks nicht erwehren konnte, dass zu diesem Thema noch einiges zu sagen gab. Aber sie wollte Joe immer noch, nicht *wegen* dieser neuen Entwicklung, sondern *trotzdem*.

Und der Joe, den sie unbedingt kennenlernen wollte, hatte es auch verdient, dass er eine Partnerin bekam, die mit beiden Beinen in ihrem eigenen Leben stand. Diese Fotosession, die Arnold initiiert hatte, kam vielleicht genau zum richtigen Zeitpunkt. Ab heute würde sie ihre Zukunft selbst in die Hand nehmen und nicht länger darauf bauen, dass ihr Partner es schon richtete. Resolut setzte sie sich an ihren Computer. Doch diesmal war es kein Datingportal, sondern eine Jobbörse, die sie aufrief. Sobald sie ein wenig klarer sah, was ihre Chancen auf dem Arbeitsmarkt anging, konnte sie endlich Klartext mit Arnold reden. Wer weiß, vielleicht war er sogar bereit, ihr den Kaufpreis für die Klamotten zu stunden? Aber egal, wie das ausging – Hauptsache, Arnold stand ihrer Beziehung mit Joe nicht mehr im Weg!

***

Joe hatte sich eigentlich nie für einen besonders enthusiastischen Küsser gehalten. Natürlich war es schön, eine Frau im Arm zu halten und zu knutschen. Als Teil des Vorspiels, bevor es dann richtig zur Sache ging.

Mit Freddy war das alles anders. Obwohl er befürchten musste, dass über kurz oder lang ein aufgebrachter Münchner zur Selbstjustiz griff und ihn lynchte, wenn er sich nicht bald wieder in den Verkehr einreihte, saß er noch einige Augenblicke lang regungslos in seinem Wagen und fuhr gedankenverloren mit seinem Zeigefinger über seinen Mund, wo sich ihre Lippen gerade noch berührt hatten.

Dann wendete er den Wagen und machte sich auf den Weg zurück nach Gräfelfing. Zugegeben, bisher hatte er eher verhalten in Arnolds Angelegenheiten herumgestochert, und Silas war auch nicht unbedingt *der* Top-Hacker, und wirklich brisante Informationen hatte er ja auch tatsächlich bisher nicht geliefert. Als ob es Ruth von Brünneck interessierte, wo Arnold seine Lehre abgeschlossen hatte!

Aber mit diesen halbherzigen Ermittlungen war jetzt Schluss, denn nun ging es auch um Freddy. Die Sache mit der Fotosession stank doch zum Himmel, das konnte Arnold seiner längst verstorbenen Oma erzählen, dass er sich Gedanken darüber machte, ob Freddy Bewerbungsfotos brauchte oder nicht.

Arnold wollte irgendwelche Spielchen spielen? Na gut. Joe würde jedenfalls nicht länger untätig zusehen, keinen Stein würde er auf dem anderen lassen, bevor er nicht alles über seinen alten Kumpel wusste.

Und wenn das dazu führte, dass sich Freddy endlich nicht mehr an diesen dämlichen Deal gebunden fühlte – umso besser!

APPETIZER

Andrea Leininger strich sich immer wieder fahrig die dünnen Haarsträhnen, die sich aus ihrem strengen Dutt gelöst hatten, hinter die Ohren und spähte unruhig nach rechts und links, bevor ihr Blick wieder an dem jungen Kommissar hängen blieb, der sie so unvermutet in der Bank aufgesucht hatte.

Er ermittle gegen Arnold Völkel wegen Betruges, hatte er freundlich erklärt. Ob sie sich denken könne, weshalb er hier sei?

Das konnte sie allerdings. Seit sie ihre Unterschrift unter diesen Kreditvertrag gesetzt hatte, rechnete sie damit, dass jemand bei ihr auftauchte und genau diese Frage stellte. Auch wenn sie sich nach dem erfolgreichen Abschluss von Arnolds Projekt in Sicherheit gewähnt hatte – war schließlich alles gut gegangen, oder? Wen interessierte es da schon, ob die

Sicherheiten, die sie in dem Vertrag aufgezählt hatte, jemals existiert hatten oder nicht?

Aber natürlich würde sich ihr Chef sehr wohl noch immer brennend dafür interessieren.

Doch der Kommissar war gnädig gewesen. Niemand müsse jemals etwas davon erfahren, dass sie miteinander gesprochen hatten – wenn sie ihm offen und ehrlich alles erzählte, auch die unerfreulichen Details. Er war sogar damit einverstanden, dass sie das Gespräch in einem nahe gelegenen Café führten.

Also saß Andrea nun vor einer langsam kalt werdenden Tasse Kaffee und berichtete stockend darüber, wie sie Arnold kennen gelernt hatte.

»Natürlich hätte keine Bank der Welt ihm ein Kredit für dieses Bauvorhaben gegeben. Das sagte ich Arnold – Herrn Völkel – auch gleich, als er mich aufsuchte. Aber der wollte dann gar nicht mehr darüber reden, fegte einfach die Papiere von meinem Schreibtisch und hat angefangen, mir Komplimente zu machen.«

›Mit so einer schönen Frau spricht man doch nicht über Geld‹, hatte Arnold gesagt. Aber das musste der Kommissar doch nicht wissen, oder? Er sah ja selbst, dass sie keine Schönheit war, und fände es sicher albern, dass sie Arnolds Schmeichelei geglaubt hatte.

»Dann hat er einen Besucherstuhl unter die Klinke meines Büros geklemmt, und …«

Andrea stockte. Auch darüber, was dann passierte, mochte sie eigentlich nicht reden. Aber der Kommissar wollte ja auch die *unerfreulichen Details* wissen, wenn sie die nicht lieferte, sprach er womöglich doch mit ihrem Chef – und dann war sie ihren Job los.

»… dann hat Herr Völkel Sie verführt. Und irgendwann wollte er dann doch wieder über den Kredit sprechen«, beendete der Kommissar einfühlsam ihren Satz.

»Ja!«, stieß Andrea erleichtert aus. »Aber das war nicht so, wie Sie jetzt denken, als Gegenleistung, oder so.«

Natürlich war es so gewesen. Hastig sprach Andrea weiter.

»Ich konnte Arnold nur viel besser kennenlernen, und er hat mir sein Projekt auch ganz genau erklärt. Allein dieses Grundstück, von dem er da gehört hatte – da konnte doch gar nichts schiefgehen. Aber es musste natürlich alles sehr schnell gehen, da blieb keine Zeit, Investoren zu finden.«

Sie schluckte und knetete die Henkel ihre Handtasche zwischen ihren Händen.

»Und er war ja auch erfolgreich. Sehr sogar.«

Der Kommissar wies freundlicherweise nicht darauf hin, dass die Kreditanträge trotzdem gefälscht waren. Stattdessen beugte er sich zu ihr und fragte leise:

»Okay. Aber was ich nicht verstehe: Nach dem Erfolg hätten Sie Herrn Völkel doch sicher wieder zu einem Kredit für ein neues Vorhaben verholfen, oder? Aber er hat keinen in Anspruch genommen. Warum?«

Andrea nickte. Ja, bis in alles Ewigkeit hätte sie Kreditanträge für Arnold gefälscht. Weil er ihr das Gefühl gegeben hatte, die einzige Frau für ihn zu sein, die einzige und die schönste. Alles hätte sie dafür getan, um sich weiter in seiner Gegenwart zu sonnen. Doch schon, als Arnold mit dem Bau begonnen hatte, wurde alles anders.

»Ich bin mir nicht sicher«, sagte sie also. »Es lief ja gut, die Kunden rissen sich um die Wohnungen. Aber Arnold hatte auch schrecklich viel Arbeit. Einmal wollten wir uns zum Abendessen treffen. Nachdem ich zwei Stunden umsonst gewartet hatte, ging ich zu seinem Büro. Er brüllte gerade einen Handwerker am Telefon an, sein Schreibtisch quoll über vor Papieren. Von da an bin ich nach der Arbeit in sein Büro gefahren und habe ihm geholfen, anders war es gar nicht zu schaffen. Für romantische Stunden blieb aber keine Zeit mehr.«

Andrea hatte Mühe, die Fassung zu bewahren.

»Als der Bau endlich fertig war, fingen zwei der Käufer an, Stress zu machen, weil angeblich minderwertige Materialien verbaut wurden und die Wärmepumpe für die Heizung unterdimensioniert war. Ich glaube, da hatte Arnold keine Lust mehr, sich das alles noch mal anzutun.«

Der Kommissar nickte verständnisvoll. Dass Arnold damit auch keine Verwendung mehr für die Bankangestellte hatte, musste sie wohl nicht extra erwähnen. Er hatte seinen Gewinn eingestrichen, seinen Laden geschlossen und versucht, sein Geld auf anderem Weg zu vermehren. Da Andrea ihm dabei nicht helfen konnte, hatte er irgendwann einfach nicht mehr angerufen.

»Sie haben keinen Kontakt mehr zu Herrn Völkel?«, versicherte sich der Kommissar dennoch.

Andrea schüttelte den Kopf.

»Dann sehe ich keinen Anlass dazu, dass Ihr Chef jemals von den Kreditanträgen erfahren muss«, sagte er ruhig.

Sie sah ihn misstrauisch an. Wie hatte *er* überhaupt davon erfahren? Und kamen da noch andere, die ihr Geheimnis aufdecken und mehr von ihr verlangen als ein peinliches Gespräch in einem Café?

Andrea straffte die Schultern.

»Ich denke, es ist an der Zeit, dass ich reinen Tisch mache.« Sie stand auf und gab dem ziemlich verblüfften Kommissar die Hand. »Danke, dass Sie da waren und mir die Gelegenheit geben, die Sache selbst zu regeln – sonst hätte ich vermutlich noch jahrelang unter diesem Fehltritt gelitten.«

Sie wollte schon gehen, doch der Kommissar hielt sie noch einmal zurück, indem er ihr eine Hand auf den Arm legte.

»Ich glaube nicht, dass es nötig sein wird, Ihre Beziehung zu Arnold Völkel zu erwähnen – sagen Sie doch lieber, Sie hätten Ihrem Instinkt vertraut.«

Nachdenklich wiegte sie den Kopf hin und her, dann legte sie ein paar Münzen für den Kaffee auf den Tisch und machte sich auf den Weg zurück zu Bank – sie musste mit ihrem Chef sprechen, und zwar sofort.

***

Joe blieb noch eine Weile sitzen, nachdem Andrea Leiniger fort war. An sich hätte er sich nun prächtig darüber amüsieren können, dass Arnold als Bauträger tatsächlich Erfolg gehabt hatte – diesen Job jedoch wieder aufgab, als er feststellen musste, dass es sich dabei um *richtige Arbeit* handelte. Aber es lag ihm ein wenig im Magen, dass der falsche Kommissar Frau Leininger nun praktisch dazu angestiftet hatte, ihre Fälschung zuzugeben. Hoffentlich hatte sie einen verständnisvollen Chef und fühlte sich dann auch wirklich besser, wenn sie alles gestanden hatte!

Interessant war allerdings, dass sie dennoch kein schlechtes Wort über Arnold verloren hatte – obwohl der die Affäre ganz offensichtlich nur begonnen hatte, um den Kredit zu erhalten, dann hatte sie ihm auch noch bei der Büroarbeit geholfen und war am Ende doch abserviert worden. Trotzdem schien sie die Zeit mit ihm in guter Erinnerung zu haben. So ein schlechter Kerl konnte Arnold dann doch eigentlich gar nicht sein?

Oder wollte er einfach unbedingt daran glauben, dass Arnold vielleicht hin und wieder ein Schlitzohr, aber kein Betrüger war? Weil dann Freddy in Sicherheit wäre? Weil er sich dann nicht als Judas betätigen musste?

Joes Handy klingelte und riss ihn aus seinen Gedanken. Wenigstens war es Köppen und nicht schon wieder Arnold mit irgendeinem dämlichen Auftrag.

»Hallo Joe! Du wirst nicht glauben, wer mich gerade besucht hat: Ruth von Brünneck.«

Joe verzog das Gesicht. Vermutlich dauerten der Dame die Ermittlungen zu lange. Dass Arnold immer noch an Marion dran war, wusste er schließlich nur zu gut, denn sein Boss ließ sich regelmäßig zu deren Bungalow chauffieren.

»Du kannst deinen alten Kumpel in Ruhe lassen«, sagte der Anwalt jedoch zu seiner Überraschung. »Frau von Brünneck ist zu dem Schluss gekommen, dass Herr Völkel ein sehr seriöser Finanzberater ist – und ihrer Freundin auch nicht an die Wäsche wolle. Seine Jugend hätte sie ein wenig irritiert, aber inzwischen sei sie sich sicher, dass alles in bester Ordnung ist.«

Aha?! Na, da wusste Ruth von Brünneck aber mehr als er selbst. Doch davon sagte er Köppen lieber nichts.

»Umso besser«, meinte er stattdessen nur.

»Schick mir deine Abrechnung«, sagte Köppen.

Halbherzig stimmte Joe zu. Denn er konnte jetzt nicht aufgeben. Dass Ruth von Brünneck so überraschend ihre Meinung änderte, machte ihn eher misstrauisch. Außerdem ging es ja auch noch um Freddy! Bevor er nicht wusste, was Arnold mit ihr vorhatte, würde er seinen alten Kumpel keinesfalls aus den Augen lassen.

Ganz abgesehen davon hatte er ja noch seine Wettschulden zu begleichen. Und ganz gleich, wie das alles ausging: Wettschulden waren Ehrenschulden, da hatte Arnold schon recht.

***

Uranus sorgt heute in Verbindung mit Sonne und Merkur für tolle Stimmung. Ergreifen Sie die Gelegenheit beim Schopf, bevor Sie unter den Einfluss von Venus und Saturn geraten!

Freddy gähnte verstohlen und schob die Zeitung wieder in ihre Handtasche. Tolle Stimmung?! Sie hatte am Abend zuvor ihre Bewerbungsunterlagen an ein Vier-Sterne-Hotel geschickt, das jemand fürs Büro suchte. Nicht ganz, was sie sich vorgestellt hatte, aber immerhin konnte sie dort erste

Erfahrungen im Gastronomiegewerbe sammeln. Gut bezahlt war der Job jedenfalls. Dann hatte sie dieses Ereignis mit den Mädels und Kabeljau alla Puttanesca gefeiert. Vielleicht zog sich deshalb der Arbeitstag wie Kaugummi dahin, obwohl sie diesmal auf den Ramazzotti verzichtet hatten. Wieso gab es eigentlich immer gerade dann so wenig zu tun, wenn sie nicht ausgeschlafen hatte?

Doch irgendwann findet selbst der zäheste Arbeitstag ein Ende, und Freddy schleppte sich müde zum Personalausgang. Sie konnte es kaum erwarten heimzukommen, in ihr geliebtes Mickey-Mouse-T-Shirt zu schlüpfen und den Rest des Abends einfach nur herumzugammeln.

Kaum hatte sie das Gebäude verlassen, vergaß sie jedoch ihre Erschöpfung. Nur wenige Meter von ihr entfernt parkte ein Rolls Royce, der ihr nur allzu bekannt vorkam. Freddy drückte sich selbst so fest die Daumen, dass sich deren Fingernägel schmerzhaft in ihre Handflächen bohrten – wenn nur nicht Arnold mit einer weiteren Überraschung ankam!

Aber Urans ließ sie nicht im Stich. Nur Joe stieg aus, und dass er nicht im ›Dienst‹ war, zeigte schon die lässige Kleidung, die er trug. Ein leichtes Leinenhemd, bei dem die obersten Knöpfe offen standen, kombiniert mit einer Jeans, die ziemlich verführerisch auf seinen Hüften saß – wäre ihr Mund nicht mit einem Mal seltsam trocken, Freddy müsste befürchten, dass sie gleich zu sabbern anfinge. Sie eilte zu ihm.

»Ich fürchte, das ist immer noch nicht der richtige Zeitpunkt, um uns neu kennenzulernen«, begann Joe unsicher.

Womit er natürlich recht hatte. Schließlich war es Freddy immer noch nicht gelungen, wenigstens mal mit Arnold zu sprechen.

»Aber ich halte es nicht länger ohne dich aus.« Joe legte den Kopf ein wenig schief und sah sie entschuldigend an. »Darf ich dich zum Essen ausführen?«

Freddys Herz machte einen kleinen Sprung, und sie konnte förmlich spüren, wie das Lächeln in ihrem Gesicht die letzten Reste von Müdigkeit vertrieb. Dennoch schüttelte sie energisch den Kopf.

»Kommt gar nicht infrage! Heute lade ich dich ein. Ich koche!«

Schließlich leitete Wanda den Feierabend-Pilates-Kurs, und Valentina hatte sich am Morgen auf den Weg in die Toskana gemacht, wo sie für eine italienische Restaurantkette fotografiert werden sollte. Die Chancen standen also gut, dass sie Joe ein paar Stunden für sich alleine hatte.

Der strahlte.

»Im Ernst? Ich fühle mich geehrt!«, versicherte er.

Freddy lachte, schlüpfte rasch auf den Beifahrersitz, und Joe startete den Wagen.

»Einkaufen können wir schnell bei mir ums Eck, da gibt es tolle kleine Läden«, meinte sie.

»Wir können aber auch einfach etwas bestellen, wenn du heute keine Lust zum Ausgehen hast. Dann hast du keine Arbeit.«

Bestellen?! Wollte er sie beleidigen? Na, da war er aber an die Falsche geraten. Außerdem war Kochen doch keine *Arbeit*!

»Kein Problem, ich mache uns einfach ein Sandwich«, entgegnete Freddy möglichst lässig und schielte dabei zu ihm rüber.

Allerdings hatte Joe das Pokerface wirklich gut drauf, wenn er sich eigentlich etwas anders für das Abendessen vorgestellt hatte, so ließ er es sich zumindest nicht anmerken.

»Wer einer überwiegend sitzenden Tätigkeit nachgeht, sollte am Abend nicht so schwer essen«, versuchte sie ihn noch ein wenig zu reizen.

»Ich bin sicher, dir wird etwas einfallen, um mich auf Tab zu bringen«, entgegnete er frech, um dann jedoch gleich hinzuzufügen: »Ich esse sehr gerne Sandwich.«

»Wie schön!«, spottete Freddy. »Damit du auch auf Trab kommst, kannst du ja nachher die Einkäufe hochtragen.«

»Wenn das bedeutet, dass du es nicht schaffst, weil du bei meinem Anblick weiche Knie bekommen hast – nur zu gerne!«

»Da dein Selbstbewusstsein ja heute recht groß ist, kann das Sandwich ja etwas kleiner ausfallen«, kicherte Freddy, obwohl er gar nicht so unrecht hatte.

Weshalb sie sich den Rest der Fahrt auch darauf beschränkte, Joe heimlich aus den Augenwinkeln ein wenig anzuhimmeln. Bis es ihm mal wieder mühelos gelang, den Rolls in eine geradezu unanständig kleine Parklücke zu quetschen.

»Wo hast du bloß so fahren gelernt? Ich dachte immer, die Amis mit ihren Riesenschlitten haben nur Parkplätze so groß wie ein Fußballfeld!«

»Schon bevor ich überhaupt einen Führerschein hatte, kannte ich jeden Zentimeter des Wagens, das ist das ganze Geheimnis«, meinte Joe.

Dabei sah er sie aber ganz seltsam an, so, als könnte er es kaum erwarten, jeden Zentimeter von ihr kennenzulernen. Freddy schluckte. Von einer Sekunde auf die andere schien die Luft zwischen ihnen zu vibrieren.

»Äh, wir müssen als Erstes zum Metzger«, krächzte sie.

»Ich habe gehofft, dass du so etwas sagst.«

Damit sah er ihr noch einmal tief in die Augen, dann stieg er aus, umrundete den Wagen und hielt ihr mal wieder die Tür auf. Freddy war froh, dass sie an die frische Luft kam – die Temperatur im Inneren des Autos schien in den letzten Sekunden um einige Grad gestiegen zu sein.

Erst, als sie die Metzgerei betraten, hatte sie sich wieder einigermaßen gefangen und war ganz in ihrem Element. Doch vor allem war Joes Gesichtsausdruck einfach göttlich, als sie sich für zwei nicht gerade kleine Rumpsteaks entschied. Offenbar hatte er wirklich befürchtet, sie würde nur ein paar Salatblätter zwischen zwei Toasts klemmen.

Natürlich mussten sie auch noch bei Murat Station machen.

»Da schau her«, sagte der Lebensmittelhändler nur, als sie mit Joe ankam.

›Ja, da schaust‹, hätte Freddy am liebsten laut gesagt. ›Das ist mein neuer Freund!‹

Wenn es doch nur so einfach wäre! Bevor sie Joe offiziell als ihren Freund vorstellen konnte, musste sie da noch so ein Hindernis aus dem Weg räumen. Aber daran wollte sie heute Abend gar nicht denken, sondern einfach die Zeit mit Joe genießen. Also entschied sie sich rasch für grünen Salat, die sagenumwobenen Tomaten, Zwiebeln, zwei Pita-Brote und eine schöne Flasche Wein, bevor Murat sie mit weiteren Bemerkungen noch alle in ziemliche Verlegenheit brachte.

Wie versprochen trug Joe die Einkaufstüten nach oben.

»Ich wohne mit meinen beiden Freundinnen Valentina und Wanda zusammen«, erklärte Freddy dabei.

»Mhm«, machte er.

Irritiert hielt sie inne.

»Du wusstest das!«

Joe seufzte.

»Als Arnold deine Anzeige gesehen hat, wollte er unbedingt mehr über dich erfahren. Und du bist nicht gerade vorsichtig mit dem Umgang deiner Daten im Internet.«

Ärgerlich presste Freddy die Lippen zusammen. Irgendwie fühlte es sich ziemlich beschissen an, ausspioniert zu werden. Andererseits hatte Joe auch wieder recht: Sowohl in sozialen Netzwerken als auch auf diversen Datingportalen hatte sie recht freimütig alles Mögliche gepostet. Von dieser Anzeige mal ganz abgesehen.

»Na ja, immerhin haben wir uns deshalb kennengelernt«, sagte sie also großmütig. »Aber wenn du in Zukunft etwas wissen willst, dann frag einfach!«

»Versprochen«, sagte Joe erleichtert, und sie erklommen die letzten Stufen zu ihrer Wohnung.

»Valentina und Wanda sind nicht da«, sagte Freddy. »Du hast also die große Ehre, mir beim Kochen zu assistieren.«

»Meine Erfahrungen gehen nicht über die Bedienung einer Kaffeemaschine hinaus«, warnte er sie, doch Freddy lachte nur.

»Salat waschen kann jeder«, behauptete sie.

Allerdings hatte es sich wohl noch nicht bei jedem herumgesprochen, dass Salat nicht erst mit einem Messer zerhackt wurde, bevor man ihn wusch. Sanft entwendete Freddy Joe das scharfe Küchengerät.

»Erst waschen, dann zupfen«, murmelte sie dabei, und bedauerte es fast ein wenig, dass sie Joe diese Arbeit überlassen hatte. Wie zuvor im Wagen war es heute in der engen Küchenzeile unerklärlich heiß, die Hände in kaltes Wasser zu tunken, käme ihr eigentlich gerade recht.

Stattdessen versuchte sie sich damit abzulenken, dass sie zwei Eigelb aufschlug und Schluck für Schluck Sonnenblumenöl dazugab, bis daraus eine schöne Mayonnaise entstand.

»Und jetzt?«

Freddy zuckte zusammen, und ihr Herz machte einen kleinen Sprung. Seit wann stand Joe denn so dicht hinter ihr? Da fehlten doch höchstens ein paar Millimeter, bis sich ihre Körper auf höchst interessante Weise berührten.

»Zwiebeln scheiden«, ächzte sie. »In Ringe.«

Eigentlich war es egal was er tat, wenn er nur wieder ein wenig Abstand zwischen ihnen herstellte. Ansonsten lief sie ernsthaft in Gefahr, sich äußerst unschicklich an ihn zu schmiegen.

»Ich werde mich in den Finger schneiden. Willst du mir das wirklich antun?«, raunte er in ihr Ohr.

Freddy bekam eine Gänsehaut. Wenn das so weiterging, konnten sie das Essen vergessen.

»Ich zeige es dir«, stieß sie hastig aus.

Was sie dabei allerdings nicht bedacht hatte, dass sie Joe dazu wohl oder übel berühren musste. Sie legte eine Hand über seine.

»Das Messer bleibt am Platz.« Verdammt, sie sollte einen Schluck trinken. Ihr Hals fühlte sich so trocken an wie die Sahara. »Die Zwiebel Stück für Stück nach vorne schieben. Mach' ruhig langsam.«

»Ich werde anfangen zu heulen«, wandte Joe ein. »Wie peinlich ist das denn!«

»Ich bin doch da, um deine Tränen zu trocken«, flüsterte Freddy.

Was redete sie denn da! Und dann schon wieder dieses Knistern zwischen ihnen. Rasch drehte sie sich weg und machte sich an das Salatdressing. Vielleicht war es doch keine so gute Idee gewesen, Joe mit hierherzubringen. In einem Restaurant mit einem Tisch zwischen ihnen – einem sehr großen Tisch! – wäre es sicherer gewesen.

»Geschafft«, verkündete er bereits stolz. »Fast alle Finger sind noch dran!«

»Fein. Du kannst ein großes Stück Butter in der kleinen Pfanne da hinten schmelzen«, trug Freddy ihm auf, ohne Joe dabei anzusehen. Sonst verirrte sich ihr Blick doch bloß wieder zu seinem offenstehenden Hemd – und irgendwann fiele ihm das mit Sicherheit auf.

»Zwiebel rein«, kommandierte Freddy möglichst resolut.

Und dann ließ es sich nicht länger vermeiden, dass sie Joe nicht nur wieder ansah, sondern ihm auch erneut verdammt nahe kam, um ihm zu zeigen, wie er die Pfanne schwenken sollte.

Wieder trafen ihre Hände aufeinander, während sie gemeinsam die Zwiebeln in der Pfanne kreisen ließen. Krampfhaft versuchte Freddy, sich irgendeinen witzigen Spruch einfallen zu lassen, um die Spannung zwischen ihnen ein wenig zu lindern. Doch ihr Kopf weigerte sich, irgendeinen anderen Gedanken zuzulassen, als den, dass es sich wahnsinnig gut anfühlte, Joe zu berühren.

Er schwieg ebenfalls. War er ähnlich geflasht von der Nähe zwischen ihnen? Oder konzentrierte er sich bloß ganz auf das Kochen?

»Mach einfach so weiter. Es muss noch brauner Zucker dazu.«

Bedauernd ließ sie ihn los. Doch als sie mit der Zuckertüte zurückkam, legte Joe den Kopf ein wenig schief und sah sie von der Seite her auf eine Art an, die keinen Raum für Zweifel ließ: Die Tatsache, dass sie hier allein waren und immer wieder auf Tuchfühlung gingen, setzte ihm genauso zu wie ihr.

Der kümmerliche Rest ihres Verstandes erinnerte Freddy daran, dass da noch zwei Steaks darauf warteten, gebraten zu werden. Fahrig kramte sie die Grillpfanne heraus, heizte sie auf und drückte zuerst die Pita Brote kurz hinein. Keine Sekunde vergaß sie dabei Joes Anwesenheit. Als ihr Körper seinen erneut unabsichtlich streifte, erbete sie förmlich unter dieser Berührung.

Dennoch schaffte sie es irgendwie, die Steaks nicht zu versauen, während Joe wunderbare karamellisierte Zwiebeln fabrizierte. Mit zitternden Händen schichte Freddy schließlich Steaks, Mayonnaise, Senf, Tomaten und die Zwiebeln zwischen die Pita Brote, drapierte sie auf zwei Tellern und gab noch etwas Salat dazu.

»Fertig«, krächzte sie.

Wie sie das herunterbekommen sollte, wusste sie wirklich nicht.

»Ich habe noch nie so etwas verlockendes gesehen«, sagte Joe leise.

Obwohl er dabei tatsächlich nach einem Sandwich griff, hoffte Freddy, dass er damit nicht nur das Essen gemeint hatte. Sie langte ebenfalls nach einem der Pita-Brote, eine kleine Stärkung wäre wirklich angebracht, und nach dem ersten Bissen stellte sie fest, das Essen trotz der Aufruhr in ihrem Inneren möglich war.

Keiner von beiden kam auf die Idee, sich hinzusetzen, sie blieben einfach in der engen Küche ganz dicht beieinander stehen und ließen einander nicht aus den Augen, während sie Stück für Stück ihr Sandwich verspeisten.

Die Atmosphäre zwischen ihnen war so spannungsgeladen, dass es eigentlich gar keine Frage war, was gleich zwischen ihnen passieren würde. Aber etwas wollte Freddy vorher noch loswerden.

»Sollte Arnold mich irgendwann mal zu Wort kommen lassen, sage ich ihm, dass ich aus dem Deal aussteige. Ich zahle ihm einfach das Geld für die Klamotten zurück. Aber ich will nicht mehr seine Verlobte sein – auch nicht zum Schein!«

Joe nickte ernst.

»Du hast da was«, murmelte er statt einer Antwort und wischte mit seinem Zeigefinger ein wenig Mayonnaise aus ihrem Mundwinkel.

Als er den Finger dann auch noch genießerisch abschleckte, war es um Freddy geschehen. Hatte sie jemals etwas so sinnliches gesehen? Achtlos legte sie den Rest ihres Sandwiches beiseite, und Joe tat es ihr sofort nach.

»Freddy … ?«

»Ja, ich will«, stieß sie hastig und ohne zu überlegen aus.

Für Bedenken und Abwägen war es längst zu spät. Noch nie hatte sie etwas so sehr gewollt wie jetzt Joe.

Er schloss für einen Moment die Augen, dann zog er sie an sich. Endlich kam sie dort an, wo sie sich schon den ganzen Abend hingesehnt hatte: in seinen Armen. Ihre Lippen trafen aufeinander. Diesmal gab es kein vorsichtiges Erkunden, wild eroberte er ihren Mund, und sie ließ es sich nur allzu gern gefallen.

Sie hatten sich so eng wie möglich aneinandergeschmiegt, aber das war ihr immer noch nicht genug. Sie wollte ihn noch deutlicher spüren, Haut an Haut, und seine Hände fühlen, die über ihren Körper wanderten. Ungeduldig fummelte sie an seinen Hemdknöpfen herum, um wenigstens eines dieser lästigen Kleidungsstücke loszuwerden.

»Ganz ruhig, lass dir Zeit«, murmelte Joe in ihren Mund hinein.

Unmöglich. Sie wollte ihn nicht nur, sie *musste* ihn haben, jetzt, *sofort!*

Er schien zu spüren, dass sie im Augenblick auf eine raffinierte Verführung ganz gut verzichten konnte. Ohne Umwege schob er eine Hand unter ihre Bluse und umfasste eine ihrer Brüste. Freddy erschrak, als jemand laut stöhnte, bis sie merkte, dass sie selbst diese Töne von sich gab. Doch längst war ihr Körper völlig außer Kontrolle, schamlos ließ sie ihre Hüften kreisen und spürte seine harte Männlichkeit an ihrem Bauch, während er abwechselnd sanft ihre Brust knetete und fast schmerzhaft ihre Nippel zwischen seinen Finger rieb. Das Gefühl der Lust schoss von ihren Brustwarzen direkt in ihren Schoß.

»Nimm mich!«, keuchte Freddy.

Nie zuvor hatte sie so etwas gesagt. Nie zuvor hatte sie so etwas gewollt.

Joe fand den Reißverschluss an der Rückseite ihres Rockes, öffnete ihn, und raschelnd glitt der dünne Stoff zu Boden.

Freddy krallte ihre Hände in seine Schultern. Er schien genau zu wissen, was sie jetzt brauchte, und eine Hand fand den Weg in ihren Slip, direkt hinein in ihre heiße, pulsierende Mitte. Sie warf den Kopf zurück, während seine Finger sie weiter stimulierten, bevor er damit in sie eindrang. War das genial!

Jede noch so winzige Bewegung schien kleine Stromstöße durch ihren Körper zu jagen. Freddy keuchte und wimmerte, da war es auch schon um sie geschehen. Einem lauten Schrei folgte ein unkontrolliertes Zucken ihres ganzen Körpers, gewaltig schlugen die Wellen der Lust über ihr zusammen, während Joe nicht aufhörte, ihre Leidenschaft mit seinen Händen weiter anzuheizen. Schließlich verebbte der Orgasmus, und nach Luft ringend klammerte Freddy sich an ihn.

Joe schloss sie fest in seine Arme, küsste ihr Haar, doch ihre Erleichterung währte nur kurz. Immer noch schien sie komplett in Flammen zu stehen, in Brand gesetzt von einer unglaublichen Lust auf diesem Mann.

Nachdem Joe zumindest ihr drängendstes Verlangen gestillt hatte, fühlte sie sich nun wenigstens in der Lage, ihn in ihr Zimmer zu bugsieren. Dabei begann Freddy schon mal damit, sich der noch verbliebenen Kleidungsstücke zu entledigen. Es kümmerte sie kein bisschen, dass Wanda nach Hause kommen könnte und dabei natürlich über diese untrüglichen Zeichen dessen, was hier passierte, stolpern würde. War ja nicht so, dass es ihr umgekehrt nicht hin und wieder genauso erging!

Als sie ihr Refugium erreicht hatten, war sie nackt. Doch sie genierte sich deswegen überhaupt nicht, mit Joe auf diese Weise zusammen zu sein, schien ihr das natürlichste der Welt. Sie ließ sich auf ihr Bett fallen, wo sie unverhofft in den Genuss eines kleinen Strips dieses unbeschreiblichen Mannes kam.

Joe schien ebenfalls keine Probleme zu haben, sich vor ihr zur Schau stellen. Jedenfalls machte er keine Anstalten, seine Klamotten verschämt abzustreifen und sich schnell zu ihr zu legen. Stattdessen öffnete er aufreizend langsam sein Hemd, und gab ihr so die Möglichkeit, in alle Ruhe die breite Brust und den wohldefinierten Bauch zu betrachten, die darunter zum Vorschein kamen. Freddy fuhr sich mit der Zunge über die Lippen und rutschte auf dem Bett herum, während er gemächlich seinen Gürtel und schließlich Knopf und Reißverschluss seiner Hose öffnete.

Bevor er dieses Kleidungsstück jedoch endlich abstreifte, zog er noch rasch ein Kondom aus der hinteren Hosentasche und warf es auf das Bett. Ein etwas verlegener Ausdruck erschien auf seinem Gesicht, doch Freddy scherte sich keinen Deut darum, dass Joe heute Abend offenbar durchaus mit gewissen Absichten losgezogen war – sie war einfach nur froh, dass ihr die peinliche Prozedur erspart blieb, in den Untiefen ihres Nachtschränkchens nach einem Präservativ zu suchen.

Außerdem interessierte sie die überaus vielversprechend ausgebeulte Boxershorts weit mehr, die da unter der Jeans zum Vorschein kam. Unruhig rieb sie ihre Oberschenkel aneinander. Ihre Brüste schmerzten schon, so sehr sehnten sie seine Berührung herbei, und ihr Schoß pochte vor Verlangen. Doch Joe ließ sich nicht hetzen.

O Gott, er hatte doch nicht etwa eine sadistische Ader, oder warum ließ er sie so zappeln? Nun, mal sehen, ob das umgekehrt nicht genauso funktionierte.

Freddy schob sich zwei Finger in den Mund, saugte daran, um sich dann auf den Ellenbogen abzustützen und ihre Brüste selbst mit ihren Händen zu verwöhnen.

Der gewünschte Erfolg zeigte sich sofort, Joes Boxershorts flog zur Seite, er streifte das Kondom über und kniete sich zwischen ihre längst gespreizten Beine.

Sie lehnte sich zurück, hob auffordernd ihr Becken. Doch zunächst begann er damit, mit seinem Mund ihren Körper zu erforschen, ja, es schien, als wollte er jeden Zentimeter ihrer Haut mit seiner Zunge liebkosen. Freddy gab Töne von sich, die irgendwo zwischen Schluchzen und Stöhnen lagen. Es fehlte nicht mehr viel, und sie finge an zu betteln.

Als wisse Joe, dass sie es keinen Moment länger aushielt, drang er behutsam in sie ein, als fürchtete er, er könnte sie zerreißen. Doch er war mehr als willkommen, Freddy konnte es kaum erwarten, ihn ganz in sich aufzunehmen. Da zog er sich auch schon wieder ohne Eile Stück für Stück zurück, um sich dann quälend langsam erneut in ihr zu versenken.

»Oh, bitte, bitte, Joe, nimm mich!«

Jetzt bettelte sie doch. Joe ließ sich das allerdings nicht zweimal sagen und erhöhte das Tempo und beförderte Freddy damit geradewegs in den siebten Himmel. Sterne tanzten vor ihren Augen, und Joe gab jede Zurückhaltung auf, bis auch er den Höhepunkt erreicht hatte.

Nur undeutlich nahm Freddy wahr, dass er noch eine ganze Weile über ihr blieb, ihr Gesicht, ihr Dekolletee mit kleinen Küssen bedachte, ehe er sich vorsichtig von ihr hinunterrollte und das Kondom abstreifte.

Dann zog er sie in seine Arme, sie legte ihren Kopf und eine Hand auf seine Brust, spürte seinen immer noch heftigen Herzschlag unter ihren Fingern. Aber auch sie war noch weit entfernt davon, zur Ruhe zu kommen.

So wie heute war es noch nie. Obwohl sie so verrückt nach ihm gewesen war, dass sie geradezu unanständig hastig übereinander hergefallen waren – solche Empfindungen wie heute hatte noch niemand in ihr geweckt.

Sie würde Joe gerne erzählen, dass es normalerweise nicht ihre Art war, sich so ausgehungert auf ihren Partner zu stürzen, aber im Augenblick war sie zu erschöpft dazu. Außerdem war es zu schön, so eng an ihn gekuschelt einfach nur dazuliegen.

Wie es wohl ist, wenn wir uns ein wenig mehr Zeit lassen?, überlegte Freddy noch, dann fielen ihr die Augen zu.

***

Ein erster Sonnenstrahl fiel durch das Fenster direkt auf Freddys entzückende Nase. Sie krauste sie ihm Schlaf ein wenig, dachte jedoch gar nicht daran, aufzuwachen.

Lächelnd betrachtete Joe sie. Wieder einmal war es ihr gestern gelungen, ihn zu überraschen. Mit ihren Kochkünsten, aber vor allem mit der ungezügelten Lust, mit der sie auf ihn reagiert hatte.

Kein Wunder, dass sie jetzt müde war. Nach jedem wilden ersten Mal hatte er sie mitten in der Nacht noch einmal wachgeküsst – und diesmal hatte sie ihm erlaubt, sie so zu verwöhnen, wie sie es verdient hatte. Endlich hatten seine Hände jeden Zentimeter ihrer wunderbaren Haut erkunden können, hatte seine Zunge den Geschmack all ihrer köstlichen Rundungen genossen.

Leider war es Joe nicht vergönnt, ebenfalls in einen tiefen, erholsamen Schlaf zu sinken. Stattdessen quälte er sich mit der bohrenden Frage herum, ob er vielleicht überstürzt gehandelt hatte. Wo waren nur seine guten Vorsätze geblieben, dass er Freddy erst die ganze Wahrheit über sein Leben im Allgemeinen und Arnold im Besonderen sagen wollte, bevor sie einander näher kamen? Wie konnte es überhaupt so weit gekommen, schließlich war er doch nur losgezogen, um mit Freddy essen zu gehen?

Aber wem wollte er da etwas vormachen – er hatte Kondome eingesteckt, und das keinesfalls aus Gewohnheit, schließlich gehörte er nicht zu den Männern, die im ›Allzeit-Bereit-Modus‹ durchs Leben gingen. Er hatte gehofft, dass Freddy ebenso verrückt nach ihm war wie umgekehrt – und war nicht enttäuscht worden.

Bloß – sah sie das im hellen Licht des Morgens noch genauso? Es war ihm keinesfalls entgangen, dass sie ihn ihrem Lebensmittelhändler nicht als ihren Freund vorgestellt hatte. Und da gab ja auch noch ihre Mitbewohnerinnen – womöglich war es ihr peinlich, wenn die ihn zu Gesicht bekamen? Noch war es früh, vielleicht war es besser, wenn er ging.

Sanft küsste er Freddy auf die Schläfe.

»Noch'n bissl«, murmelte sie, ohne die Augen zu öffnen.

»Schlaf' nur weiter«, flüsterte Joe. »Aber ich muss gehen.«

»M-mh«, brummte sie.

»Ich rufe dich später an, okay? So schnell wirst du mich nicht los – dafür war es viel zu schön.«

»Hm«, machte Freddy noch, dann wechselte sie endgültig wieder in das Land der Träume.

Joe drückte ihr noch mal einen federleichten Kuss auf die Stirn, dann schwang er sich aus dem Bett, sammelte seine Klamotten ein, zog sich leise an und verließ die WG auf Zehenspitzen.

Verdammt, das war eindeutig die beste Nacht seines Lebens gewesen. Der Wunsch, ihr irgendwie zu zeigen, wie viel sie ihm bedeutete, wurde geradezu übermächtig. Genau die richtige Stimmung, um die Ermittlungen gegen Arnold mit etwas mehr Nachdruck fortzusetzen. In einer kleinen Bäckerei holte Joe frische Croissants, die absolut verführerisch dufteten, und lenkte den Wagen in Richtung Obersendling.

Zu dieser frühen Stunde war noch nicht viel los, und Joe nutzte die Zeit, noch ein wenig von Freddy zu träumen. Früher oder später würde Arnold aus ihrer beider Leben verschwinden, es musste einfach so sein. Und dann? Dann wollte er am liebsten jede freie Minute mit Freddy zusammen sein!

Aber seine freien Minuten folgten leider keinen geregelten Arbeitszeiten. Wenn er einen Auftrag hatte, hockte er unter Umständen nächtelang vor seinen Computern. Oder er musste eine falsche Identität annehmen, um die gewünschten Informationen zu besorgen, manchmal wochenlang. Keine gute Basis für eine junge Beziehung.

Joe schluckte, dann wählte er Köppens Nummer – schließlich kannte er den Anwalt als Frühaufsteher. Tatsächlich bekam er ihn direkt an die Strippe, und nach dem Austausch der üblichen Höflichkeiten kam Joe zur Sache.

»Sie haben mir doch mal von dieser Firma erzählt, die sich mit Verschlüsselungstechniken beschäftigt. Vielleicht sollte ich mir den Laden einfach mal ansehen.«

Er konnte förmlich hören, dass Köppen bei seinen nächsten Worten über das ganze Gesicht strahlte.

»Ich glaub's ja nicht! Das ich das noch erleben darf. Wer ist denn die Glückliche? Ich hab's meiner Frau immer schon gesagt, der Junge muss sich nur mal richtig verlieben, dann sucht er sich schon einen ordentlich Job.«

Joe war ziemlich irritiert. Wie hatte der Anwalt denn erraten, dass es natürlich an Freddy lag, dass ihm der Gedanke, jeden Tag den gleichen Arbeitsplatz aufzusuchen, mit einem Mal gar nicht mehr so schrecklich vorkam. Und hey – Verschlüsselung war doch eigentlich genau sein Ding, auch wenn er sich bisher mehr damit beschäftigt hatte, diese zu knacken.

»Ich werde mal vorfühlen – aber ich schätze mal, eine Einladung für ein Bewerbungsgespräch hast du schon in der Tasche. Der Rest liegt dann sowieso bei dir«, fuhr der Anwalt begeistert fort.

»Vielen Dank, Herr Köppen.«

Der seufzte.

»Wann wirst du endlich mit diesen Förmlichkeiten aufhören. Für meine Frau und mich gehörst du doch quasi zur Familie!«

Joe schluckte. Was Köppen da sagte, beutete ihm verdammt viel. Gleichzeitig blieb da immer diese Angst, dass er diesem Anspruch gar nicht genügen konnte. Er war einfach kein Ersatz für Köppens verlorenen Sohn. Dass der und seine Frau ihn gar nicht so sahen, sondern ihn um seiner selbst willen unterstützt hatten, konnte er einfach nicht glauben.

Ziemlich verlegen verabschiedete er sich, da er gerade in die ›Kistlerhofstraße‹ einbog. Bevor er weitere Zukunftspläne schmiedete, würde er erst mal herausfinden, wie Heiko zu dem Thema ›Loyalität‹ gegenüber alten Freunden‹ stand.

INTRIGEN

»Deine Uhr is' kaputt.«

Wie Joe es sich schon gedacht hatte, schlief Heiko auch irgendwo in seinem Studio. Dass der Fotograf allerdings geöffnet hatte, nachdem er maximal drei Minuten an die Tür gehämmert hatte, war eine echte Überraschung.

»Lust auf ein Frühstück?«

Joe schwenkte die Tüte mit den Croissants, erntete aber nicht mehr als ein unbestimmtes Brummen. Aber nachdem Heiko ihm nicht die Tür vor der Nase zuschlug, sondern sich einfach umdrehte und davonschlurfte, beschloss Joe, dies als Einladung aufzufassen.

Tatsächlich machte sich Heiko direkt an einer ziemlich betagten und reichlich versifften Kaffeemaschine zu schaffen. Aber Joe war schließlich nicht zimperlich. Außerdem wollte er ja was von Heiko – da war dies sicher nicht der beste Moment, um mehr Sauberkeit anzumahnen.

»Brauchst' gar nich erst versuchen, mich über Arnold auszuhorchen«, brummte der Fotograf jedoch zu Joes Verwunderung.

»Wie kommst du denn jetzt da drauf?!«

Heiko lachte meckernd, während die Kaffeemaschine ihre Arbeit mit lautem Fauchen aufnahm.

»Kommst doch net bloß so her. Bist scharf auf Arnolds Mädel, hab' ich gleich geseh'n.«

»Arnold vögelt sich kreuz und quer durch Münchens Schickeria. Da würde ich Freddy nicht als *sein Mädel* bezeichnen«, entgegnete Joe scharf.

»Hab' Arnold nix gesagt, von euch. Das muss reichen«, murrte Heiko jedoch nur.

Seufzend ließ sich Joe auf einem wackeligen Stuhl nieder und packte die Croissants aus. Es war wohl kaum anzunehmen, dass Heiko aus Mitgefühl für Freddy nachgab und ihm erzählte, was Arnold mit den Fotos vorhatte. Die Sache musste er wohl anders angehen.

»Ich nehme an, Arnold lässt dir hin und wieder einen Auftrag zukommen?«, fragte er lässig.

»Manchmal«, murmelte der Fotograf, schnappte sich ein Croissant und biss kräftig hinein.

»Da frage ich mich natürlich, ob Arnold immer noch so großzügig wäre, wenn er wüsste, dass *du* damals unseren Plan mit dem Bruch an die Bullen verraten hast.«

Heiko schnappte nach Luft, was allerdings dazu führte, dass er sich heftig verschluckte. Er hustete krampfhaft, und besudelte dabei sein ausgeleiertes T-Shirt, seine und Joes Hose großzügig mit Spucke und Croissantkrümeln. Es kostete Joe einiges an Selbstbeherrschung, nicht zurückzuzucken. Stattdessen stand er auf und klopfte seinem alten Kumpel auf den Rücken.

»Was redst'n da für'n Scheiß«, röchelte der schließlich.

Joe wischte verstohlen seine Hose ab, setzte sich wieder und zuckte mit den Achseln.

»Ich habe da so meine Quellen.«

»Pah! Leck' mich! *Du* warst des, sagt Arnold!«, trumpfte Heiko auf.

»So ein Schmarrn! Arnold ist sauer, weil er damals im Knast gelandet ist und ich nicht. Außerdem glaubt er, dass wir immer noch alle nach seiner Pfeife tanzen müssen. Aber wenn er denken würde, ich hätte ihn damals verpfiffen, dann würde er mich kaum so glimpflich davonkommen lassen, oder?! Du weißt doch, was passiert ist, als ich mal aufgemuckt habe.«

Unbewusst fuhr Joe mit einem Finger über seine Narbe.

»Nimmt er halt diesmal kein Messer. Aber der zahlt's dir heim«, behauptete Heiko. »Klappt eh. Bist ja jetzt sein Diener, ich wett', der behandelt dich wie'n letzten Dreck. Und das Mädel, auf das'd stehst, macht er auch fertig.«

Joe schluckte. Heikos Beschreibung traf ziemlich gut zu. Aber konnte das wirklich wahr sein? Wie kam Arnold bloß darauf, dass er so bescheuert war, einen Einbruch anzuzeigen, an dem er selbst beteiligt war? Dass ausgerechnet Köppen als sein Pflichtverteidiger bestellt wurde, hätte er doch nie ahnen können. Und dass Köppen einen Narren an ihm fressen und ihm helfen würde, von der schiefen Bahn wieder runterzukommen, erst recht nicht.

Allerdings hatte Heiko ihm nun unabsichtlich verraten, dass Arnold tatsächlich irgendeine Teufelei plante, und auch noch Freddy da mit reinziehen wollte. Er musste den Fotografen zum Reden bringen! Joe lehnte sich zurück und betrachtete interessiert seine Fingernägel.

»Hast du eigentlich mal wieder was von Luisa gehört? Mann, waren wir alle scharf auf die! Aber natürlich ›ging‹ sie mit Arnold, dem Obermacker. Hat dir wohl nicht geholfen, dass du Arnold damals aus dem Weg geräumt hast – sie ist inzwischen mit einem Chirurgen verheiratet«, erzählte er beiläufig. »Sie wohnt jetzt in Starnberg. Hockt da mit einem Baby den ganzen Tag in einer riesigen Hütte und langweilt sich zu

Tode. Was meinst du wohl, was passiert ist, als da ein Typ aus ihrer Vergangenheit mit einer Pralinenschachtel vor der Tür stand und sich selbst auf einen Kaffee und einen – oder mehrere – Prosecco eingeladen hat? Könnte es sein, dass sie dann ein bisschen gesprächig geworden ist?!«

»Scheiße!«, sagte Heiko nur. »*Du Arsch!*«

Vertraulich beugte Joe sich zu ihm.

»Mensch, Heiko, meinst du, mir macht das Spaß hier? Wäre mir auch scheißegal, wenn Arnold mich weiterhin für den Verräter hält – mit seinen Rachegelüsten kann ich schon umgehen, ich bin kein kleiner Junge mehr, der sich vor Angst in die Hosen scheißt, weil er bei Arnold in Ungnade fallen könnte. Arnold hat ja wirklich noch was gut bei mir, weil Köppen mich damals rausgeboxt hat und er im Bau gelandet ist. Das werde ich sicher nicht vergessen. Aber Freddy kann ich ihm nicht zum Fraß vorwerfen, das verstehst du doch?«

»Ich versteh', dass du mich erpresst«, knurrte Heiko, stand auf, zog einen Karton unter einem Tisch hervor, holte einen Flyer heraus und warf ihn Joe vor die Füße.

»Da. Eigentlich wollt' er dich da drauf ham. Aber des Mädel macht weniger Probleme, sagt Arnold. Und jetzt verschwind'! Aber wenn du Arnold und Luisa z'ammbringst, des würd' deiner Freddy schlecht bekommen. Verstehst?«

»Verstanden«, entgegnete Joe ruhiger, als ihm zumute war.

Wenigstens was das anging, war Freddy allerdings sicher. Luisa saß nämlich nicht nur mit einem Baby in der Villa am Starnberger See, sondern auch noch mit ihrer Schwiegermutter. Und die hatte nicht im Traum daran gedacht, Joe zu erlauben auch nur einen Fuß über die Schwelle zu setzen. An diesem Drachen würde sich im Zweifelsfall sogar Arnold die Zähne ausbeißen. Aber das band er Heiko jetzt lieber nicht auf die Nase.

Joe bückte sich nach dem Flyer, dann wandte er sich zum Gehen.

Wenn der Wisch ihm allerdings nicht weiterhalf, konnte Heiko sich schon mal warm anziehen!

***

Der Radiowecker sprang an, und Shania Twain behauptete doch glatt, Brad Pitt beeindrucke sie nicht besonders. Freddy grinste noch im Halbschlaf vor sich hin. Heute Morgen könnte sie der gut aussehende Schauspieler auch nicht locken – bei einem ganz bestimmten Aushilfs-Chauffeur sah das allerdings ganz anders aus!

Freddy streckte sich genüsslich und öffnete die Augen, um Joe genau das mitzuteilen, musste zu ihrer Verwunderung jedoch feststellen, dass sie alleine war. Sie richtete sich auf und sah sich um. Seine Klamotten fehlten ebenfalls.

Noch wollte sie nicht so recht daran glauben, dass Joe tatsächlich einfach abgehauen war. Vielleicht hatte er Lust auf einen Kaffee bekommen und war in der Küche über Wanda gestolpert. Schließlich war es Samstagmorgen, da hatte ihre Mitbewohnerin vermutlich nichts besseres zu tun, als ihren nächtlichen Lover erst mal auszuhorchen. Sie krabbelte aus dem Bett, zerrte wahllos ein T-Shirt und eine Shorts aus dem Schrank und verließ ihr Zimmer. Leider war es verdächtig ruhig in ihrer WG. Dennoch begab sie sich hoffnungsvoll in die Küche – kein Mensch zu sehen!

Enttäuscht ließ sich Freddy auf die Küchenbank fallen, wobei ihr auffiel, dass die Klamotten, die sie sich gestern so leidenschaftlich vom Leib gerissen hatte, ordentlich gefaltet auf einem Stuhl lagen. Das war allerdings ein schwacher Trost. Nach einer heißen Nacht verschwand Joe einfach so sang- und klanglos. Das konnte doch nicht wahr sein!

Dabei hatte sie noch so etwas Tolles geträumt, dass Joe sie küsste und ihr sagte, wie schön es mit ihr gewesen war!

Wie sie das hasste! Noch mehr als angelogen zu werden hasste sie es, nicht zu wissen, woran sie war. Wenn Joe nur auf einen One-Night-Stand aus war, warum hatte er dann nicht wenigstens die Eier in der Hose, um ihr das ins Gesicht zu sagen?

Oder musste er dringend weg? Chauffeure arbeiteten ja auch Samstagmorgens. Aber dann fiel ihr ein, dass Joe ja nicht wirklich als Fahrer jobbte, sondern nur die Wettschulden bei einem alten Freund einlöste. Da sollte es doch auf fünf Minuten nicht ankommen, um sich von ihr zu verabschieden oder wenigstens einen Zettel zu hinterlassen?

Der Gedanke an eine Nachricht von Joe munterte Freddy wieder ein wenig auf, und sie machte sich auf die Suche nach einer Botschaft von ihm. Doch weder fand sich ein Zettel auf dem Nachttisch, noch hatte er ganz romantisch ein Herzchen auf den Badezimmerspiegel gemalt. Sie ließ sogar einige Minuten heißes Wasser laufen, um festzustellen, ob sich nicht eine verborgene Mitteilung am Spiegel befand, die erst mit genügend Wasserdampf sichtbar wurde – nichts.

Mit hängenden Schultern ging Freddy zurück in die Küche und plumpste wieder auf die Bank. Joe hatte Kondome dabeigehabt. Was ihr gestern noch ziemlich praktisch vorgekommen war, sah bei Tageslicht ein wenig anders aus: Joe war losgezogen, um mit ihr zu schlafen. Jetzt hatte er bekommen, was er wollte, und war weg. Gab es da wirklich noch Interpretationsspielraum? Enttäuscht ließ sie ihren Kopf auf ihre Arme sinken.

Nur wenige Sekunden später sprang sie jedoch wie elektrisiert hoch. Ihr Handy klingelte! Das konnte doch nur Joe sein.

Sie rannte in den Flur, entdeckte ihre Handtasche, kippte den Inhalt kurzerhand auf den ollen Flickenteppich, schnappte sich ihr Handy und nahm, ohne auf die Nummer zu achten, ab.

»Ja, hallo, Freddy hier«, keuchte sie atemlos.

»Frederika! Wie schön, deine Stimme zu hören!«

Arnold! Ernüchtert ließ Freddy sich auf den ausgebleichten Teppich sinken. *Der* hatte ihr gerade noch gefehlt.

»Hast du meinen Brief mit den Fotos bekommen? Es tut mir ja so leid, dass ich dich einfach bei dem Fotografen abgesetzt habe, ich weiß, du wolltest eigentlich mit mir reden. Sollen wir das jetzt nachholen?«

»Gerne«, entgegnete Freddy lustlos.

Vor lauter Enttäuschung über Joes Verschwinden hatte sie ganz vergessen, was genau sie Arnold eigentlich sagen wollte.

»Stell dir mal vor, was mir gestern passiert ist – ich führe einen meiner Kunden ins ›Ebert‹ in Haidhausen aus, und was muss ich sehen? Sitzt da doch meine Großmutter mit ihrer besten Freundin und löffelt das legendäre Pralinenmousse!«

Arnold gab eine lustige Geschichte zum Besten, wie er die alte Dame zur Rede stelle, die schließlich so getan hatte, als liege sie schon fast im Sterben, und dabei herausbekommen hatte, dass diese nur eine Scharade aufgeführt hatte – um dem ›Jungen ein wenig Feuer unter dem Arsch zu machen‹, wie sie recht undamenhaft angemerkt hätte. Man hätte sich nun darauf geeinigt, dass sich Arnold ein bisschen mehr Mühe bei der Wahl einer passenden Kandidatin zur Familiengründung gab, und die Großmutter sich dafür noch ein wenig Zeit mit dem Sterben ließ.

Arnold lachte fröhlich, doch Freddy fiel es schwer, Heiterkeit vorzutäuschen. Sie konnte nur an Joe und die Frage denken, was sein Verschwinden zu bedeuten hatte.

»Findest du das nicht witzig?« Arnold hatte endlich bemerkt, dass seiner Gesprächspartnerin nicht zum Lachen zumute war. »Was ist denn los mit dir? Ich dachte, du freust dich, wenn du meiner Großmutter nichts vorspielen musst – aber scheinbar habe ich gerade ein schlechtes Händchen, wenn ich jemand eine Freude machen will: Gestern gebe ich meinen Chauffeur frei, und zum Dank schickt er mir heute Morgen eine WhatsApp, dass er später kommt, weil er wohl irgendein Mädel endlich in die Kiste bekommen hat, und dann ruft mich auch noch ein Kunde an …«

Doch Freddy hörte den Rest des Satzes schon gar nicht mehr. Die Tränen schossen ihr in die Augen. Das war sie also für Joe. *Irgendein* Mädel, dass er in die Kiste bekommen wollte. Nur mit Mühe unterdrückte sie ein lautes Schluchzen.

»… na egal, ich wollte dir eigentlich nur alles Gute für die Zukunft wünschen. Die Fotos und die Klamotten kannst du natürlich behalten, ist ja nicht deine Schuld, dass dein großer Auftritt nicht stattfindet«, sagte Arnold.

Das brachte Freddy wieder zu sich.

»Aber das geht doch nicht. Wenigstens die Kleider bezahle ich dir!«

»Komm, Kleines, wir wissen doch beide, dass du das Geld dafür nicht hast. Lass' einfach stecken«, entgegnete er generös.'

»Nein, das möchte ich nicht«, sagte sie fest.

»Hm«, machte Arnold nachdenklich. »Ich würde mich echt schlecht fühlen, wenn ich Geld von dir nehmen würde. Aber wenn du wirklich darauf bestehst, könntest du mir vielleicht einen kleinen Gefallen tun.«

»Natürlich …«

»Eine alte Freundin hat mich heute Abend auf eine Vernissage eingeladen. Ich möchte sie ungern enttäuschen, aber das sind so schrecklich öde Veranstaltungen! Wenn ich allerdings eine hübsche, junge Frau an meiner Seite hätte, würde sie sicher verstehen, wenn wir uns bald wieder verabschieden.«

»Aha«, meinte Freddy unsicher.

»Ich stelle dich auch niemandem als meine Verlobte vor«, versprach Arnold schnell. »Wir tun ein bisschen verliebt, bewundern die Gemälde – oder Skulpturen, was war das denn noch mal? – na egal, diese Kunst halt und dann verschwinden wir, ich bringe dich heim, und die Klamotten gehören dir. Was sagst du?«

»Okay«, meinte Freddy spontan.

Eigentlich hatte sie überhaupt keine Lust, mit Arnold auszugehen. Sie wollte wieder ins Bett und ihre Wunden lecken. Aber dann fiel ihr ein, dass Joe sie sicher hinfuhr, und das gab den Ausschlag. Für ihn war sie nicht mehr als ein Betthäschen?! Nun, sie hatte es auch nicht nötig, sich wegen so einem Hallodri die Augen auszuheulen. Sollte Joe ruhig sehen, dass sie schon am nächsten Abend ein Date mit Arnold hatte – und es genoss!

»Mir fällt ein Stein vom Herzen«, sagte Arnold derweil, und schlug vor, sie solle das Abendkleid anziehen. »Ich hole dich um sieben ab. Ich freue mich schon darauf.«

»Ich mich auch«, flunkerte Freddy, aber wie immer hatte Arnold ohne ein Abschiedswort einfach aufgelegt.

Auch recht. Sie musste sowieso zusehen, dass sie Valentina erreichte. Sie brauchte dringend ein paar Styling-Tipps. Und ein wenig Ablenkung von Joe! Allein der Gedanke an ihn reichte allerdings schon, um ihr wieder die Tränen in die Augen zu treiben.

»Joe hat mir nichts bedeutet. Ein bisschen Spaß, mehr war das sowieso nicht!«, wiederholte Freddy einige Male wie ein Mantra, bevor sie sich in der Lage fühlte, ihre Freundin anzurufen. Wenn sie es noch hundertmal sagte, glaubte sie es am Ende sogar. Auf keinen Fall würde sie diesem Windei nachheulen! War auch besser so, denn ganz gleich, wie hübsch das Abendkleid auch war – zu verquollenen Augen sähe es bescheuert aus.

***

Joe ließ sich auf den Fahrersitz seines Wagens fallen und warf das erste Mal einen Blick auf den Prospekt, den Heiko ihm hingeworfen hatte.

›Legen Sie ihr Kapital nachhaltig, ökologisch *und* ökonomisch an!‹, prahlte der Flyer in großen Lettern. ›Investieren Sie in Biogasanlagen im heimischen Oberbayern!‹ Darunter ein Foto, das vermutlich eine dieser Anlagen inmitten grüner Wiesen zeigte.

Was sollte das denn?! Wollte Heiko ihn verarschen?

Joe faltete den Flyer auseinander, der ihm daraufhin vor Schreck fast aus der Hand fiel. Er starrte direkt auf ein Foto von Freddy, es musste eines jener Bilder sein, das entstand, als sie gerade leidenschaftlich für selbstgemachte Pizza plädierte. Nur, dass es hier natürlich so aussah, als wäre sie völlig begeistert von dieser Form der erneuerbaren Energien.

›Entscheiden Sie sich noch heute für diese krisensichere Anlage in Mautersham. Ich stehe für eine lukrative Rendite *und* ein sozial gerechtes Investment – Frederika von Querlitz‹, stand daneben, und es folgten allerlei Argumente, von nachwachsenden Rohstoffen bis hin zur Energiewende, die laut Frederika von Querlitz angeblich für eine Beteiligung an Biogasanlagen sprachen. Ein winziges Impressum nannte die ›Querlitz UG‹ als verantwortlich für diesen Flyer.

Wie bitte?! Joe war ja nicht gerade stolz darauf, aber immerhin hatte er Freddy vor Kurzem erst ausspioniert, um Arnolds Vertrauen zu erlangen. Eine eigene Firma – das wüsste er aber! Ja, Joe war sich sogar sicher, dass Freddy nicht mal das Geld besaß, um die unvermeidlichen Gebühren zu bezahlen, die selbst bei Gründung einer haftungsbeschränkten UG anfielen. Also konnte das Ganze eigentlich nur ein Fake sein, wofür ja auch Heikos Bemerkung sprach.

Naheliegend schien, dass Arnold versuchte, Investoren für das hier angepriesene Projekt zu finden, sich das Geld aber in die eigene Tasche steckte. Aber so blöd konnte doch eigentlich niemand sein, dass er sein Vermögen in eine Firma investierte, die es gar nicht gab, um Biogasanlagen zu bauen, von denen keiner jemals etwas gehört hatte. Da mochte Arnold noch so ein toller Liebhaber sein, so viel Hirn konnte er den Damen doch gar nicht herausvögeln, dass die auf so einen simplen Trick hereinfielen.

Joe versuchte zunächst mal, Freddy zu erreichen, um zu erfahren, was sie darüber wusste. Als er jedoch beim fünften Versuch immer noch lediglich das Besetzt-Zeichen erhielt, gab er erst mal auf.

Stattdessen überprüfte er rein routinemäßig den Handelsregisterauszug – das konnte er auch direkt mit dem Smartphone erledigen. Damit, dass es tatsächlich eine ›Querlitz UG (haftungsbeschränkt)‹ gab, hätte Joe allerdings nicht gerechnet. Erst letzte Woche war diese Firma gegründet worden – von Frederika von Querlitz höchstpersönlich. Firmensitz war Frederikas WG. Joe wählte die Telefonnummer auf dem Flyer, erreichte aber nur einen Anrufbeantworter, der ihm mitteilte, er riefe außerhalb der Geschäftszeiten an. Wann diese sein sollten, wurde allerdings nicht verraten, ebenso war es nicht möglich, eine Nachricht zu hinterlassen.

Joe schluckte. Sie hatte sich doch nicht etwa von Arnold zu irgendwas überreden lassen? Verdammt! Erneut wählte er Freddys Handynummer, wieder besetzt. Unschlüssig saß er in seinem Wagen. Natürlich könnte er zurückfahren und direkt mit Freddy reden. Aber er war sich fast sicher, dass sie überhaupt keine Ahnung von der ganzen Sache hatte. Warum sonst sollte Arnold ihr diesen Bären mit den Bewerbungsfotos aufbinden?

Und mit jeder Minute, die er ungenutzt verstreichen ließ, stieg die Wahrscheinlichkeit, dass sich Arnold mit irgendeinem dämlichen Auftrag meldete – den er dann natürlich ausführen müsste, wollte er keinen Verdacht erregen. Es war sowieso komisch, dass Arnold gestern mal geruht hatte, ihm mitzuteilen, dass er ihn den Rest des Abends nicht mehr benötigte.

Wahnsinnig gerne hätte er sich nun ein wenig in Arnolds Büro umgesehen. Bisher hatte sein Freund ihm es nicht mal gestattet, da einen Fuß über die Türschwelle zu setzen. Es kränkte Joe in seiner Hackerehre zwar gewaltig, aber auch, nachdem er sich mehrere Nächte um die Ohren geschlagen hatte, war es ihm nicht gelungen, von außen in die Computer von Arnolds Büro einzudringen. Zwar wusste er nun, dass seine Sekretärin gerne Dekoartikel auf eBay ersteigerte und die Hälfte ihrer Arbeitszeit mit Chats mit ihrer besten Freundin verbrachte, aber das war es auch schon. Wenn er mehr wissen wollte, musste er wohl oder übel einbrechen – das verschob er allerdings lieber auf einen Zeitpunkt, an dem er sicher sein konnte, dass Arnold ihn nicht überraschte.

Ein anderer Ansatz war diese Biogasanlage. Joe versprach sich zwar nicht wirklich viel davon, aber nachdem sich Arnold immer noch nicht meldete, sprach eigentlich nichts gegen einen kleinen Ausflug aufs Land. Joe konsultierte sein Handy und stellte fest, dass er in einer Stunde im Dörfchen ›Mautersham‹ sein könnte, das gab den Ausschlag. Von unterwegs konnte er weiterhin versuchen, Freddy zu erreichen.

Entschlossen lenkte Joe den Wagen auf den mittleren Ring und steuerte die Salzburger Autobahn an.

***

»Ich möchte mich bei dir für die wunderschöne Zeit bedanken.« Arnold ließ das Schmuckkästchen aufschnappen und gab so den Blick auf die elegante Damenuhr mit den funkelnden Steinen frei.

»Ist die schön!«, quietschte Susi begeistert. »Du bist so ein Schatz!«

Arnold grinste innerlich, während er dabei zusah, wie Susi mit geradezu unanständiger Hast die Uhr aus der Schatulle nahm und sich um ihr Handgelenk schnallte. Hatte er es sich doch gedacht, dass ein Plagiat einer Panthere De Cartier genau ihren Geschmack traf: Zwar elegant, aber gleichzeitig befriedigte der schillernde Panther auf dem Ziffernblatt ihre Freude an Glitzerkram. Dass die Uhr nachgemacht und deshalb nicht besonders wertvoll war, musste er ja nicht unbedingt erwähnen. Schließlich war er ja auch nicht ihre einzige Einkommensquelle.

Es ging ihm vor allem darum, dass sich Susi ohne großes Drama hinauskomplimentieren ließ. Zwar hatte er es sehr genossen, dass es ausnahmsweise mal *er* war, der von einer Frau nach Strich und Faden verwöhnt wurde, und nicht umgekehrt. Aber im Augenblick hatte er wirklich mehr als genug mit den anderen Ladys in seinem Leben zu tun, da blieb ihm keine Zeit für Susi.

Da gab es einmal Marion und Ruth und ihren gemeinsamen Plan, wie sie den Erpresser zu Fall bringen wollten. Dann war da noch Lysande, die reiche, langbeinige Schönheit aus dem Casino – wurde echt Zeit, dass er die mal klarmachte. Die heutige Nacht hatte er allerdings für Frederika reserviert.

Arnold klopfte sich innerlich auf die Schulter. In Wirklichkeit hatte er gar keinen Plan, was Joe an seinem freien Abend getrieben hatte. In das Gespräch mit Frederika ganz nebenbei einfließen zu lassen, dass sich sein Fahrer in fremden Betten herumtrieb, war nur ein Versuchsballon gewesen. Allerdings einer, der einen Volltreffer gelandet hatte. Entweder, Freddy ging nun davon aus, dass Joe eine Nacht mit ihr rein gar nichts bedeutet hatte, oder sie hielt seinen Fahrer für eine treulose

Tomate. Das Risiko, so eine Bemerkung loszulassen, ohne zu wissen, ob Joe vielleicht noch in Frederikas Bett lag, hatte sich gelohnt. Besonders glücklich schien Frederika bei seinem Anruf allerdings ohnehin nicht zu sein, womöglich hatte Joe es sich auch ohne sein Zutun bei ihr verscherzt.

Wie auch immer, die ganze Aktion trieb Frederika direkt in seine Arme, und er würde dafür sorgen, dass Joe das auch ganz genau mitbekam.

Susi betrachtete immer noch fasziniert die Uhr, ihr prächtiger Busen bebte richtig, so sehr schien sie sich zu freuen. Sah so aus, als wäre sie nicht nur bereit, sich ohne Gezeter abservieren zu lassen, sondern durchaus auch geneigt, sich bei ihm für das Geschenk zu bedanken. Schmunzelnd öffnete Arnold schon mal seine Hose, während Susi bereitwillig vor ihm auf die Knie ging, wobei sie sich gleich die Träger ihres Kleidchens über die Schultern schob und ihm so eine großartige Aussicht auf ihre beeindruckende Oberweite ermöglichte.

Ein kleiner Blowjob war schon noch drin, zumal Susi ihm bereits mehrfach bewiesen hatte, dass sie eine Meisterin in dieser Disziplin war. Seinen treulosen Chauffeur konnte er auch später noch herumkommandieren, der würde in der Zwischenzeit schon nichts anstellen.

Fasziniert betrachtet Arnold Susis wippende Brüste, während sich ihre Lippen über seinen Penis stülpten. O ja, diese kleine Verzögerung würde er sicher nicht bereuen!

***

Joe jagte den Rolls Royce auf die Salzburger Autobahn und trat das Gaspedal bis zum Anschlag durch. Hoffentlich ließ Arnold ihn noch eine Weile in Ruhe! Er würde sein Handy ja ausschalten, hoffte aber, dass Freddy ihn irgendwann mal zurückrief. Mit wem sie da wohl so lange quatschte? Und warum hatte die Frau bloß keine Mailbox eingerichtet?

Er verließ die Autobahn an der Ausfahrt Weyarn, was es ihm zum Glück ersparte, sich mit den Wochenendausflüglern in den obligatorischen Stau am Irschenberg zu stellen. Stattdessen kurvte er über enge Landstraßen, bis er endlich das kleine Dörfchen Mautersham erreichte.

Es handelte sich um einen sehr idyllischen Ort, wie Joe schnell feststellte, er entdeckte eine Kirche mit Zwiebelturm, direkt davor befand sich der schmucke Dorfplatz mitsamt Maibaum, und nur ein paar Schritte weiter konnte man sich vor einer Wirtschaft im Schatten ehrwürdiger Kastanien auf einer Bierbank niederlassen und vermutlich ein gepflegtes Helles genießen.

Nun, auf dem Dorfplatz stellte wohl niemand eine Biogasanlage auf, also fuhr Joe weiter an ein paar typischen Bauernhäusern vorbei und landete schließlich in einem adretten Neubaugebiet. Klar – das Örtchen lag durchaus noch im Einzugsgebiet der Münchner Pendler. Wenn hier eine Biogasanlage geplant war, wo sollte die wohl hin?

Joe fuhr noch ein wenig herum, entdeckte aber weder eine Anlage noch eine Baustelle, auf der eine solche entstehen könnte. Da schien es ihm wie ein Wink des Schicksals, dass im Hof eines Bauernhofes gerade ein Landwirt an seinem Traktor herumschraubte. Er beschloss zu fragen und stieg aus.

»Entschuldigung …«

»Mia kaffan nix!«, bellte der Bauer und ließ den Motor seines Traktors an.

»Ich suche die Baustelle!«, brüllte Joe gegen den Lärm an. »Für die Biogasanlage!«

Eine erstaunlich wirksame Ansage. Sofort machte der Landwirt seinen Traktor wieder aus.

»Jo, spinnst jetzt du? Wos'n fia a Biogasanlog?!«

»Wird hier denn keine Biogasanlage gebaut?«

»Des häd da Biagamoasda gern. Des ko a aba vagessn! Des san meine Felda, wo de hi soi, aba nur üba mei Leich!«

»Aha. Und wo finde ich diesen Bürgermeister?«

»Bestimmt auf am Fuaßballblotz, do is Schützenfest. Wo's wos zum Dringa gibt, is da Biagamoasda nia weid« brummte der Bauer und wandte sich wieder seinem Traktor zu.

»Vielen Dank!«, rief Joe noch, obwohl er davon ausging, dass das Gebrüll des Motors seine Worte bereits übertönte.

Interessant. Die Anlage war also tatsächlich geplant – recht viel weiter schien das Projekt jedoch nicht fortgeschritten zu sein, denn der Bauer machte irgendwie nicht den Eindruck, als würde er seine Meinung in naher Zukunft ändern und der Gemeinde etwas von seinem Grund und Boden als Bauplatz verkaufen. Da würde die lukrative Rendite wohl noch ein wenig auf sich warten lassen. Mal sehen, ob er hier nicht noch mehr herausbekam.

Nach Mautersham zu fahren, hatte sich wirklich gelohnt, stellte Joe eine Stunde später fest. Tatsächlich hatte er den Bürgermeister auf dem Schützenfest angetroffen, wo dieser sich trotz der frühen Stunden offenbar schon das ein oder andere Bier genehmigt hatte. Nichtsdestotrotz hatte er Joe – vermutlich wegen des Wagens – sofort als möglichen Sponsor identifiziert, schließlich plante er, Mautersham zu einem bedeutenden Standort für erneuerbare Energien zu machen. Doch dafür fehlten ihm nicht nur die Felder des streitbaren

Landwirtes, sondern auch noch der ein oder andere Geld-geber.

Um möglichst viel herauszubekommen, hatte Joe vorge-geben, durchaus offen für eine Beteiligung zu sein. Allerdings konnte der Gemeindevorstand weder mit dem Namen ›Arnold Völkel‹ noch mit einer ›Querlitz UG‹ irgendwas anfangen. Investoren aus München hatten sich bei ihm noch überhaupt nicht blicken lassen, obwohl er sein Vorhaben bereits auf Facebook und der Webseite der Gemeinde vor-gestellte hatte.

Nach dem Gespräch sah Joe ein wenig klarer: Einer ober-flächlichen Überprüfung hielt die Kapitalanlage durchaus stand, schließlich plante die Gemeinde Mautersham tatsäch-lich eine Biogasanlage, hatte hierzu bereits auch einige Anträge gestellt. Auch die Firma, die als Vermittler zwischen Investoren und der Gemeinde dienen sollte, existierte tatsäch-lich.

Nun musste Arnold nur noch das Geld seiner Kunden in ›Freddys‹ Firma stecken, die dann sicherlich – völlig über-raschend, natürlich – in Kürze dicht machte. Sein alter Kumpel wäre allerdings aus dem Schneider. Etwaige Ermittlungen würden sich auf Freddy konzentrieren.

Zwar bekäme Arnold als unfähiger Finanzmakler in Mün-chen wohl keinen Fuß mehr auf den Boden, aber Joe ging davon aus, dass sein Kumpel plante, zukünftig ganz auf das Arbeiten zu verzichten.

Erneut versuchte er, Freddy zu erreichen, erfolglos. Verflucht, er brauchte irgendwelche Beweise, wenn er Arnold das Handwerk legen wollte – und zwar bevor der sich mit dem ergaunerten Geld absetzte.

***

»Ah, da ist ja mein Lieblingschauffeur! Alles klar, altes Haus?«

Arnold gefiel sich heute als jovialer Chef. Schließlich würde das anstehende Gespräch Joe schon genug zusetzen, da brauchte er ihn nicht auch noch anzuraunzen. Also hatte er Joe in seine Wohnung zitiert, um ihm auch ins Gesicht sehen zu können, wenn er die Bombe platzen ließ. Das machte bestimmt fast genauso so viel Spaß, wie Susis Mund zu vögeln.

»Einen schnellen Espresso? Nein?«, redete Arnold zwanglos weiter. »Auch gut. Du hast heute sowieso noch einiges zu erledigen. Als Erstes musst du meinen Smoking aus der Reinigung holen, den brauche ich heute Abend …« Arnold kramte den Abholschein heraus. »Die Reinigung ist in der Pestalozzistraße. Als Nächstes musst du zur Schwanthalerhöhe …«

Arnold genoss es immens, zu sehen, wie Joes Miene immer mehr versteinerte. *Nicht so lustig, den Laufburschen zu spielen, hm?*, dachte er böse. *Aber du kannst dir gar nicht vorstellen, was ich im Knast alles mitmachen musste, um nicht unter die Räder zu kommen!*

Bis heute hatte Arnold keine Ahnung, wie Joe es angestellt hatte, sich nach seiner Verhaftung ausgerechnet Köppen als Pflichtverteidiger zu angeln. Köppen, dessen blonder Sohn Felix mit zwölf an Leukämie gestorben war – nachdem er irgend so einen bescheuerten Mathe-Preis gewonnen hatte, weil er den Zauberwürfel erforscht hatte, war das zu glauben! Das musste ja so was von easy für Joe gewesen sein, sich bei dem Anwalt einzuschleimen und ihn um den Finger zu wickeln. Prompt war er nicht nur mit einer Bewährungsstrafe davongekommen, sondern hatte im folgenden Jahr mit Hilfe des Anwalts auch noch ein Stipendium von einer Uni in den USA ergattert. Pah! Arnold würde einen Besen fressen, wenn Köppen da nicht jemanden geschmiert hatte, die nahmen doch da niemanden mit einer Vorstrafe, Mathegenie hin oder her!

Für diese Chance hatte Joe jedenfalls, ohne mit der Wimper zu zucken, seinen besten Freund verpfiffen – es musste einfach so sein. Die Bullen hatten sie ja schon erwartet, und niemand sonst hatte von dem Bruch gewusst. Aber jetzt war er am Zug – endlich konnte er Joe alles heimzahlen!

Arnold beendete seine Litanei mit den Besorgungen, die Joe für ihn erledigen sollte, mit einem besonderen Schmankerl:

»Als Letztes schaust du noch in dem Blumenladen hier ums Eck vorbei – ich brauche einen Strauß roter Rosen und bitte, nicht kleckern, sondern klotzen. Schließlich soll Frederika mich nicht etwa für einen Geizhals halten.«

»Freddy?«, krächzte Joe. »Du brauchst rote Rosen für Freddy?!«

Ah, Joe wurde ganz blass! Offenbar ahnte er noch gar nicht, dass Frederika nicht mehr besonders gut auf ihn zu sprechen war.

»Ich sagte doch, die Kleine würde sich ganz gut in meiner Trophäensammlung machen. Heute Abend habe ich noch nichts anderes vor, also dachte ich mir, mache ich das Mäuschen mal klar. Ich habe behauptet, die Sache mit meiner Oma habe sich erledigt – und schon war sie mehr als entgegenkommend, als es darum ging, eine andere Gegenleistung für die Klamotten zu erbringen.«

Joe wippte inzwischen bereits auf den Fersen auf und ab und hatte die Hände zu Fäusten geballt. Es war Balsam für Arnolds Seele zu sehen, wie sehr er sich zusammenreißen musste, um ihm keine reinzuhauen. Vielleicht sollte er sich jetzt erst mal ein bisschen zurückhalten – ein blaues Auge käme ihm im Moment ziemlich ungelegen.

»Also, dann mal los«, meinte Arnold und wedelte hoheitsvoll mit einer Hand. »Schließlich brauche ich den Rolls heute

Abend – Frederika und ich möchten möglichst stilvoll vorfahren.«

Joe knirschte mit den Zähnen, sagte aber nichts, sondern drehte sich einfach um und ging.

Zufrieden sah Arnold ihm hinterher. Daran hatte Joe sicher eine Weile zu knabbern. Er selbst konnte derweil in aller Ruhe Marions Arsch retten, die letzten Vorbereitungen für seinen großen Coup treffen, und als Bonbon bekam er noch eine heiße Nacht mit Frederika – denn wenn die sogar den beherrschten Schnüffler Joe aus der Reserve locken konnte, musste sie wohl über ungeahnte Qualitäten verfügen!

***

Vorsichtig streckte Freddy ihre Zunge aus dem Mund und leckte sich ein wenig von ihrer Gesichtsmaske von der Oberlippe. Das schmeckte ja sogar! Natürlich wusste sie, dass Valentina ihre Kosmetik größtenteils selber machte, allerdings war sie davon ausgegangen, dass sie dafür Zutaten verwendete, die nur in einem Spezialgeschäft zu erhalten waren, und jetzt das: Alle Bestandteile hatte sie in Murats Lebensmittelladen gefunden. Blieb nur zu hoffen, dass der Mix aus Honig, Eigelb, Banane und Milch tatsächlich für den strahlenden Teint sorgte, den Valentina ihr versprochen hatte.

Freddy lutschte nun auch noch vorsichtig an ihrer Unterlippe. Vielleicht sollte sie die Maske nachher nicht abwaschen, sondern ablecken? Schade, dass sie keine Zunge wie ein Chamäleon hatte.

Leider erinnerte das Thema ›Lecken‹ Freddy daran, was Joe gestern zu später Stunde noch so alles mit *seiner* Zunge angestellt hatte. *Mist.* Es war so schön mit ihm gewesen, dass es ihr verdammt schwerfiel, die Nacht mit ihm als heißen, aber belanglosen One-Night-Stand abzutun. Rasch schluckte sie die aufsteigenden Tränen hinunter und wählte hastig Valentinas Nummer, die angeblich darauf wartete, bei einem Shooting an der Reihe zu sein. Für Freddy hörten sich die Hintergrundgeräusche zwar eher so an, als säße die Freundin in einem Restaurant, aber so lange Valentina bereit war, ihr wenigstens telefonisch mit Rat und Tat zur Seite zu stehen, sollte es ihr recht sein.

»Sorry, dass ich schon wieder störe«, flötete sie ins Telefon. »Aber ich habe mein Gesicht mit dieser Pampe eingekleistert. Wie lange muss das denn jetzt drauf bleiben?«

»Du solltest die Maske etwa eine halbe Stunde einwirken lassen«, erklärte Valentina mit ihrer üblichen Engelsgeduld. »Danach mit lauwarmem Wasser abwaschen.«

»Ist gut, danke schön!«, sagte Freddy und konnte es sich nicht verkneifen hinzuzufügen: »Wenn du nachher dran bist, ignorierst du meine Anrufe einfach, ja?«

Inzwischen war sich Freddy allerdings ganz sicher, dass Valentina mit einem Mann unterwegs war – irgendetwas stimmte mit dieser Reise in die Toskana doch nicht! Aber Valentina tat weiterhin so, als ob nichts wäre, und eigentlich war Freddy auch ganz froh, sich nach der Nacht mit Joe keine Lobeshymnen auf andere Männer anhören zu müssen.

Ihr Telefon klingelte, kaum dass sie aufgelegt hatte, aber sie ignorierte es einfach. Außer mit Valentina wollte sie im Augenblick mit niemandem reden. Stattdessen beschloss sie, die Einwirkzeit der Gesichtsmaske sinnvoll zu nutzen und sich um die Dinge zu kümmern, die sie sonst noch so in Murats Laden erstanden hatte. Freddy holte ein paar Töpfe aus dem Schrank und begann damit, helle und dunkle Kuvertüre in einem Wasserbad zu schmelzen, bevor sie vorsichtig Zucker, Vanilleextrakt und Baileys unterrührte, bis eine homogene Masse entstand.

Zufrieden schob sie das Ergebnis erst mal in den Kühlschrank. Wenn alles glattging, würden die kleinen Pralinen fertig sein, bis sie mit Valentinas Verschönerungstipps durch war. Und nachdem Wanda den ganzen Tag an einem Qi Gong Kurs teilnahm und Valentina ihre eigenen Wege ging, konnte sie dann die Zeit bis zum Abend damit überbrücken, all die kleinen, süßen Kugeln selbst wegzunaschen.

Eine derartig geballte Ladung von Schokolade und Zucker musste doch einfach gegen Liebeskummer helfen. Oder?

***

Das würde sie nicht tun!

Wieder und wieder wählte Joe Freddys Nummer. Er weigerte sich einfach zu glauben, dass Freddy tatsächlich eingewilligt hatte, die Nacht mit Arnold zu verbringen, nur um die Klamotten nicht zahlen zu müssen! Nie im Leben. Wenn die ganze Sache nicht von vorne bis hinten erstunken und erlogen war, hatte Arnold ihr doch mal wieder irgendeinen Scheiß erzählt, um sie dazu zu bewegen, mit ihm auszugehen.

Aber er *musste* das einfach von Freddy selbst hören. Doch nachdem am Morgen ständig besetzt gewesen war, ging nun niemand mehr dran. Was bedeutete das denn bloß?

Das Teufelchen saß wieder auf Joes Schulter und hatte allerlei Anmerkungen zu machen. Dass Freddy vielleicht gar nicht so verliebt war, wie er annahm – hatte sie etwa was in der Richtung gesagt? Arnold mochte sie ja angelogen haben, aber das bedeutete doch nicht, dass sie gleich mit fliegenden Fahnen einer Verabredung zusagen musste? Womöglich war ihr ursprünglicher Plan, den smarten Millionär für sich zu gewinnen, ja noch gar nicht vom Tisch? Und wenn es ihr tatsächlich nur um eine Gegenleistung für die Klamotten ging – sollte sie da nicht wenigstens mit Joe *reden*, bevor sie irgendeiner Vereinbarung zustimmte? Das Teufelchen behauptete, sie würde so etwas tun, wenn es *wirklich* mit Joe zusammen sein wollte.

Je länger es Joe nicht gelang, Freddy zu erreichen, um so mehr neigte er dazu, dem Teufelchen recht zu geben. Denn ganz offensichtlich wollte sie ja nichts mehr mit ihm zu tun haben! Diese Erkenntnis sickerte langsam aus seinem Kopf zu seinem Herzen und verursachte dort einen stechenden Schmerz. Joe parkte den Wagen, starrte die Reinigung an, vor der er stand, und versuchte sich daran zu erinnern, was er hier wollte. Richtig – Arnolds Anzug.

Wie albern, dass ausgerechnet Heiko mit allem recht behalten hatte, was er an diesem Morgen gesagt hatte. Arnold ging es nur darum, Joe zu drangsalieren. Wahrscheinlich wollte er auch nur deshalb mit Freddy ins Bett, weil er so Joe noch einen reinwürgen konnte, nicht, weil er plötzlich gemerkt hatte, wie süß sie war.

Und der Racheplan ging auf. Joe wunderte sich sowieso, dass er noch kein Magengeschwür bekommen hatte, bei all den Kränkungen, die er die letzten Tage heruntergeschluckt hatte. Den Todesstoß hatte Arnold ihm aber heute versetzt. Warum hatte er ihm sein Messer denn nicht einfach direkt ins Herz gerammt? Doch Arnold wusste, was er Joe damit antat. Warum Freddy dabei mitspielte, war eigentlich nebensächlich. Denn es bedeutete auf jeden Fall, dass ihre Gefühle für ihn bei Weitem nicht so stark waren wie die seinen für sie.

Aber dann hatte er eigentlich auch gar keinen Grund mehr, Arnold auf die Pelle zu rücken. Köppen hatte seinen Auftrag ja bereits zurückgezogen und Freddy hatte sich für den vermeintlichen Millionär entschieden – gut, dann sollte sie auch sehen, wie sie aus der Sache wieder rauskam, wenn sich die scheinbar gute Partie als Luftnummer erwies. Er würde sich für sie jedenfalls nicht mehr den Arsch aufreißen.

Er dachte daran, wie er in dem Bestreben, Freddy zu helfen, erst an diesem Morgen einen alten Freund ziemlich unter Druck gesetzt hatte. Bloß ihretwegen hatte er Heiko so zugesetzt. Aber vielleicht konnte er es ein bisschen wiedergutmachen, wenn er dem Fotografen den einen oder anderen Auftrag verschaffte? Ganz konkret fiel ihm da das Kosmetikstudio von Köppens Frau Margret ein, deren Internetauftritt wirklich mal mit ein paar hübschen Fotos aufgemotzt werden könnte.

Bei dem Anwalt musste er sich sowieso noch mal melden – die Sache mit dem festen Job war eindeutig vom Tisch! Verdammt, wieso hatte er sich denn nach nur einer Nacht schon dazu hinreißen lassen, sein ganzes Leben umkrempeln zu wollen? Aber noch war es ja nicht zu spät.

Entschlossen griff Joe nach seinem Smartphone und rief den Anwalt an.

***

Ruth von Brünneck selbst hatte als Treffpunkt den Palmengarten des ›Café Luitpold‹ in der Brienner Straße vorgeschlagen. Eine sehr gute Wahl, wie Arnold ihr zugestehen musste, schließlich bot der Innenhof zahlreiche Möglichkeiten, unbemerkt dem Gespräch an einem anderen Tisch zu lauschen.

Arnold erschien, trotz der kleinen Verzögerungen am Vormittag, ebenso wie Ruth pünktlich. Er ergatterte einen Tisch nicht weit von dem Platz entfernt, an dem Ruth saß und tat selbstverständlich so, als kenne er sie nicht. Man konnte schließlich nicht ausschließen, dass der Erpresser das Lokal bereits beobachtete, und es war wirklich besser, wenn seine Aufmerksamkeit nicht auf Arnold gelenkt wurde.

Arnold bestellte einen Cappuccino, den er direkt zahlte, und steckte seine Nase in die ›Süddeutsche Zeitung‹. Lange musste er sich nicht gedulden, da hörte er auch schon eine herrische Stimme.

»Ich habe mit Marion gerechnet«, blaffte jemand Ruth von Brünneck an.

Doch da war er an der falschen Adresse, die ließ sich nicht einschüchtern.

»Setzen Sie sich«, sagte Marions Freundin kühl. »Marion ist so enttäuscht, dass sie Sie nie wieder sehen will.«

Aus den Augenwinkeln nahm Arnold wahr, dass sich der Erpresser tatsächlich setzte.

»Haben Sie das Geld?«

»Natürlich. Aber erst will ich die Fotos!«

Der Mann lachte abfällig.

»Was wollen Sie denn damit? Wir leben im digitalen Zeitalter. Selbst wenn ich nun ein paar schöne Ausdrucke dabei hätte, wer sagt Ihnen denn, dass ich nicht noch einige Kopien zu Hause habe? Nein, Marion muss sich schon auf mein Wort verlassen – wenn sie zahlt, hört sie nie wieder was von mir.«

So, wie er das sagte, klang das allerdings eher so, als hätte er keinesfalls vor, die Bilder zu löschen, ja, man konnte den Eindruck gewinnen, als könnte er es sich durchaus vorstellen, sich zu einem späteren Zeitpunkt wieder an die Fotos zu erinnern.

»Dachte ich mir.« Ruth gab gar nicht erst vor, ihn nicht zu verstehen. »Schade nur, dass Sie damit früher oder später auf die Schnauze fallen werden.«

»Das lassen Sie mal schön meine Sorge sein. Und jetzt her mit dem Geld.«

»Sie sind nicht nur unhöflich, sondern auch schrecklich ungeduldig«, meinte Ruth kühl. »Ich frage mich wirklich, was Marion an Ihnen fand.«

Arnold hörte förmlich, wie der Mann bei seinen nächsten Worten anzüglich grinste.

»Ich gebe Ihnen gerne eine kleine Kostprobe – wir können uns auch vorher auf einen Preis einigen, dann erspare ich mir die Sache mit den Fotos.«

Ruth wedelte mit einer Hand, als wollte sie eine lästige Fliege verscheuchen.

»Nein, danke, auf so was stehe ich nun wirklich nicht. Außerdem kann ich mir das so oder so nicht leisten. Deshalb wollte ich ja gerne noch ein wenig mit Ihnen plaudern.«

»Ach ja?«, fragte er misstrauisch.

»Ich habe eine grässliche Scheidung hinter mir. Wussten Sie, dass es das Schuldprinzip nicht mehr gibt? Da schleppt mein Ex ein Mädel ab, das seine Tochter sein könnte, und serviert mich einfach ab, nachdem ich ihm meine besten Jahre geopfert habe – da stünden mir doch wenigstens großzügige Unterhaltszahlungen zu, finden Sie nicht? Fehlanzeige!«, echauffierte sich Ruth.

»Probieren Sie's doch mal mit Arbeit.«

»Das sagt der Richtige!« Vertraulich beugte sich Ruth vor. »Aber wenn Sie die Kuh Marion noch weiter melken wollen, sollten Sie darauf achten, dass Sie auch den richtigen Zeitpunkt erwischen, sonst wird da nichts draus.«

»Ach, und den verraten Sie mir?«, meinte er abfällig.

»Gegen eine kleine Provision. Mir scheint, Sie unterschätzen Marion – natürlich wäre es ihr lieber, niemand bekommt die Fotos zu Gesicht, deshalb zahlt sie ja auch. Aber wenn sie gerade knapp bei Kasse wäre, weil sie irgendein Tierschutzprojekt unterstützen will, gucken Sie womöglich in die Röhre.«

»Sie hat doch immer irgendein Tierschutzprojekt in der Mache«, meinte der Erpresser verächtlich.

»Natürlich. Aber Sie hatten gerade Glück, dass sie einige ihrer Anlagen problemlos auflösen konnte. Wäre das nicht der Fall gewesen … Nun, so wie ich Marion kenne, käme es für sie nicht infrage, dass die Robben, die doch *ach so dringend* eine Auffangstation brauchen, unter ihrem Fehltritt leiden müssen.«

»Sie sind mir ja eine – hängen die beste Freundin hin!«

Ruth zuckte mit den Achseln.

»Ich kann mir keine Sentimentalitäten leisten. Wenn Sie also an einer Zusammenarbeit interessiert sind … ich könnte Ihnen auch den ein oder anderen Tipp geben, bei wem sich ein Einsatz ebenfalls lohnen könnte.«

Sie schob ihm eine Visitenkarte über den Tisch zu, gefolgt von dem Briefumschlag mit dem Geld. Der Erpresser steckte beides ein.

»Mal sehen«, sagte er vage, stand auf und ging.

Arnold erhob sich ebenfalls und folgte dem Erpresser in einigem Abstand aus dem Lokal. Er hoffte sehr, dass er den Mann bis nach Hause verfolgen konnte – aber selbst, wenn er ihn aus den Augen verlor, war er sich ziemlich sicher, dass sich der Mann schon bald bei Ruth melden würde.

VERNISSAGE

Freddys Zunge fühlte sich an, als klebte sie am Gaumen fest, ihr Magen drückte, und als sie unlustig in ihr Abendkleid schlüpfte, beschlich sie mit einem Mal die Angst, dass sie den Reißverschluss nicht zubekommen würde. Was hatte sie sich nur dabei gedacht, die ganzen Pralinen allein zu verputzen?

Sie überprüfte noch mal ihre Frisur und ihr Make-up, als auch schon die Türklingel ertönte, gleichzeitig wurde – wie immer – an die Tür geklopft. Ergeben eilte Freddy in den Flur. Egal, wie sie sich fühlte, sie würde diese Verabredung so manierlich wie möglich hinter sich bringen und die ganze Geschichte dann schnellstmöglich vergessen!

Mit einem erzwungenen Lächeln öffnete Freddy. Die Gesichtsakrobatik hätte sie sich allerdings sparen können, ihr Date verschwand fast völlig hinter einem total überdimensionierten Strauß roter Rosen. Bevor ihr eine angemessene Erwiderung auf dieses überzogene Geschenk einfiel, ertönte eine eiskalte Stimme hinter den Blumen:

»Für dich. Von Arnold.«

Joe!

Freddy schluckte. Sie hatte gehofft, dass Arnold seinen Fahrer unten warten ließ, und ihr die Konfrontation so noch ein wenig erspart blieb.

Doch von Konfrontation konnte man kaum sprechen, denn nachdem Joe ihr den Blumenstrauß recht unsanft aufgedrängt hatte, machte er auf dem Absatz kehrt und stiefelte ohne einen Blick zurück die Treppe wieder hinunter.

Na so was! Da wollte sich wohl jemand davor drücken, sich einen Schwall Vorwürfe anhören zu müssen. Allerdings fand sie, Joe hätte durchaus ein wenig zerknirschter auftreten können. Schließlich war nicht *sie* es, die ihn einfach sitzen gelassen hatte!

Kopfschüttelnd stopfte Freddy die Rosen in das Küchenwaschbecken. Die in der WG vorhandenen Vasen, die normalerweise locker für die Blumen diverser Verehrer ausreichten, kamen auf jeden Fall nicht infrage, die waren allesamt unterdimensioniert.

Dann schnappte sie sich ihre Handtasche und eilte Joe hinterher. Ach, wenn dieser bescheuerte Abend doch schon vorbei wäre!

***

Joe polterte die Treppen hinunter. *Scheiße*, Freddy sah in dem Abendkleid noch besser aus, als er sie in Erinnerung gehabt hatte.

Den ganzen Nachmittag lang hatte er sich eingeredet, dass es ihm piepegal war, dass er sich so in Freddy getäuscht hatte, während er einen von Arnolds bescheuerten Aufträgen nach dem anderen erledigte.

Machte doch auch nichts, er hatte eine geile Nacht mit ihr gehabt, war doch okay. Eine Zukunft mit Freddy?! Dieser absurde Gedanke war sicher nur ein Produkt eines nach all dem Sex völlig aus dem Ruder geratenen Hormonspiegels, und bevor er sich völlig zum Affen gemacht hatte, war ja schon herausgekommen, dass sie sich nun doch auf Arnold einlassen wollte.

Ganz so einfach war die Sache allerdings irgendwie doch nicht. Am liebsten hätte er Freddy gepackt, sie geschüttelt und sie gefragt, ob ihr Arnold wirklich so viel mehr bedeutete als das, was zwischen ihnen gewesen war.

Aber hätte er mit der Antwort auch umgehen können?

Frustriert blieb Joe neben dem Rolls stehen. Zum einen, weil er Arnolds Gegenwart im Augenblick nur schwer ertragen konnte, zum anderen, weil sein Möchtegern-Boss wahrscheinlich erwartete, dass er seiner wunderschönen Verabredung den Wagenschlag aufhielt.

Da kam sie auch schon. Sie vermied es, ihn anzusehen. So abgebrüht war sie dann also doch nicht, dass es ihr nicht wenigstens ein bisschen peinlich war, dass sie so rasch umgeschwenkt hatte. Aber das war natürlich nur ein schwacher Trost.

Kaum war Joe eingestiegen, als er auch schon feststellen musste, dass Arnold mal wieder keine Zeit vergeudete. Er hatte bereits einen Arm um Freddys Schultern gelegt und säuselte ihr irgendwas ins Ohr.

Joe biss die Zähne zusammen und fuhr mit quietschenden Reifen an. Je schneller er die Turteltäubchen absetzte und sich um seinen eigenen Kram kümmerte, umso besser.

***

Zunächst kam es Freddy sehr gelegen, dass Arnold ihren großen Auftritt als verliebtes Paar im Auto schon ein wenig proben wollte. Sollte Joe ruhig sehen, dass sie sich keinesfalls nach ihm verzehrte! Ja, anstatt sich die Augen über seinen schnöden Abgang aus dem Kopf zu heulen, stürzte sie sich direkt mit einem gut aussehenden Mann ins Nachtleben.

Allerdings nagte da auch der Gedanke an ihr, dass es Joe womöglich ganz recht war, dass er sie so unkompliziert an den Nächsten loswurde und ihr nicht in unschönen Gesprächen erklären musste, dass er nicht an einer festen Beziehung interessiert war. Das, Arnolds unerwünschte Nähe und Joes eisiges Schweigen führten dazu, dass Freddy die Fahrt mehr und mehr als Tortur empfand. Sie hoffte nur, dass dieses Event nicht am anderen Ende von München stattfand – stundenlang mit diesen beiden Männern in einem Wagen eingepfercht zu sein, würde ein einziges Nervenbündel aus ihr machen.

Ob es Joe genauso unangenehm war wie ihr, dass sie sich so bald wiedersahen? Jedenfalls erreichten sie das Gewerbegebiet in Riem in absoluter Rekordzeit, wo die Vernissage in einem offenbar stillgelegten Fabrikgebäude stattfand. Es folgten noch einige quälend lange Minuten, in denen sie darauf warten mussten, dass die Nobelkarossen vor ihnen ihre mondänen Gäste ausgespuckt hatten, dann hielt Joe endlich vor dem Eingang, der dem Anlass angemessen mit rotem Teppich und Feuerschalen geschmückt war.

Freddy vermied es geflissentlich, Joe noch einmal anzusehen, dann konnte sie sich endlich bei Arnold einhaken und an seiner Seite auf das weit geöffnete Tor zuschreiten. Vor lauter Erleichterung, dass dieser extrem unangenehme Teil des Abends vorüber war, gelang ihr sogar ein kleines Lächeln. Von nun an konnte es eigentlich nur noch besser werden.

Selten hatte sich Freddy so getäuscht. Nach Valentinas plastischen Erzählungen aus dem Model-Business hatte sie eigentlich geglaubt, eine ziemlich genaue Vorstellung davon zu haben, wie es sich anfühlte, als Frau zum Objekt degradiert zu werden. Doch die Wirklichkeit war um einiges beschissener.

Arnold schien mindestens die Hälfte der anwesenden Personen zu kennen. Und zwar die weibliche Hälfte. Denen präsentierte er nun Freddy, als wäre sie ein erlesenes Schmuckstück, das er erst kürzlich erworben hatte, und mit dem er sich an diesem Abend schmücken wollte.

Das freundliche Lächeln in Freddys Gesicht gefror zunehmend zu einer starren Maske, während sie es aufgab, sich all die fremden Namen merken zu wollen. Vorübergehend war sie erleichtert, als Arnold sie einer mütterlich wirkenden Frau in einem wallenden Kleid mit Batikmuster vorstellte.

»Marion, wie schön! Kennst du meine Freundin Frederika *von Querlitz* schon?«

Leider schien die Dame keineswegs erfreut, sondern musterte Freddy ziemlich irritiert. Doch Arnold sprach unbekümmert weiter:

»Kannst du dir vorstellen, dass sich dieses kleine Juwel die letzten Jahre erfolgreich vor uns versteckt hat? Aber an meiner Seite wird sie sich schon bald sehr wohl auf dem gesellschaftlichen Parkett fühlen.«

Das war ziemlich unverschämt formuliert, fand Freddy, während Arnold übertrieben jovial lachte. Dann strich er ganz beiläufig mit dem Handrücken jenes Armes, den er um ihre Schultern gelegt hatte, über die Außenseite ihrer Brust.

Freddy war so schockiert, dass sie gar nicht reagieren konnte. Reichte es denn nicht, dass er sie als naives Dummchen hinstellte, die es einzig Arnold zu verdanken hatte, dass sie aus ihrem Dornröschenschlaf geweckt wurde? Musste er sie auch noch befummeln? Zumal er das einzig deswegen getan hatte, damit Marion es sah.

Und sie *hatte* es gesehen. Marion starrte sie beide mit riesengroßen Augen an, doch Arnold tat so, als fiele ihm das gar nicht auf.

»Oh, du entschuldigst uns? Ich glaube, ich habe da hinten gerade Thomas Berghof gesehen. Den musst du unbedingt kennenlernen, liebste Frederika.«

Damit zog er Freddy weiter. Kaum waren sie außer Hörweite, als Freddy sich nicht länger beherrschen konnte.

»Sag mal, spinnst du?«, zischte sie. »Was sollte *das* denn?! Behalte gefälligst deine Griffel bei dir!«

»Kontenance, meine Liebe«, gab Arnold leise zurück. »Ich bin kurz davor, dich einem Stadtrat vorzustellen, da wirst du doch keinen Skandal provozieren wollen?«

Freddy biss die Zähne zusammen. Aber Arnold hatte recht, inmitten Münchens feiner Gesellschaft den Aufstand zu proben, traute sie sich dann doch nicht. Allerdings sah es ganz so aus, als müsste sie für die neuen Klamotten doch noch ziemlich teuer bezahlen.

***

Joe raste über den mittleren Ring und versuchte dabei, das Bild aus dem Kopf zu bekommen, wie sich Freddy bei Arnold eingehängt und sich an ihn geschmiegt hatte. Auf Höhe des Arabellaparks konnte er noch mal richtig Gas geben, dabei war es ihm in diesem Moment scheißegal, dass er den Lappen wahrscheinlich los war, wenn er erwischt wurde.

Gerade wollte er zu einem halsbrecherischen Überholmanöver ansetzen, als er wieder zu sich kam und das Tempo drosselte. Er würde es sich nie verzeihen, wenn er einen Unfall verursachte, nur weil er vor lauter Liebeskummer seine Emotionen nicht im Griff hatte.

Joe gab sich Mühe, ruhig ein- und auszuatmen und reduzierte die Geschwindigkeit auf das erlaubte Maß. *Liebeskummer?* Hin und wieder hatte er auch früher schon geglaubt, verliebt zu sein. Aber das war nichts gegen das Wechselbad der Gefühle, in das er gestürzt war, seit er Freddy kannte. Was hatte er nur verbrochen, dass es ausgerechnet *sie* sein musste?

Dummerweise fiel Joe da so einiges ein. Angefangen mit den Diebereien in seiner Jugend, den unehrlichen Spielen an den Blackjack-Tischen in Las Vegas und den nicht immer ganz legalen Mitteln, mit denen er seine Aufträge erledigte. War das nun die Quittung für all seine Missetaten, dass er sich gerade in die eine Frau verliebte, die seine Liebe verschmähte?

Scheinbar planlos verließ er den mittleren Ring und war selber erstaunt, als er den Rolls Royce vor einem Bürogebäude in Nymphenburg parkte. Was wollte er denn hier, meilenweit von Riem entfernt, wo er Arnold in ein paar Stunden abholen sollte? Warum parkte er just vor dem Gebäude, in dem Arnold seinen Informationen nach ein Büro angemietet hatte?

Ich mag einfach keine halb aufgeklärten Geschichten, redete Joe sich ein, holte ein paar Einmalhandschuhe und einen Gegenstand, der auf den ersten Blick wie ein Kugelschreiber aussah, aus dem Handschuhfach und verließ den Wagen. Er wollte einfach nur wissen, ob seine Vermutung richtig war, was Arnolds Coup anging. Keinesfalls ging es ihm darum, Freddys Kopf doch noch aus der Schlinge zu ziehen!

Es enttäuschte Joe fast ein wenig, dass es ihm ausgerechnet bei Arnolds Büro keine größeren Probleme machte, die Alarmanlage auszuschalten und das Schloss mit seinem Spezialwerkzeug zu knacken. Aber er hatte natürlich auch alle Zeit der Welt, schließlich konnte er sich sicher sein, dass Arnold die nächsten Stunden anderweitig beschäftigt sein würde.

Rasch verbannte Joe den Gedanken daran, *womit* sein alter Freund beschäftigt war, aus seinem Kopf und betrat stattdessen einen Raum, der es ebenso wie Arnolds Wohnung darauf anlegte, Eindruck zu schinden. Für eine Person war das Zimmer, das von einem wuchtigen Schreibtisch dominiert wurde, eigentlich zu groß. Die unvermeidlichen Aktenschränke verschwanden hinter dezenten Blenden, vor dem Tisch warteten zwei Designerstühle, die unmöglich bequem sein konnten, auf Besucher, ansonsten bestand die ganze Möblierung aus einigen dezent platzierten Kunstwerken.

Doch Joe interessierte sich sowieso nur für den Computer inmitten des Schreibtisches, der im Gegensatz zur Einrichtung recht altertümlich wirkte. Offenbar hatte Arnold diesen schlicht dadurch vor unerlaubtem Zugriff gesichert, indem er die Netzwerkkarte ausbaute. Passwortgeschützt war das Ding natürlich auch noch, aber damit hatte Joe schon gerechnet. Er steckte einen USB-Stick an, startete den PC mit dessen Hilfe im abgesicherten Modus und ließ dann sein eigens entwickeltes Programm zum Knacken von Passwörtern ablaufen. Während der Algorithmus arbeitete, konnte er sich ja noch ein wenig umsehen, vielleicht fanden sich in den Räumlichkeiten ja noch andere interessante Dinge.

In Wahrheit suchte er natürlich nach den Flyern mit Freddys Foto, auch wenn er wirklich nicht wusste, warum er das tat. Denn obwohl sie es ja eigentlich nicht verdient hatte, erwies sich der Wunsch, ihr zu helfen, als ziemlich hartnäckig.

Allerdings hatte Arnold die Flyer entweder noch nicht abgeholt oder er lagerte sie nicht im Büro. Auch sonst gab es nicht wirklich was Spannendes zu entdecken, wenn man von der Tatsache mal absah, dass Arnold offenbar Kondome mit Erdbeergeschmack bevorzugte und einen ganzen Jahresvorrat davon in einem Aktenschrank aufbewahrte. Achselzuckend wandte sich Joe wieder dem Computer zu, und erfreulicherweise hatte er ein Ergebnis, was das Passwort anging, es lautete ›Allen Stanford‹. Typisch Arnold, den Namen eines berühmten Finanzpiraten zu wählen – da hätte er glatt auch ohne spezielle Software draufkommen können!

Na, jedenfalls war er jetzt drin, und der Rest war wirklich ein Kinderspiel. Joe öffnete mehrere Dokumente, die recht vielversprechend aussahen. Als Erstes fand er eine Liste mit Kontodaten, die zugehörigen Banken residierten alle in den verschiedensten Steuerparadiesen dieser Erde. Vermutlich Arnolds Notgroschen. Joe speicherte die Datei auf seinem Stick und sah sich weiter um.

Als Nächstes fand er eine PDF-Datei mit dem Bild eines Personalausweises – von Frederika von Querlitz. Nur, dass die Frau auf dem Passbild nicht die geringste Ähnlichkeit mit Freddy hatte. Heikos Werk, vermutete er. Na, wenn dieses Dokument mal nicht bei der Firmengründung zum Einsatz gekommen war. Joe klickte erneut auf ›Speichern‹, obwohl er sich über den Anflug der Freude ärgerte, die er bei dem Gedanken empfand, dass Freddy wenigstens in diesem Punkt keine gemeinsame Sache mit Arnold gemacht hatte.

Eindeutige Beweise, um Arnold das Handwerk zu legen, waren das zwar nicht, aber wenn er wollte, könnte er den Coup jetzt sicher auffliegen lassen. Andererseits ging ihn das eigentlich nichts mehr an, wozu seinem Kumpel noch die Tour vermasseln?

Eine Meinung, die Joe kurzfristig revidierte, als er in einem Ordner namens ›Erpressung‹ auf ein paar sehr unschöne Fotos stieß – damit ließ er Arnold nicht davonkommen, Auftrag hin, alter Freund her! Doch dann wurde ihm klar, dass es sich bei dem grauhaarigen Kerl mit dem leichten Bauchansatz keinesfalls um Arnold handeln konnte, auch wenn die Dame eindeutig diese Marion war, Ruth von Brünnecks Freundin. Wurde Marion erpresst? Von wem? Konnte es sein, dass Arnold den Typ auf Marion angesetzt hatte?

Nein, dachte Joe spontan. Aber wieso hatte er dann den Eindruck, dass er den Kerl schon mal irgendwo gesehen hatte? Zu blöd, dass sein Gesicht hinter dieser Maske verborgen war, Haare und Statur lieferten ihm auf den unscharfen Bildern einfach nicht genug Anhaltspunkte.

Er scrollte weiter, als mit einem Mal ein schabendes Geräusch die nächtliche Stille durchbrach. Joe zuckte zusammen und schaltete reflexartig die Schreibtischlampe aus. Was war das? Da – schon wieder! Jemand war an der Tür. Arnold? Verdammter Mist. Hoffentlich hatte er das Licht noch nicht gesehen. Joe fuhr den Computer herunter.

Was wollte der überhaupt hier? Joe zog den Stick ab und sah sich nach einem Schlupfwinkel um. Arnold hatte doch nicht etwa Freddy hierhergebracht, um sie in seinem Büro zu verführen? Bei dem Gedanken wurde ihm übel.

Verfluchte moderne Einrichtung! Ein Versteck konnte er nicht entdecken und auch mit Fluchtmöglichkeiten sah es eher mau aus. Am besten, er trat seinem alten Freund offen entgegen und stellte ihn direkt zur Rede. Energisch straffte Joe die Schultern. Wenigstens würde er Arnold so die Tour bei Freddy auch gleich vermasseln. Blieb nur zu hoffen, dass Arnold es inzwischen aufgegeben hatte, ein Messer bei sich zu führen – und Joe wenigstens zu Wort kommen ließ, bevor er ihm sämtlichen Knochen brach.

***

Arnold fühlte sich großartig. Zwar hatte er am Vormittag den Erpresser bei der Verfolgungsjagd aus den Augen verloren, doch er war überzeugt, dass der sich schon bald bei Ruth meldete. Der Abend lief jedenfalls genau so, wie er sich das vorstellte. Allein Joes Gesicht auf der Fahrt hierher – traumhaft! Dann hatte er Marion und ein paar anderen Damen mit seiner hübschen, jungen Begleitung mit dem hochtrabenden Namen gleich mal vor Augen geführt, dass er keinesfalls auf ihre Gunst angewiesen war. Wie es sich gedacht hatte, wurde er dadurch für die ein oder andere Lady durchaus wieder ein wenig interessanter.

Nur Frederika spielte noch nicht so ganz mit, anstatt sich darüber zu freuen, dass er sie all den bedeutenden Menschen vorstellte, wirkte sie heute noch abweisender auf ihn als bei den letzten Begegnungen. Was Joe nur an ihr fand? Allerdings hatte er immer noch die Hoffnung, dass sie auftaute, wenn er sie erst im Bett hatte. Damit sie sich ein wenig entspannte, führte er sie an die Bar und orderte trotz ihres Protests einen Mayday Martini für sie. Schließlich plante er, dass es bereits auf der Rückfahrt im Wagen ein bisschen zur Sache gehen sollte, da wurde es wirklich Zeit, dass Frederika etwas lockerer wurde.

»Arnold, das ist aber eine schöne Überraschung!«

Einen Moment lang war Arnold irritiert, denn diese Stimme kannte er eigentlich nur unterkühlt und zurückhaltend. Er drehte sich um, aber sie war es tatsächlich – die Schönheit aus dem Casino.

»Lysande!«

Lysande ist wirklich eine wunderschöne Frau, dachte Arnold zum wiederholten Male. Heute trug sie ein Kleid in einem kräftigen Rotton, nicht nur wegen der Farbe ein ziemlicher Hingucker. Die Robe war asymmetrisch geschnitten, ließ eine Schulter frei, während die andere von einem Träger in Form einer Stoffrose geschmückt wurde. Zudem war das Kleid derartig eng geschnitten, dass sich Arnold unwillkürlich fragte, ob der Designer die Lady kurzerhand hineingenäht hatte. Leisten konnte sie sich das jedenfalls, ihre Figur war umwerfend.

»Wer ist denn Ihre hübsche Begleitung?«, fragte Lysande zuckersüß.

Als er Lysande in Bad Wiessee kennengelernt hatte, hatte er sich ziemlich die Zähne an ihr ausgebissen, obwohl sie im Großen und Ganzen nicht uninteressiert schien. Dennoch war er an diesem Abend allein nach Hause gegangen und hatte sich die Heimfahrt mit Späßen auf Joes Kosten vertreiben müssen. Doch wenn ihn nicht alles täuschte, würde Lysande heute um einiges entgegenkommender sein.

»Oh, Verzeihung, wie unaufmerksam von mir. Ich bin entzückt, Ihnen meine Freundin, Melchior von Querlitz' Enkeltochter Frederika vorstellen zu können.«

Er trug absichtlich dick auf, denn Frederika schien bei dem Anblick der atemberaubenden Frau vor ihnen ein wenig zu schrumpfen. Klar, der konnte sie nicht das Wasser reichen, das sah sie selber.

Auch Arnold musste zugeben, dass es ihn weit mehr reizte herauszufinden, ob – und wenn ja, wie – man Lysande aus diesem Kleid wieder herausbekam, als die Vorstellung, die zurückhaltende Frederika erst mal in Fahrt bringen zu müssen.

Er orderte noch einen Mayday Martini für Frederika und ein Glas Champagner für Lysande und wandte sich dann Letzterer zu. Wer konnte schon wissen, wann die Gelegenheit, Lysande zu erobern, wieder so günstig sein würde? Um

Frederika konnte er sich auch ein anderes Mal kümmern, zunächst galt es, diese Chance beim Schopf zu packen.

***

Es rumpelte heftig vor dem Eingang des Büros. Scheinbar war Arnold schon so betrunken, dass er die Tür nicht aufbekam. Eigentlich hatte Joe seinen alten Freund ja als recht trinkfest erlebt, aber wer wusste schon, was auf dieser Vernissage alles konsumiert wurde? Kurz überlegte er, ob er Arnold helfen sollte, indem er die Tür von innen öffnete, verwarf den Gedanken aber rasch. Immerhin bestand so noch die Chance, dass sein alter Freund die ganze Sache aufgab und sich wieder verzog.

Es folgte ein lauter Knall und Holz splitterte. Schlagartig wurde Joe klar, was hier vorging: Es brach noch jemand ein!

Ein Amateur, schoss es ihm durch den Kopf. So schwierig war das Schloss schließlich nicht zu knacken, dass man es gleich zerstören musste. Und was wäre wohl passiert, wenn sich Joe nicht bereits um die Alarmanlage gekümmert hätte? So ein Idiot! Doch auch auf die Begegnung mit einem Amateur-Einbrecher konnte Joe gut verzichten. Blitzschnell ging er hinter einer Kunststatue in Deckung und versuchte, sich möglichst klein zu machen. Nicht gerade das perfekte

Versteck, aber so lange der andere Einbrecher kein Licht machte und nicht anfing, die Aktenschränke zu durchwühlen, hatte er gute Chancen, unentdeckt zu bleiben.

Zunächst war das Glück Joe hold. Der Schein einer Taschenlampe erschien am Eingang zum Büro, gefolgt von einem recht großen Kerl. Joe hielt den Atem an und verharrte bewegungslos. Hoffentlich war der Typ nicht wegen der Kunstwerke hier! Andererseits war das Überraschungsmoment auf seiner Seite, im Zweifelsfall sollte er den Kerl überwältigen können.

Doch wie Joe schien sich der Einbrecher nur für eine Sache zu interessieren: den Computer. Allerdings hielt er sich nicht damit auf, den PC hochzufahren, sondern begann stattdessen damit, sämtliche Kabel abzuziehen.

So ein Blödmann, klaut ausgerechnet das olle Ding, dachte Joe.

Die Strafe für diesen abfälligen Gedanken folgte auf dem Fuße. Die Wadenmuskeln seines linken Beines nahmen ihm die ungewohnte und unnatürliche Körperhaltung verdammt übel und reagierten mit einem heftigen Krampf.

Scheiße, tat das weh! Joe biss die Zähne zusammen. Der Drang, aufzustehen, und zu versuchen, den Schmerz irgendwie erträglicher zu machen, wurde fast übermächtig. Ebenso schien es ihm fast unmöglich, leise und gleichmäßig weiterzuatmen. Das musste der Einbrecher doch hören! Hielt er schon inne? *Scheiße!* Nein, der Kerl wurschtelte weiter.

Vorsichtig versuchte Joe, das linke Bein etwas zu entlasten, hatte jedoch den Eindruck, dass er es damit nur noch schlimmer machte. Er war eindeutig zu alt für diesen Mist! In Zukunft würde er wieder ausschließlich über die Datenleitung irgendwo eindringen, wie es sich gehörte!

Gerade als Joe glaubte, es keine Sekunde länger aushalten zu können, hatte der Einbrecher seine Tätigkeit beendet, klemmte sich den PC unter den Arm und verließ mit langen Schritten das Büro.

Joe japste und versuchte, sich wieder aufzurichten, plumpste jedoch recht unelegant auf die Seite. Vorsichtig streckte er das Bein aus, und tatsächlich ließ der Schmerz langsam nach.

Ein wenig zu langsam für Joes Geschmack. Denn bei dem Hantieren mit dem Computer hatte der Strahl der Taschenlampe ganz kurz das Gesicht des Einbrechers erfasst – und Joe somit das fehlende Puzzleteil zum Thema ›Erpressung‹ geliefert.

Das bedeutete aber auch, dass Arnold und seine Freunde einen Haufen Ärger bekamen – es sei denn, es gelang ihm in absehbarer Zeit, wieder aufzustehen.

***

Notiz an mich selbst: Es kann immer noch schlimmer kommen!, dachte Freddy entnervt und nahm den vierten – oder war es bereits der fünfte? – Mayday-Martini von dem Barkeeper entgegen. Die Mischung aus Wodka, Erdbeeren, Zitronensaft und Zimtsirup war das Einzige, was sie einigermaßen bei der Stange hielt, nachdem sie *endlich* kapiert hatte, um was es hier ging.

Arnold wollte sie nur mitnehmen, damit er sich schnell wieder verabschieden konnte? Dass sie nicht lachte! Angegeben hatte er mit ihr, bis er eine Frau entdeckte, die tausendmal schöner und weltgewandter war als Freddy. Jetzt hätte man ja annehmen können, dass sich Freddys Part damit erledigt hatte und sie sich davonmachen konnte – Pustekuchen. Arnold bestand darauf, dass sie blieb. Ging ihm wohl einer ab, wenn er mit der Frau im roten Kleid in Gegenwart seiner vermeintlichen Freundin anbändelte.

»N… noch ma ein …«, nuschelte Freddy.

Doch statt eines weiteren Cocktails schob der Barkeeper ihr einen Espresso hin.

»Das wäre dann der Siebte. Vielleicht eine kleine Pause?«

»Blödfinn!«

Freddy kicherte. War ihr doch scheißegal, wenn sie sich daneben benahm. Sie wollte all diese Leute hier sowieso nie wiedersehen!

»Ich rufe dir ein Taxi.«

Arnold. Endlich hatte er es eingesehen – aber jetzt hatte Freddy gar keine Lust mehr zu gehen.

»Hab grad noch'n Mi… Me… Maydi Madini beschtellt!«, erklärte sie ihm ernsthaft.

»Tut mir leid«, sagte Arnold zu dieser Lysande. »Frederika verträgt nichts. Ich kümmere mich rasch um dieses kleine Problem.«

Freddy wurde sauer. Sie hasste es, wenn man sie wie ein kleines Kind behandelte! Sie stand auf, um Arnold eine ordentliche Standpauke zu halten. Leider stimmte irgendwas mit dem Boden nicht. Er wackelte. Oder waren sie auf einem Schiff?

Freddy ruderte mit den Armen, da spürte sie auch schon, wie Arnold sie auffing.

»Griffl weg«, murrte sie halbherzig, und Arnold seufzte.

»Bin gleich wieder da«, sagte er zu Lysande, zog Freddy an sich und schob sie mit sanfter Gewalt hinaus.

***

Lysande war einfach der Hammer.

Arnold war sich sicher, dass er an diesem Abend der glücklichste Mann in ganz München, ach was, auf der ganzen Welt war. Mit geradezu unanständiger Hast verfrachtete er Frederika in ein Taxi, bedachte den Fahrer mit einem großzügigen Trinkgeld, damit der die besoffene Kleine auch sicher nach Hause brachte, und eilte wieder an Lysandes Seite.

Jetzt gab es nur noch Lysande und ihn. Dennoch ging er die Sache ganz untypisch eher langsam an und legte zunächst einfach nur seine Hand ganz sachte über ihre.

Was ihm ein ganz komisches Kribbeln im Magen bescherte. Was war das denn? Schüchterte sie ihn etwa ein? Das war doch nicht die erste Frau, die er beglücken wollte und die um einiges älter und erfahrener war als er. Kein Grund für Minderwertigkeitskomplexe! Dennoch musste er zugeben, dass sie ihn ganz schön beeindruckte – vielleicht, weil die Frau einfach so perfekt war. So sehr er sich auch bemühte, er konnte keinen noch so kleinen Makel an ihr entdecken.

Eventuell lag es auch einfach daran, dass Luxus und Macht alltägliche Dinge für sie waren. Als wäre es nicht weiter von Bedeutung, plauderte sie ganz unbefangen über ihren verstorbenen Mann, einen Konzernchef. Arnold war so fasziniert von ihr, dass er auf Lysandes diesbezügliche Frage unumwunden zugab, dass er gar nichts mit Frederika hatte, sondern sie nur seine Begleitung für diesen Abend war.

Wofür ihn Lyasnde mit einem sehr zufriedenen Lächeln belohnte.

Als Nächstes horchte sie ihn über sein neuestes Projekt aus, doch Arnold starrte ganz gebannt auf ihren Daumen, der in diesem Augenblick begann, über seinen Handrücken zu streicheln, sodass er nur ein paar unzusammenhängende Sätze über eine Biogasanlage herausbrachte.

»Erneuerbare Energien, wie nett«, spöttelte sie. »Aber Sie haben recht, das muss man unterstützen. Ich werde mal sehen, ob ich da nicht auch ein wenig Geld lockermachen kann.«

Arnold schluckte und fragte sich ernsthaft, ob ihm irgendwer irgendwas in seine Drinks geschüttet hatte. Er bekam hier gerade alles auf dem Silbertablett serviert, die Frau, das Geld – und konnte sich partout nicht darauf konzentrieren, den charmanten Verführer zu geben.

Zum Glück schien das heute nicht nötig zu sein. Lysande legte sanft eine Hand auf seine Schulter, zog ihn so ein wenig zu sich heran und flüsterte ihm ins Ohr:

»Wie lange willst du eigentlich noch auf dieser schrecklich öden Veranstaltung bleiben?«

***

Als sich sein Handy mit ›Freunde‹ meldete, saß Joe zwar bereits wieder in seinem Wagen, doch er dachte natürlich nicht im Traum daran, den Anruf entgegenzunehmen oder Arnold gar abzuholen. Schließlich war das auch zum besten seines alten Freundes. Der Einbrecher hatte den Computer, und wenn Joe nicht schleunigst etwas unternahm, stellte der weiß der Kuckuck was damit an.

Könnte ihm eigentlich egal sein. Marion kannte er ja gar nicht, und Arnold hatte ihn in den letzten Wochen mehr als mies behandelt.

Nur, dass es vermutlich Joes Schuld war, dass Arnold und Marion erst in diese missliche Lage geraten waren.

Eine verdammt beschissene Vorstellung! Aber das kam eben davon, wenn man alte Freunde ausspionierte. Bloß, was hätte er stattdessen tun sollen? Köppen enttäuschen, nach allem, was der für ihn getan hatte? Joe konnte einfach den Punkt in seinem Leben nicht finden, an dem er hätte anderes handeln müssen, damit es erst gar nicht so weit kam. Nachdem er den Auftrag erst akzeptiert hatte, hatte die ganze Geschichte irgendwie eine ungesunde Eigendynamik angenommen. Aber wo immer sein Fehler lag, den sollten nicht andere ausbaden müssen.

Und er selbst war genug damit gestraft, dass Freddy nun in den Armen eines anderen lag.

Freddy. Er war ja nicht dazu gekommen, den Computer komplett zu durchsuchen. Was mochte Arnold auf seinem PC über Freddy gespeichert haben, womit der Einbrecher ihr nun schaden könnte?

Ja, er war furchtbar enttäuscht von ihr. Aber es war ja nicht ihre Schuld, wenn sie sich einfach nicht so sehr in ihn verliebt hatte wie umgekehrt. Auch wenn es verdammt wehtat. Trotzdem wollte er auch ihr helfen.

In Gedanken ging Joe seine Optionen durch. Zwar war er nicht mehr der schwächliche Knirps von einst, dennoch würde er in einer körperlichen Auseinandersetzung wohl den Kürzeren ziehen. Er hatte es einfach nicht so mit Gewalt. Wenn er Arnold und Heiko an seiner Seite hätte, sähe es anders aus, aber bis er Ersteren aus Freddys Armen befreit und dann beiden alles erklärt hatte, war es vielleicht schon zu spät.

Nein, es auf digitalem Weg zu versuchen, war besser. Die Erfolgsaussichten waren zwar auch nicht optimal, aber immerhin hatte Joe den Vorteil, dass er wusste, wo er suchen musste – und der Einbrecher hatte nicht die geringste Ahnung, dass ihm bereits jemand auf den Fersen war.

SHOWDOWN

Sanft umschloss Arnold eine von Lysandes Brüsten und lieb-
koste mit seinen Fingerspitzen ihre Brustwarze, in der Hoffnung, sie damit nicht nur aufzuwecken, sondern gleich auch
für eine weitere Runde Sex zu begeistern.

Im Leben wäre er ja nicht darauf gekommen, dass ihr Busen
echt war. Auch sonst schien ihr wunderbarer Körper ein
Geschenk der Natur zu sein, und zum wiederholten Male
fragte sich Arnold sich, wie alt sie eigentlich wirklich war.
Wenn dieser Konzernchef sie nicht direkt von der Schulbank
weg geheiratet hatte, musste sie doch um einiges älter sein, als
sie aussah. Wie sie das wohl machte?

Etwas anderes hatte ihn jedoch weit mehr überrascht. So,
wie Arnold Lysande kennengelernt hatte, war er eigentlich
davon ausgegangen, dass sie auch im Bett unter allen

Umständen die Kontrolle behalten wollte. Weit gefehlt. Ein leidenschaftlicher Kuss, mehr war nicht nötig gewesen, um sie in seinen Armen ganz weich werden zu lassen. Voller Ekstase hatte sie sich ihm dann hingegeben.

Er war ja nicht gerade anspruchsvoll bei der Wahl seiner Bettgefährtinnen – in der Regel kam er dennoch auf seine Kosten. Aber so geil wie mit Lysande war es lange nicht gewesen, dagegen verblasste sogar die Erinnerung an Susi.

Wie klug von ihm, die langweilige Frederika in ein Taxi zu setzen!

Die Erinnerung an Joes Mädel dämpfte seine Laune etwas. Irgendwie hatte er nun noch weniger Lust als zuvor, die Kleine zu verführen. Aber vielleicht war das ja gar nicht mehr nötig? Gestern Abend hatte er seinen Chauffeur ganz schön verflucht, als der nicht dienstbeflissen den Rolls vorgefahren hatte, sondern einfach irgendwo abgetaucht war. Aber vielleicht war das gar nicht so schlecht – es reichte ja, dass Joe *glaubte*, er hätte die Nacht mit Frederika verbracht, er musste gar nicht mehr mit ihr ins Bett steigen.

Lysande neben ihm regte sich träge.

»Du kannst doch nicht schon wieder«, murmelte sie schlaftrunken, presste jedoch äußerst verführerisch ihren festen Po an seinen Schoß.

Was völlig genügte, um seinen Schwanz endgültig in Habachtstellung zu bringen. Arnold kreiste die Hüften, um ihr zu zeigen, dass er durchaus in der Lage war, sie erneut zu beglücken.

»Darauf kannst du wetten, Liebes«, raunte er dabei in ihr Ohr.

Sie stöhnte, und seine Finger wanderten zwischen ihre Beine. Sie war heiß und nass und mehr als bereit für ihn. Er drehte sie auf den Bauch, knabberte ein wenig an ihren strammen Pobacken, während ihr Atem immer schneller ging. Dann kniete sich hinter sie und genoss einen Moment lang den Anblick, ehe er sich ein Kondom überstreifte.

»Du bist einfach der Wahnsinn!«, keuchte er, spreizte sanft ihre Beine und drang in sie ein.

»O Gott!«, stöhnte Lysande, was ihn nur noch mehr beflügelte.

O ja, er wollte ihr Gott sein, sie direkt bis ins Paradies vögeln. Und er würde wetten, dass sie beide innerhalb kürzester Zeit genau da landeten!

***

Ihr Kopf stand kurz davor, zu explodieren. *Mach doch*, dachte Freddy, *dann ist es wenigstens vorbei.* Selbst in ihrem desolaten

Zustand ahnte sie irgendwie, dass alles nur noch schlimmer wurde, wenn sie erst wieder ganz zu sich kam.

Doch ihr Kopf tat ihr den Gefallen nicht, und so öffnete sie irgendwann doch wieder die Augen. Sie lag auf ihrem Bett, wenigstens etwas. Aber warum trug sie das reichlich zerknautschte Abendkleid?

Wie sie es schon befürchtet hatte, kehrte ihr Gedächtnis langsam zurück, und es waren keine schönen Erinnerungen, die sie nun heimsuchten.

Arnold. Die bescheuerte Vernissage und diese Frau im roten Kleid. Ein schrecklicher Abend, aber nichts im Vergleich zu dem, was zuvor passiert war.

Joe.

Joe liebte sie nicht. Hatte sie nie geliebt. Dabei wäre es ihr nach ihrer gemeinsamen Nacht scheißegal gewesen, ob er nun der abgebrannte Chauffeur oder der reiche Computerspezialist war, ob er plante, einen festen Job anzunehmen oder doch den Roadtrip durch Australien im Auge hatte – ganz egal, wenn er dabei nur mit ihr zusammen sein wollte.

Aber womöglich hatte diese Beziehung nie eine Chance gehabt. Wanda hatte schon recht: Welcher Mann wollte denn eine Frau, die eine Anzeige mit dem Wortlaut ›Aschenputtel sucht Millionär‹ aufgab? Joe musste doch denken, dass sie sich nur mit ihm eingelassen hatte, weil herausgekommen war, dass er eben doch kein armer Schlucker war. An ihrem Unglück war sie ganz allein selber schuld.

Selbst die Chance auf ein klärendes Gespräch mit Joe hatte sie vertan, indem sie schon am Abend nach ihrer gemeinsamen Nacht mit Arnold ausgegangen war.

Freddy schniefte, quälte sich aus dem Bett und riss sich das Kleid vom Leib. Nie wieder wollte sie das anziehen!

Stattdessen schlüpfte sie in ihr Mickey-Mouse-Shirt und die alten Leggins, wankte ins Bad und dann in die Küche.

Dort musste sie feststellen, dass irgendwer – wahrscheinlich Wanda, oder war Valentina schon zurück? – den riesigen Blumenstrauß in einen Putzeimer gesteckt und diesen sehr kreativ mir einer alten Zeitung und etwas Geschenkband in eine Vase verwandelt hatte. Freddy lächelte wehmütig, doch als ihr einfiel, dass Joe ihr die Blumen überreicht hatte, und dass sie Joe – nachdem der Deal mit Arnold nun auch erledigt war – nie, nie wiedersehen würde, brach sie endgültig in Tränen aus.

Freddy schluchzte immer noch heftig, als Wanda kurz darauf in die Küche kam. Die warf nur einen Blick auf das Häufchen Elend am Küchentisch und setzte erst mal einen Topf mit Milch auf den Herd. Als die Milch warm war, gab Wanda großzügig Zucker, Schokolade und Sahne hinzu, rührte alles um, goss das Gebräu in einen Becher und schob diesen Freddy hin.

»Und jetzt raus damit: Was ist los?«, sagte Wanda nur.

»Es ist schon wieder aus mit Joe«, schniefte Freddy.

»Der Chauffeur?«

»Jaaaa! Ich habe mich so in ihn verliebt, aber er will mich nicht! Wie du es gesagt hast, keiner will mich, der diese Anzeige gelesen hat! Das tut so weh!!«

»Jetzt mal von vorne, ich glaube nämlich, ich habe irgendwas verpasst. Wolltet ihr nicht warten, bis ihr das alles geklärt habt und dann noch mal von vorne anfangen?«

»Jaha. Aber dann hat er mich von der Arbeit abgeholt …«

Freddy gab Wanda nur einen kurzen Abriss ihrer gemeinsamen Nacht mit Joe, zu sehr schmerzte es, sich an die Details zu erinnern. Dafür erklärte sie ausführlich, wie Joe ohne ein Wort verschwunden war und wie Arnold sie unabsichtlich darüber aufgeklärt hatte, was Joe über sie dachte.

Eine steile Falte erschien auf Wandas Stirn.

»Was sagt denn Joe zu dieser Anschuldigung?«, fragte sie misstrauisch.

»Ja, nix, was soll er schon dazu sagen?«

»Jetzt sag du aber nicht, dass du ihn nicht darauf angesprochen hast?«

»Was hätte denn das bringen sollen, die Fakten sind doch eindeutig, oder?«

»Ihr habt nicht mehr miteinander geredet?«

»Nein, wann denn? Ich bin doch mit Arnold auf dieser Vernissage …«

Freddy hielt inne und dachte darüber nach, was Wanda da andeutete.

»Du meinst, nur weil Arnold schlecht über Joe gesprochen hat, muss das nicht stimmen?«

»Genau! Obwohl, ein bisschen komisch ist das ja schon, dass dein Joe sich gar nicht mehr bei dir gemeldet hat …«

Freddy wurde rot.

»Hat er ja versucht, aber ich bin nicht mehr drangegangen«, nuschelte sie.

Wanda schüttelte bloß den Kopf, verzichtete allerdings zu Freddys Erleichterung auf eine Standpauke. In Freddys Kopf ratterte es. Angenommen, Arnold hatte sie wirklich angelogen – war es dann nicht logisch, dass sich Joe so komisch benahm, nachdem sie sich Arnold praktisch an den Hals geworfen hatte. *Scheiße!*

»Was mache ich denn jetzt?«

»Ich würde sagen, du siehst zu, dass du deinen Joe irgendwo auftreibst – vielleicht lässt sich ja noch was retten«, schlug Wanda vor.

Verlegen wählte Freddy die Nummer, mit der Joe versucht hatte, sie zu erreichen, landete jedoch nur bei der Mailbox. Was, wenn nun er keine Lust mehr hatte, ihre Anrufe entgegenzunehmen? Und zufällig würden sie sich in nächster Zeit wohl kaum über den Weg laufen. Allerdings hatte sie gestern etwas anderes erfahren, nämlich das Arnold in ›The Seven‹ wohnte.

Wenn sie Glück hatte, traf sie Joe dort an – ansonsten musste sie eben Arnold dazu zwingen, ihr die ein oder andere Erklärung zu liefern!

Entschlossen trank Freddy den Rest ihrer heißen Schokolade aus und stand auf. Höchste Zeit, auch das letzte noch ungetragene Outfit auszuführen!

***

»Musst du wirklich schon gehen?«, flüsterte Arnold Lysande ins Ohr, und zog sie noch mal in seine Arme. Irgendwie wollte er sich gar nicht von ihr trennen.

»Ich will ja eigentlich auch noch nicht gehen – aber ich muss heute einiges erledigen, und davor muss ich mich noch ein wenig frisch machen.«

»Mein Bad ist mit allem ausgestattet, was das Herz begehrt«, raunte er. »Ich leiste dir in der Dusche auch sehr gerne Gesellschaft!«

Spielerisch drohte Lysande ihm mit dem Finger.

»Du hast doch nicht etwa auch einen Slip für mich in deinem Bad, als Ersatz für den, den du zerrissen hast?«

Das musste er allerdings verneinen, und sie fügte hinzu:

»Außerdem will ich nicht etwa deiner kleinen Freundin in die Arme laufen – inzwischen dürfte sie wohl wieder nüchtern sein.«

»Die werde ich nicht wiedersehen«, erklärte Arnold im Brustton der Überzeugung.

»Im Übrigen möchte ich doch so gerne den Bau dieser Biogasanlage unterstützen. Allerdings muss ich da ein paar andere Papiere abstoßen. Ich will heute noch einige E-Mails schreiben, damit die Sache möglichst schnell ins Rollen kommt.«

An ihre Kohle hatte Arnold gar nicht mehr gedacht. Das war natürlich ein gutes Argument, um sich kurz von ihr zu trennen.

»Wir können heute Abend zusammen essen gehen«, schlug sie vor.

»Wenn du die Vorspeise bist – dann bin ich sofort dabei!«

»Ich sage dir noch Bescheid, wann du mich abholen kannst.«

Lysande war wieder ganz die kühle, beherrschte Blondine, doch so wollte Arnold sie nicht davonkommen lassen. Er packte sie an den Hüften, zog sie heftig an sich und eroberte ihren Mund mit einem leidenschaftlichen Kuss.

Sofort gab sie nach und schmiegte sich an ihn. Lächelnd gab Arnold sie frei und schob sie zur Tür hinaus.

Mann, lief das gut!

Obwohl er sich an diesem Morgen ganz seltsam fühlte, einerseits euphorisch, doch kaum war Lysande zur Tür hinaus, stellte sich auch eine ungewohnte Leere in seinem Inneren ein. Eine Gefühlsregung, die er so noch nie bei sich beobachtet hatte. War doch alles wie immer gewesen, eine tolle Frau, eine heiße Nacht – vielleicht wurde er ja krank? Irgendwas stimmte da doch nicht.

Das Telefon riss ihn aus seinen Gedanken. Der Concierge! Wie kam das denn, dass der mal jemanden ankündigte? Sicher Lysande, die sich die Sache mit der Dusche doch noch mal überlegt hatte! Strahlend nahm er den Anruf an.

»Herr Völkel, entschuldigen Sie bitte die Störung, aber hier steht ein Mann namens Heiko Braun und behauptet, er sei mit Ihnen befreundet …«

Heiko?! Das Strahlen in Arnolds Gesicht fiel zusammen. War ja schön, dass der Portier ihm keinen derartig finsteren Gesellen ungefragt auf den Hals hetzte – aber was zum Teufel wollte sein Kumpel um die Zeit hier?!

***

Die Buchstaben verschwammen zum wiederholten Male vor Joes Augen. Er blinzelte kräftig und griff nach seiner Kaffeetasse. Nach zwei Schlucken des viel zu starken Gebräus sah er wieder klarer, und damit wurde auch offensichtlich, dass sich die Stunden ohne Schlaf gelohnt hatten: Sein Gegner war vorübergehend außer Gefecht gesetzt.

Ein wenig ärgerte sich Joe ja schon darüber, dass sich der andere nicht ebenfalls die Nacht um die Ohren geschlagen hatte. Stattdessen hatte er, wie Joe nun sehen konnte, eine Netzwerkkarte in den erbeuteten PC gesteckt und mittels eines Programms aus dem Dark Net einen Algorithmus gestartet, der ihm Zugang zu diesem Computer verschaffen sollte. Dann hatte er sich offenbar ins Bett gelegt, jedenfalls konnte Joe keinerlei sonstige nächtliche Aktivitäten des Einbrechers feststellen. Nicht zu glauben! Aber er ahnte natürlich auch nicht, dass Joe ihm bereits auf der Spur war.

Der hatte inzwischen sein ganzen Können aufbieten müssen, um trotz Firewall und diversen anderen Sicherheitsmechanismen Zugang zum Netzwerk seines Feindes zu erhalten und einen Virus einzuschleusen. Der sich nun fröhlich damit beschäftigte, sämtliche Daten zu löschen – nachdem er eine Sicherheitskopie an einen Server auf den Cayman Inseln geschickt hatte, dessen Zugangsdaten Joe selbstverständlich kannte.

Seinen Gegner erwartete also ein böses Erwachen. Joe hoffte sehr, dass sich der andere dann zunächst einige Stunden mit dem Versuch aufhalten würde, sein System irgendwie noch zu retten.

Es war natürlich nicht auszuschließen, dass der Einbrecher noch allerlei Daten auf externen Speichermedien besaß, mit denen er Ärger machen konnte – um einen Besuch bei diesem Arschloch kam man also nicht herum. Allerdings dachte Joe nicht daran, das alleine durchzuziehen – irgendwann musste er Arnold sowieso reinen Wein einschenken.

Und je eher er das tat, desto besser für sie alle. Stöhnend stand er auf, streckte sich kurz, dann schnappte er sich die Autoschlüssel und machte sich auf den Weg zu seinem Wagen.

***

Das eiskalte Wasser prasselte auf Arnolds Haut. Entschlossen presste er die Hände mit den schmerzenden Knöcheln an die Wand seiner Dusche und zwang sich dazu, stehen zu bleiben. Wenn er jetzt etwas brauchte, dann einen klaren Kopf!

Erst die Nacht mit Lysande, die ihn auf eine ganz ulkige Idee gebracht hatte. Er könnte auf ihr Geld verzichten. Sich stattdessen einfach nur so mit ihr treffen.

Das war natürlich absurd. Gerade jetzt konnte er schließlich die Kohle verdammt gut gebrauchen, denn er hatte nicht vor, abzuhauen, bevor die Sache mit Marion und dem Erpresser zu einem guten Ende gekommen war. Aber bis sich der blöde Arsch meldete, konnte es ja noch dauern.

Da käme eine Finanzspritze von Lysande gerade recht. Sie drängte ihm das Geld ja auch geradezu auf, wieso widerstrebte es ihm so, es anzunehmen?

Als hätte er daran nicht genug zu knabbern, kam auch noch Heiko hier vorbei und tischte ihm eine völlig absurde Geschichte auf!

Arnold verließ die Dusche, verzichtete aufs Abtrocknen und wickelte sich nur ein Handtuch um die Lenden. Am besten, er zitierte erst mal Joe hierher, er musste dringend mit ihm reden!

Doch bevor er dazu kam, klingelte sein Handy. Lysande! Sofort war Joe vergessen.

»Was ist los, Liebes? Kannst du es nicht mehr erwarten, mich wiederzusehen?«

»Ach Arnold, es ist etwas ganz Schreckliches passiert ...«, schniefte sie.

»Lysande? Was ist los? Hattest du einen Unfall? Soll ich irgendwo hinkommen?«, fragte Arnold alarmiert.

»Nein. Viel schlimmer!«

Schlimmer als ein Unfall?

»Ganz ruhig, Liebes. Bist du verletzt?«

»Neiiiiin.«

»Gut. Das ist sehr gut. Für alles andere wird sich doch eine Lösung finden.«

»Neiiiiin«, schluchzte sie störrisch.

Es kostete Arnold einiges an Geduld, Lysande so weit zu beruhigen, dass sie ihm zumindest sagen konnte, was eigentlich los war.

»Ich wollte doch bei dir investieren«, jammerte sie schließlich. »Deshalb habe ich meine Geldanlagen durchgesehen. Aber da stimmt was nicht!«

»Wie ..., wie meinst du das?« Ein ganz komisches Gefühl beschlich Arnold.

»Ich konnte da immer online zugreifen ... aber des geht nicht mehr ... Und mein Berater, der ist nicht einfach nur nicht zu erreichen, die Telefonnummer ist tot!«

Mehrere Schluchzer folgten, dann wimmerte Lysande:

»Kannst du mir nicht helfen, Arnold?«

Helfen. Ja, klar.

»Ich komme gerade an gar kein Geld heran«, jammerte Lysande.

Ach so?

»Ganz ruhig, Liebes«, sagte er gelassen. »Am besten, du kommst erst mal hierher, ja? Und dann überlegen wir uns gemeinsam, was zu tun ist. So aus der Ferne kann ich das ja gar nicht beurteilen.«

»Ja?«, meinte sie mit einer Mischung aus Hoffnung und Verzweiflung. »Aber ich brauche Geld, um …«

»Aber natürlich, Liebes, das wird sich alles finden. Komm einfach her.«

»Willst du nicht lieber zu mir …?«

»Nein, es ist wirklich besser, wenn du zu mir kommst. Es wird alles gut, versprochen.«

»Okay …«

Immer noch schniefend verabschiedete sich Lysande, und Arnold legte mit einem bitteren Lachen auf. Ja, eigentlich war diese alberne Geschichte wirklich zum Lachen – aber woher kam dann dieser komische Kloß in seinem Hals?

Energisch schluckte er dagegen an und griff erneut nach dem Telefon. Sah so aus, als würde heute an allen Fronten reiner Tisch gemacht – also her mit Joe.

Doch wieder unterbrach das Klingeln des Telefons sein Vorhaben.

»Grüß Gott Herr Völkel, Polizeiinspektion München 42, Unterleitner am Apparat. Wir müssen Ihnen leider mitteilen, dass in Ihrem Büro eingebrochen wurde.«

Wie bitte?! Erlaubte sich da jemand einen absurden Scherz, oder war dies etwa einer jener Tage, an dem wirklich alles zusammen kam?

***

Der Concierge kannte Joe inzwischen schon, dennoch bestand er darauf, ihn bei Arnold anzumelden. Ein Ansinnen, das bei Arnold jedoch offenbar auf wenig Gegenliebe stieß, die Gesprächseröffnung ›Was soll der Scheiß, ist das vielleicht ein verdammter Taubenschlag hier?!‹ wurden dem armen Mann so laut entgegengeschleudert, dass sogar Joe sie hören konnte.

»Herr Völkel erwartet sie«, teilte ihm der Portier dennoch nur Sekunden später mit, und Joe bestieg den Aufzug.

Eigentlich fühlte er sich noch gar nicht bereit für das anstehende Gespräch. Mal wieder erwischte er sich dabei, wie er über die Narbe an seinem Arm strich. Allerdings konnte er ja heute darauf hoffen, dass Arnold seinen Zorn auf den anderen Einbrecher richtete – sofern Joe dazu kam, ihm alles zu erklären.

Die Tür zu Arnolds Wohnung stand auf.

»Immer rein!«, tönte die Stimme seines Freundes.

Er klang ziemlich angefressen. Joe erwischte sich dabei, wie er nach Anzeichen Ausschau hielt, dass Freddy hier gewesen war, doch er entdeckte nichts. Ob Arnolds miese Laune daher rührte, dass er sie nicht herumgekriegt hatte? Aber darauf konnte er heute keine Rücksicht nehmen! Er fand seinen alten Freund in der Küche vor, nachlässig in Jeans und T-Shirt gekleidet, vor sich einen gut gefüllten Cognacschwenker.

»Arnold, wir müssen reden.«

»Allerdings«, entgegnete der grimmig.

Joe versicherte sich rasch noch einmal, dass Arnold keine scharfen Gegenstände in der Hand hatte, dann platzte er heraus:

»Ich bin in dein Büro eingebrochen.«

Zu seiner Überraschung lachte sein alter Freund, laut und schallend.

»*Du* warst das? Ich glaub's jetzt nicht! Mann, ich habe mir echt Sorgen gemacht, dass da was in die falschen Hände geraten sein könnte. Aber sag' mal, musstest du gleich die ganze

Tür zerdeppern? Habe ich dir in all den Jahren denn rein gar nichts beigebracht?«

»Das war ich nicht!«

Arnolds Augen verengten sich.

»Hör mal, keine Spielchen, okay? Dafür fehlt mir heute echt die Geduld! Bist du nun eingebrochen, ja oder nein?«

»Ja, bin ich«, meinte Joe beschwichtigend. »Aber nach mir kam noch ein Kerl, der die Tür kaputt gemacht und deinen Computer gestohlen hat.«

»Scheiße! Wieso hast'n den entwischen lassen?! Du hättest ihm eins überbraten müssen!«

»Ich weiß ja, wer's war. Sein technisches Equipment habe ich erst mal unschädlich gemacht – aber wir müssen ihm trotzdem einen Besuch abstatten, wer weiß, was er noch hat.«

Arnold war anzusehen, dass er so schnell nicht mitkam.

»Was soll das denn heißen, Münchens Einbrecher verabreden sich ausgerechnet letzte Nacht in meinem Büro, oder wie? Und weil du die ja alle so gut kennst, weißt du natürlich auch, bei wem wir nach meinem PC suchen müssen?«

»Ganz so war das nicht«, meinte Joe vorsichtig.

»Da bin ich aber jetzt mal gespannt!«

»Ich erzähle dir alles. Und natürlich habe ich die Adresse von dem Kerl. Aber die gibt es nicht umsonst.«

Joe machte vorsichtshalber einen Schritt zurück, doch Arnold schien nicht die Absicht zu haben, gewalttätig zu werden.

»Lass hören.«

»Ich sage nur ›Biogasanlage in Mautersham‹. Ich glaube, du weißt, wovon ich spreche. Mach, was du willst – aber halte Freddy da raus!«

»Frederika also«, meinte Arnold leicht spöttisch. »Sag mal, ist dir eigentlich gar nicht aufgefallen, dass sich die Kleine gestern an mich rangehängt hat?«

Joe schluckte schwer. Kämpfte gegen den Schmerz an, den diese Bemerkung ihm bereitete.

»Na und? Ist meine Sache, oder? Also: Bist du an der ganzen Geschichte interessiert, ja oder nein?«

»Da kannst du deinen Arsch drauf verwetten«, sagte Arnold. »Und was Frederika angeht …«

In diesem Augenblick öffnete sich die Tür zu Arnold Schlafzimmer und heraus kam – Freddy!

Einen Moment lang starre Joe sie sprachlos an.

Sie trug eines der Ensembles, die sie gemeinsam ausgesucht hatten: den Bleistiftrock mit den mörderischen High Heels. Dabei sah sie genauso umwerfend aus, wie er sie in Erinnerung hatte. Einzig die blasse Gesichtsfarbe harmonisierte nicht so ganz mit ihrem tollen Outfit. Das Schweigen zog sich hin.

»Kurze Nacht gehabt, wie?«, meinte Joe schließlich bissig. »Da hat sich die Shoppingtour ja doch noch gelohnt.«

Er *wollte* sie verletzten, so wie es ihn verletzte, sie hier zu sehen.

»Das sagt der Richtige. Wer hat mich denn schnöde abserviert?«

»Wie kommst du darauf? Vielleicht hätte die Prinzessin mal ihre Anrufe entgegennehmen sollen, hm?«

»Nachdem ich erfahren musste …«

»Also, jetzt beruhigen wir uns alle mal«, unterbrach Arnold die Streithähne rasch. »Joe, Frederika hat die Nacht in ihrem Bett verbracht, wenn dich das beruhigt. Außerdem ist sie nur hier, um dich zu suchen.«

Er wandte sich an Freddy.

»Joe hat keine dummen Bemerkungen über dich gemacht, das sagte ich doch bereits.«

Was für Bemerkungen? Verständnislos sah Joe zwischen Arnold und Freddy hin und her.

»Nachdem das geklärt ist, können wir vielleicht mal wieder zum Thema kommen!«, schlug Arnold vor.

Doch Joe hatte nur noch Augen für Freddy, die ihn groß ansah und flüsterte: »Warum willst du mir helfen, obwohl du dachtest, ich hätte was mit Arnold?«

»Kannst du dir das nicht denken?«

»Ich denke scheinbar in letzter Zeit häufig in die falsche Richtung.«

»Dann muss ich wohl deutlicher werden.« Joe nähert sich ihr, bis er direkt vor ihr stand. »Weil ich dich liebe!«

***

Arnold verdrehte genervt die Augen. Als ob es im Moment nichts Wichtigeres gäbe, als Liebeserklärungen loszulassen. Er brauchte diese Adresse! Aber da war etwas – konnte das ein schlechtes Gewissen sein? –, dass ihn dazu bewog, kurz abzuwarten, bis die beiden mit einem langen Kuss ihre Bereitschaft zur Versöhnung besiegelt hatten.

Ein verflucht langer Kuss war das! Doch nicht so langweilig, wie er gedacht hatte, diese Frederika!

»Jetzt ist aber dann mal gut«, unterbrach er die beiden schließlich energisch. »Wenn du deine Freundin nicht demnächst im Knast besuchen willst, solltest du mal langsam mit der Sprache rausrücken!«

Frederika sah ihn erschrocken an, doch Joe tätschelte ihr beruhigend den Rücken. »Das wird nicht passieren«, raunte er dabei.

Wie süß!

Doch dann sah Joe ihn endlich fest an und erklärte:

»Ich arbeite mit einem Anwalt zusammen, Tobias Köppen, und der hat mich beauftragt, deine Geschäfte unter die Lupe zu nehmen.«

Arnold machte eine wegwerfende Handbewegung. Joe wollte doch nicht bei Adam und Eva anfangen? Er brauchte die Adresse!

»Weiß ich. Dachtest du echt, dein kleines Manöver mit Susi fällt nicht auf? Du bist ein Schnüffler und ein Hacker, war mir von Anfang an klar.«

Joe sah ihn ehrlich überrascht an, und Arnold konnte es sich nicht verkneifen, hinzuzufügen: »Ich bin der bessere Mann von uns beiden, schon vergessen?!«

Joe zog eine Grimasse, fuhr jedoch fort.

»War allerdings kaum alleine zu schaffen, du hast mich ja ständig auf Trab gehalten. Also habe ich einen Bekannten von mir – Silas – beauftragt, ein bisschen in deiner Vergangenheit herumzustöbern.«

»Auch ein Hacker?!«

Joe nickte.

»Ist nicht viel bei rumgekommen, den Coup mit der Biogasanlage habe ich alleine aufgedeckt. Kam mir erst gar nicht komisch vor, dass Silas so schlecht recherchiert, bis ich gestern in dein Büro eingestiegen bin und ein paar Fotos von deiner Marion gefunden habe. Hat mir immer noch nichts gesagt, bis da noch jemand auftaucht und ausgerechnet deinen ollen Computer klaut. Es war der gleiche Mann wie auf den Fotos, aber nicht nur das. Ich kenne ihn. Es war …«

»… dieser Silas!«

Joe nickte.

»Richtig. Ich fürchte, durch meinen Auftrag ist er auch auf Marion gestoßen – und hat scheinbar etwas in ihr gesehen, dass sich leicht zu Geld machen ließ.«

»Und er wusste von der Verdingung zwischen Marion und mir!« Na toll, kein Wunder, dass der Kerl ihm nach dem Treffen mit Ruth entwischen konnte. Sicher hatte er Arnold erkannt.

Joe hatte Frederika inzwischen losgelassen, war einen Schritt auf ihn zugekommen und straffte die Schultern. Du lieber Himmel, rechnete er etwa damit, dass er ihm eine reinhauen würde? Aber wenn er ehrlich war – das hätte durchaus passieren können, wenn er sich heute nicht schon abreagiert hätte.

Als sich Arnold nicht rührte, fuhr Joe fort:

»Wie gesagt, ich habe seine Systeme erst mal lahmgelegt, trotzdem sollten wir da noch vorbeischauen. Vielleicht zusammen mit Heiko?«

Arnold räusperte sich.

»Ich fürchte, Heiko ist heute etwas indisponiert. Aber keine Sorge, ich kenne ein paar Typen, die erledigen dieses Problemchen für uns. *Ich brauche nur die Adresse!*«

Joe gab sie ihm endlich, und Arnold organisierte rasch einen kleinen Schlägertrupp. Die Zeit nutzte sein alter Freund, um Frederika einige Erklärungen ins Ohr zu flüstern, garniert mit kleinen Küssen. Aber das Mädel schien die Neuigkeiten ganz gut wegzustecken, so lange das bedeutete, dass Joe sich wirklich in sie verliebt hatte.

Wie süß!

»Sag mal, wir sind uns doch einig, was diese Biogasanlage angeht? Du bist heute verdächtig entgegenkommend! Und was meintest du mit ›Heiko ist indisponiert‹?«, fragte Joe, nachdem Arnold seine Telefonate erledigt hatte.

Doch kein so schlechter Schnüffler, sein Kumpel.

»Tja, stell dir vor, kommt der Heiko doch heute bei mir vorbei und labert da was von Luisa, dir, unserem Bruch und den Bullen …«

»Wie bitte?«, krächzte Joe erschrocken.

»Hat ihn wohl mächtig beeindruckt, dass du dich entschuldigt und ihm auch noch ein paar Aufträge vermittelt hast«, spottete Arnold.

»Wo …, wo ist Heiko jetzt?«, fragte Joe heiser.

Arnold winkte ab.

»Keine Panik, altes Haus. Der ist auf seinen eigenen Beinen hier wieder rausmarschiert.«

Humpelnd und ziemlich ramponiert, aber wenn ihn nicht alles täuschte, sah Frederika noch blasser aus als zuvor, da sparte er sich die Details lieber. Joe sah ihn ebenfalls ganz komisch an.

»Hej, tut mir leid. Ich dachte, du warst der Verräter«, sagte Arnold.

»Ich hätte damals nicht einfach verschwinden sollen«, entgegnete Joe. »Dann wärst du erst gar nicht auf diesen Gedanken gekommen.«

Etwas ratlos sahen sie sich an.

»Ist ein bisschen zu spät für einen Neuanfang, oder?«

»Ich gehöre jetzt zu den Guten«, sagte Joe.

Ein ziemlich dehnbarer Begriff, wenn man bedachte, mit welchen Mitteln Joe seine Aufträge erledigte, dachte Arnold.

»Tja …«, meinte er verlegen.

»Ich glaube, ich möchte jetzt nach Hause«, meldete sich Frederika zu Wort, und Arnold war eigentlich ganz froh, dass Joe ihr zustimmte.

»Ich betrachte deine Wettschulden als erledigt«, sagte er und reichte Joe seine Hand.

Auf Frederika ging er nicht weiter ein – Joe hatte die ganze Nacht Zeit gehabt, und sich sicher genug Material beschafft, mit dem er ihm Ärger machen konnte, wenn er die Kleine nicht vom Haken ließ. Jedenfalls wäre er verdammt enttäuscht von seinem Freund, wenn dem nicht so wäre.

Joe ergriff seine Hand und drückte sie kräftig.

»Alles Gute, Arnold«, sagt er nur, dann legte er Frederika erneut den Arm um die Schultern und führte sie hinaus.

Keinen Augenblick zu früh, denn erneut wurde ihm ein Besucher angekündigt.

***

Lysande fühlte nicht ganz wohl bei dem Gedanken, dass Arnold darauf bestand, dass sie zu ihm kam. Warum hatte sie denn dann diese sauteure Suite im ›Bayerischen Hof‹ angemietet?! Fast 3000 Euro kostete sie der Spaß – pro Nacht!

Außerdem hatte sie dort alles perfekt vorbereitet, um Arnold auch zeigen zu können, dass sie im Moment gar kein

Geld hatte – und wie viel Kohle zur Verfügung stünde, wenn er ihr nur erst mal aus dieser dummen, misslichen Lage half.

Andererseits war sie sich sicher, dass sie ihn doch noch dort hinlocken konnte – wenn es sein musste mit der Aussicht auf Sex in der von einem französischen Designer entworfenen Badewanne.

Ihr selbst war die Aussicht auf so ein Stelldichein ebenfalls nicht unangenehm. Komisch eigentlich – aber ausgerechnet bei diesem neureichen Jungspund, den sie für einen Angeber, der im Bett nicht viel zustande bringen würde, gehalten hatte, musste sie sich seit Langem mal wieder überhaupt nicht verstellen. Ganz im Gegenteil, allein die letzte Nacht war es schon wert, dass sie letztendlich Arnold als Opfer auserkoren hatte.

Sie erreichte das Luxushochhaus, in dem ihr junger Finanzberater logierte und ließ sich ordnungsgemäß ankündigen. Im Lift sorgte sie mithilfe eines Mentholstiftes aus dem Fundus eines befreundeten Maskenbildners für den passenden Tränenfluss, und fühlte sich somit ausreichend vorbereitet, um Arnold gegenüberzutreten.

Er erwartete sie bereits im Flur.

»Liebes – du weinst ja!«

Eifrig begann Arnold, ihr die Tränen wegzuküssen. Scheinbar verlegen drehte Lysande den Kopf weg – nicht nötig, dass er sich fragte, weshalb ihre Tränen nach Menthol schmeckten.

Stattdessen begann er damit, ihren Hals zu küssen, dann flüsterte er ihr ins Ohr:

»Alles wird gut, Liebes!«

Lysande war geneigt, dem zuzustimmen, da in diesem Moment eine seiner riesigen und doch so sanften Hände ihre Brust umschloss. Oh, verdammt, wie machte er das nur? Sofort stand sie wieder in Flammen. Sie wollte ihn. Aber war das überhaupt passend, da sie doch angeblich gerade einen herben finanziellen Verlust erlitten hatte? Sollte sie nicht darauf bestehen, dass sie *redeten*?

Doch an Reden war nicht zu denken, das wurde ihr schnell klar, als er eine Hand unter ihre Bluse schob. Sie stöhnte, drehte den Kopf wieder zu ihm. Arnold lächelte sie an. Irgendwas war seltsam an diesem Lächeln, aber Lysande kam nicht darauf, was es sein könnte.

Sie musste später darüber nachdenken. Denn just in dem Moment schob er mit der anderen Hand ihren Rock hoch und zerriss schon wieder ihren Slip. Lysande keuchte auf, schlang ihre Arme um seinen Hals und küsste ihn. Was er ganz richtig als Einladung interpretierte, seine Hose zu öffnen. Er drängte sie an die Wand, sie schlang ein Bein um seine Hüften, dann spürte sie ihn auch schon in sich.

Oh, verdammt, war das gut. Aber warum hörte er auf?

»Ich will dich!«, wimmerte sie sehnsüchtig.

»Ich will dich auch«, raunte er in ihr Ohr. »Und deshalb werde ich auch gnädig sein und dir verraten, wo dein Fehler lag.«

»Was?!«

Erschrocken riss Lysande die Augen auf und starrte ihn an. Jetzt sah sie auch, was mit seinem Lächeln nicht stimmte – es war viel zu selbstzufrieden. Grinsend ließ er seine Hüften kreisen und entlockte ihr damit völlig unpassend ein lautes Stöhnen.

»Nachlässige Recherche«, erklärte er zuvorkommend, zog sich ein wenig zurück, um dann noch tiefer in sie einzudringen. »Also pass gut auf – du lernst vom Besten!«

EPILOG

Hören Sie auf ihr Herz.

Begeistert las Freddy ihr Horoskop vor.

»Was glaubst du wohl, was mein Herz mir sagt?«, fragte sie schelmisch.

Joe zog nur eine Augenbraue hoch.

»Das wir heute einen Ausflug machen«, schlug er vor.

Die ersten Bäume färbten sich draußen schon bunt, doch die Herbstsonne stand strahlend auf einem wolkenlosen Himmel.

»Cool. Wo soll's denn hingehen?«

»Überraschung«, sagte Joe.

Das ging natürlich gar nicht! Doch so sehr sie sich auch bemühte, Joe wollte nicht damit herausrücken, was er vorhatte.

»Kloster Andechs«, riet sie, als Joe seinen Wagen auf die Lindauer Autobahn lenkte, doch der schüttelte nur lächelnd den Kopf.

»Der Allgäu Skyline Park?«, schlug sie als Nächstes vor, doch Joe meinte nur:

»Den heben wir uns noch ein bisschen auf.«

Was meinte er denn damit?

»Wörthsee«, startete Freddy einen neuen Versuch, nicht ganz abwegig, da Joe seinen Wagen in diesem Moment an der gleichnamigen Ausfahrt von der Autobahn lenkte.

Er wiegte den Kopf ein wenig hin und her, ließ sich jedoch nicht weiter darüber aus, was sie dort wollten.

»Ein Spaziergang? Ein nettes Café?«

»Also gut: ein Café.«

Hm. Das kam Freddy nun auch wieder komisch vor. Warum rückte er plötzlich mit der Sprache heraus, nachdem sie die ganze Zeit erfolglos nachgefragt hatte? Und dann dieses freche Grinsen – da stimmte doch was nicht!

Joe fuhr derweil durch Steinebach hindurch und gelangte so auf eine Straße, die um den See herumführte. Freddy gab die Fragerei auf und genoss stattdessen die wunderschöne Landschaft, als Joe mit einem Mal den Blinker setzte und links abbog.

Sie hielten vor einem historischen Bauernhaus in einem reichlich verwilderten Garten. Das Haus selbst hatte wohl schon bessere Tage gesehen, dennoch strahlte es einen gewissen Charme aus. Und die Lage war natürlich traumhaft, auch wenn es nicht direkt am See lag, so müsste man von der großen Terrasse jedoch einen tollen Blick auf diesen haben.

»Was machen wir hier?«

»Steigen wir aus«, schlug Joe vor.

»Immer diese Geheimniskrämerei!«, maulte Freddy zum Spaß. »Das kommt davon, wenn man sich mit einem Spion einlässt …«

Sie verstummte. Denn beim Aussteigen trat sie aus Versehen auf ein Stück altes Holz. Freddy wollte es schon wegkicken, als ihr auffiel, dass es nicht einfach nur um ein Holzstück handelte – sondern ein altes Schild. ›Café‹ stand darauf. Sie sah sich um und stellte fest, dass die riesige Terrasse, die Parkplätze und der große Eingang nicht so recht zu einem normalen Bauernhaus passten. Anklagend hielt sie das Schild hoch.

»Joe Stabenow, was hat das zu bedeuten?!«

»Ich sagte doch, wir fahren zu einem Café. Die Eröffnung wird allerdings noch ein wenig auf sich warten lassen.«

Er umrundete den Wagen, stellte sich neben sie und legte einen Arm um ihre Schultern.

»Es ist schon eine Weile geschlossen und deshalb ein wenig heruntergekommen, aber ich glaube, man könnte ein echtes Schmuckstück daraus machen. Und mit dem richtigen Konzept werden auch die Besucher nicht mehr lange auf sich warten lassen.«

Freddy schluckte.

»Man … kann es pachten?«

»Nein.«

Ja, was machten sie dann hier?

»Man kann es kaufen.«

»Wie bitte?«, krächzte Freddy. »Das muss doch sauteuer sein – das große Haus, der Garten, diese Lage – und dann noch die Renovierung! Spinnst du. So viel Geld hast du nicht.«

»Nein«, gab Joe zu. »Aber ich kenne eine sehr kompetente Bankerin, sie heißt Andrea Leininger. Meine Sicherheiten gefallen ihr.«

»Du …, du willst hier ein Café eröffnen?!«

»Schon wieder falsch geraten«, sagte Joe und lächelte sie liebevoll an. »DU kannst hier ein Café eröffnen. ICH werde es mir mit meinen Rechnern im Obergeschoß gemütlich machen, und hin und wieder den Umsatz ein wenig ankurbeln.«

»Aber das geht doch nicht so einfach.«

»Da hast du ausnahmsweise mal recht. Frau Leiniger hätte gerne ein Betriebskonzept von dir.«

»So meinte ich das doch nicht. Aber wenn du mit mir zusammenziehen willst, solltest du mich da nicht fragen?«

»Was tue ich denn gerade?«, meinte Joe und sah ihr tief in die Augen. »Ich will dich ganz viel fragen …«

Freddy rückte näher an ihn heran, doch in diesem Augenblick bremste auf der Straße ein 5er BMW mit quietschenden Reifen ab, bevor er schwungvoll in die Einfahrt zu dem alten Café einbog. Kieselsteine spritzen in alle Richtungen, als der Wagen schließlich genau vor Freddy und Joe zum Stehen kam.

Die Türen flogen auf und Arnold und Lysande stiegen aus.

»Schon mal daran gedacht, dir einen Chauffeur zuzulegen«, grummelte Joe.

Doch Arnold ging gar nicht darauf ein. Er breitet die Arme weit aus, als wollte er sie alle umarmen und schwärmte:

»Ah, ist das herrlich hier. Ich sagte schon beim Frühstück zu Lysande, wenn Joe und Freddy schon mal allein in so wunderbarer Umgebung anzutreffen sind, müssen wir dahin, nicht wahr, Liebes?«

Lysande nickte und sah Arnold verliebt an.

»Schon mal daran gedacht, dass wir nicht ohne Grund hier alleine sein wollen?«, seufzte Joe.

»Jaja«, Arnold winkte ab. »Kommt ein bisschen ungelegen mit dem Heiratsantrag und so … aber Lysande und ich machen uns vom Acker, da wollten wir uns doch wenigstens verabschieden!«

»Heiratsantrag?«, krächzte Freddy, während Joe entnervt fragte:

»Woher weißt du das?«

»Na, wer ist jetzt der bessere Mann von uns beiden?«, grinste Arnold. »Na, wie auch immer. Lysande kann nicht mehr arbeiten.«

Liebevoll legte er einen Arm um die blonde Frau und platzierte die andere Hand auf ihrem Bauch.

»Herzlichen Glückwunsch«, sagten Freddy und Joe unisono, und Lysande strahlte.

Komisch, dachte Freddy, weshalb hat die Frau mir auf dieser Vernissage bloß solche Angst eingejagt? Heute sah sie total nett aus.

Arnold grinste wie ein Honigkuchenpferd.

»Tja, an jenem denkwürdigen Tag, als wir uns alle ausgesprochen haben, hatte ich auch noch eine Kleinigkeit mit Lysande zu klären – dabei ist dann die Verhütung zu kurz gekommen …«

Lysande knuffte ihn in die Seite.

»Unsere bisherigen Berufe sind natürlich für werdende Eltern ziemlich unpassend. Deswegen steigen wir mit einer etwas unfreiwilligen Starthilfe von Ruth und Marion in das Im- und Export-Geschäft in …«

»Ich wills gar nicht wissen!«, stöhnte Joe und hob abwehrend die Hände.

»Na gut. Euch jedenfalls auch alles Gute!«, sagte Arnold, schüttelte Joe kräftig die Hand und gab Freddy einen kleinen Kuss auf die Wange. »Wenn wir das nächste Mal nach Bayern kommen, wollen wir hier einkehren! Klar so weit?«

»Du bist der Boss«, seufzte Joe, und mit geschwellter Brust half Arnold Lysande wieder auf den Beifahrersitz, bevor er sich hinter das Steuer klemmte und in ähnlichem Tempo wie zuvor wieder zurücksetzte.

»Was war das denn?«, fragte Freddy fassungslos.

»Arnolds Vorstellung von einem stilvollen Abgang«, erklärte Joe hilfsbereit.

»Das meinte ich doch nicht!« Sie stemmte die Hände in die Hüften. »Da ist so ein Wort gefallen …«

Joe schluckte hörbar.

»Ich sagte doch, ich will dich was fragen … Ich weiß ja, du hast dir ein bisschen was anderes für die Zukunft vorgestellt … Einen soliden Mann mit einem festen Job … Aber ein fester Job und ich, das passt einfach nicht … Dafür würde ich natürlich schon versuchen, meine Aufträge weitgehend von zu

Hause zu erledigen, aber immer geht das freilich nicht, und dann wärst du alleine hier …«

Ungeduldig trommelte Freddy mit dem Fuß auf den Boden. Wenn Joe so weitermachte, würden sie beim ersten Wintereinbruch immer noch hier stehen.

»Du bist genau richtig, so wie du bist«, erklärte sie fest, und stellte zu ihrem eigenen Erstaunen fest, dass es nicht mal geschwindelt war. Ein Leben an Joes Seite würde sicher turbulent werden, aber mit diesem Café hier hätte sie auch einen sicheren Hafen. »Also?«

»Ich liebe dich, Freddy. Willst du mich heiraten?«

Zu froh darüber, dass die Frage endlich heraus war, verzichtete sie darauf, sich zu zieren.

»Und ob!«, rief sie laut, fiel ihm um den Hals und küsste ihn heftig.

Ende

NACHWORT

Liebe Leserinnen und Leser,

ich hoffe, der erste Teil meiner kleinen Reihe um die Mädels der Münchner WG hat euch gefallen – vielen Dank, dass ihr ihn bis zum Ende gelesen habt. Eine kleine Bitte habe ich noch: Als verlagsunabhängige Autorin bin ich besonders auf die Unterstützung meiner Leserinnen und Leser angewiesen. Ihr helft mir, wenn ihr das Buch mit einer Rezension bewertet oder es weiterempfehlt. Gerne könnt ihr dazu auch auf meiner Facebook-Seite vorbeischauen:

https://www.facebook.com/evabolsani

Vielen Dank und alles Liebe

Eure Eva

DIE AUTORIN

Schon früh war ich für Geschichten aller Art zu begeistern - jene, die meine Mutter mir vor dem Schlafengehen vorlas, oder jene, die ich mir selbst ausdachte und mit meinen Stofftieren nachspielte.

Daran hat sich bis heute nicht viel geändert: Der Bus kommt nicht, das Wartezimmer ist überfüllt? Alles kein Problem, endlich genug Zeit, neue Figuren zu erfinden und diese in ein weiteres Abenteuer zu stürzen.

Wenn ihr mögt, begleitet meine Heldinnen und Helden auf der Suche nach der großen Liebe. Währenddessen sitze ich im wunderschönen Allgäu an meinem Schreibtisch und erfinde einen neuen Charakter, der sich gerade die bange Frage stellt: »Liebt er mich auch?«

Mehr unter:

http://www.evabolsani.de